俊毓隨筆(一)

楊俊毓——著

巨流圖書公司印行

目錄

自序

月前，有位門生來訪，一進研究室即問：「老師你最近好像瘦很多？」我說：「還好吧？」回家後站上磅秤一看，還真的瘦了六公斤，算是減重成功！想想自己卸下校長繁重的行政工作已半年，這段日子以來，絕交息遊，過著樸實、自在而無應酬的簡單生活，每天下班後，就在家附近的公園步行三十分鐘，然後回家開始筆耕寫作至三更半夜，希望在人生閱歷比較成熟的黃金階段，留下豐碩的科學論文及文學作品。繼《俊逸文集》及《毓馨文集》之後，如今又到了可以集印第三本文集的時候，心中感覺非常踏實。書成之後，閉關就結束了，特別感謝閉關期間有護關的人來照顧，她是值得在此大書特書的，因為她讓我心無旁騖、有信心而堅定地完成本書的寫作，那個護關的人就是我的太太——邱慧芬教授，也是這三本文集封面圖的創作者。

門生不經意的一問：「老師你最近好像瘦很多？」讓我想到李白有一首〈戲

贈杜甫〉的詩：「借問別來太瘦生，總為從前作詩苦。」李白和杜甫久別重逢，李白在此詩中開玩笑的問杜甫，請問：「老兄，自從和你分別後，你為何如此消瘦呢？是減肥呢？還是這一段歲月裡，一直為了寫詩而煎熬受苦呢？」人們都知道杜甫的每一首詩句都是字句斟酌，力求完美而嚴格的態度，他曾談過自己創作的艱辛過程，說道：「如果我寫出來的詩句，若是平淡無奇，不能引人驚奇的話，我至死也不會罷手。」意思就是「語不驚人死不休」。我們可以想見大詩人杜甫為了寫出絕妙好句，在選字煉句的過程絞盡腦汁、辛苦思索、反覆推敲的情態。這種情態可能會廢寢忘食，因此身形為之消瘦是可能的。筆者雖然不是創作詩句，但寫作過程很多時間投入尋覓典籍中章句，為了選擇合適的詞句，時常殫精竭慮，斟酌用字遣詞，有時文思不順暢的時候，搜索枯腸也寫不出來，不知不覺三更已至，筆者還在案前埋首苦讀。筆者雖然不是專業作家，但「文章千古事，得失寸心知」，畢竟筆者把寫作當作是一件非常嚴謹的事情，為了寫出好的作品，雖然沒有把自己弄得瘦骨嶙峋，也沒有古人「吟安一個字，撚斷數莖鬚」的嘔心苦思，但不知不覺間也消瘦了六公斤，真是衣帶漸寬終不悔，為「文」消得人憔悴啊！

本書是以隨筆方式寫作，筆者隨性下筆，隨意之所至，想寫什麼主題就寫什麼主題，隨手筆記敘事，以表達自己的見解、傳輸情感或評論的雜文，但以不評論時事為原則，寫作風格與之前的《俊逸文集》及《毓馨文集》略有不同。因此書名為《俊毓隨筆（一）》，有（一）之後就會有（二）、（三），這是筆者對自己的期許，希望本書出版後也能繼續筆耕，相信這也是許多粉絲讀者的期待！

自然界的草木魚蟲鳥獸是人類生存的資源，與人類共用自然環境，與人類的生活息息相關。早在二千多年前的《詩經》就有許多鳥獸草木之名的記載，在唐詩宋詞文學作品裡，處處可見飛禽走獸，處處可聞草木花香。《論語・陽貨篇》：「子曰：詩可以興，可以觀，可以群，可以怨。邇之事父，遠之事君。多識於鳥獸草木之名。」可見孔子這個偉大教育家在二千多年前，就要他的學生「多識於鳥獸草木之名」，意指要學生多多認識一些動植物，多多親近大自然，要博學廣記，拓寬知識領域。受到孔子教育思想的影響，古代的書院都要選擇自然環境優雅的地方，因為山川景物和鳥獸草木可以涵養人們的心性。

本書主要介紹各種動、植物的情態，主題包含每個月當令的花及十二生肖的動物等。筆者既非植物學家，也非動物學家，因此不從生物學的角度來談牠們，而是從文學、歷史、與人類的互動或是相關的文化的觀點來介紹牠們。本書寫作的旨趣，偏重「故事性」與「趣味性」，筆者盡可能的將資料加以融合、反芻、消化之後，重塑連貫性的故事，以免枯燥乏味。如果能因此加深讀者的認識與興趣，是乃筆者衷心的期望，亦不失數月來筆耕之心血了。

本書自二〇二四年八月開始寫作，今日始告完成，其中甘苦，唯筆者自知。本書仍由巨流圖書公司出版，一來是為了與筆者其它二本著作成一系列，也是為了讓更多讀者能讀到它；二來是本書為「公益之書」，巨流公司本著善盡社會責任的初衷，同其它二本著作一樣，會將所售每本書定價的百分之三捐給高雄醫學大學，做為經濟不利學生的「起飛圓夢助學專款」。當然筆者也會比照先前二本書的做法，將所有版稅全部捐給高雄醫學大學，並邀請認同本人理念的親朋好友一起認購本書，大家一起來做公益。本書的完成，最後特別感謝我的太太，她總是在用字遣詞上給我很大的建議，頗有畫龍點睛之效。

楊俊毓

寫於二〇二五年元月十三日
於高雄俊逸軒

漫談「處暑」節氣二三事

校長任期屆滿，卸下繁重的行政工作，如釋重負。粉絲讀者及親朋好友們期待我再繼續執筆寫作，因為他們已近三年沒有看到我擷取文學歷史中的人物故事，評析當下社會中發生的人、事、物的文章，非常想念。時值處暑節氣來臨，突然興致盎然，就隨筆談談處暑節氣二三事，算是筆耕墨耘生活的開始。

處暑是二十四節氣中的第十四個節氣，也是秋天的第二個節氣（立秋是第一個節氣），每年大約在八月二十二日至八月二十四日之間，今年的處暑是八月二十二日。處暑的「暑」，一般人以為是「處於暑天之中」的節氣，然而，恰恰相反，根據《月令七十二候集解》：「處，止也。暑氣至此而止矣。」所以處暑的意思是夏天暑熱正式終止，將轉為有絲絲涼意的季節，尤其夜幕降臨之時「氣交才處暑，夜寂便生涼」。處暑也是代表氣溫由炎熱向寒冷過渡的節氣，因此有「處暑寒來」的諺語。不過儘管如此，在台灣立秋和處暑之間的時間，雖然秋季在意義上已到來，但夏天的暑氣仍然絲毫未減，這段時間酷熱的天氣依然令人揮汗如雨，被稱為「秋老虎」，亦是俗諺所說的「爭秋奪暑」。

處暑時節，天氣還是偏熱，要到十四天後的白露節氣，天氣才會開始轉涼。處暑節氣最令人煩惱的現象是日夜溫差開始變大，一到夜晚就感覺到有涼意，因此出門時需考慮到衣服的增減。處暑節氣雨水少，因此古人常說此時的天氣，一場秋雨一場涼。處暑的三個物候現象是：一候鷹乃祭鳥；二候天地始肅；三候禾乃登。處暑節氣一到，以老鷹為代表之猛禽即會開始大量捉捕鳥類、獵物（野兔），用來準備過冬，由於捕捉的獵物很多，一時吃不完，會先放在自己的巢穴內，遠望過去，如同擺放祭祀品一樣，因此古人稱之為「鷹乃祭鳥」。老鷹不擊殺有胎之禽（正在哺小鳥），因此古人稱老鷹「義禽」；又因老鷹兇猛有力、雄強威猛，有陽剛之氣，被視為戰神象徵，《詩經・大雅・大明》以「維師尚父，時維鷹揚」形容姜太公的雄武英姿。曹植的《與楊德祖書》曾言「昔仲宣獨步於漢南，孔璋鷹揚於河朔」，文中孔璋是陳琳，他是東漢末年漢獻帝建安年間的七位文學家之一（建安七子：孔融、陳琳、王粲、徐幹、阮瑀、應瑒、劉楨），這裡是形容陳琳的文名遠播，如鷹之高飛遠揚，在河朔獨占鰲頭的意思。附帶一提，鷹嘴型的鼻子俗稱「鷹鈎鼻」，在面相學裡，有鷹鈎鼻的人往往相貌比較奸詐凶狠。由於老鷹給人一種具有攻擊性的印象，因此在政治的用語裡，將主張採取強硬態度來處理問題的人或政治團體稱為鷹派（積極派）；反之，主張採取柔性溫和思想或和平主義的手段來處理問題的人或政治團體稱為鴿派（保守派），採用鴿來形容是因為《聖經》的諾亞方舟故事中，白鴿（和平鴿）象徵著和平。

天地始肅，是指天地之間萬物開始凋零，尤其是對氣候特別敏感，此時會有感應並有所變換，最常見的就是樹葉發黃，風輕輕一吹，便紛紛飄落地面，鋪了一層又一層。在此期間，充滿了肅殺之氣，並開始刑殺處決犯人，「使用刑戮」，稱之為「秋決」，中國歷史上秋天「戮有罪」因此成了定制。在金木水火土五行中，金對應的季節是秋，因此稱秋風為金風，也指碩果纍纍的豐收季節。對應的方位是西方，因此古代行刑多於西門外問斬。天地始肅之後，禾乃登，禾是五穀雜糧，通常指的是黍、稻、麥、粱、稷之農作物，登是成熟的意思，秋季由「禾」與「火」組成，是禾穀成熟之意，這意味著處暑節氣，農作物也應成熟了，走在鄉間田野，禾黃稻熟，盡是一片金黃，也意味著五穀豐登，農人又要為收成忙碌了。白居易的〈早秋曲江感懷〉這首詩的前四句「離離暑雲散，裊裊涼風起。池上秋又來，荷花半成子。……」描寫了處暑時節的景色。處暑到來，暑氣消散，秋風漸起，涼風襲來，池塘裡的荷花，在初秋已有一半凋落結成蓮蓬了。半池殘荷，令我們隱隱感到處暑初秋的蕭瑟景象。

從立秋到處暑期間會碰到中國農曆的「七夕節」和「中元節」，中元節在「中元節大拜拜，所為何來？」乙文中曾經提過（請參見《毓馨文集》，頁二〇九至二一三）。農曆七月初七俗稱「七夕」又名「乞巧節」，這一天是華人的傳統節日情人節，因為「牛郎、織女」這對恩愛的戀人一年一度的聚會就在七月初七的晚上，這個美麗的愛情傳說，使其成為象徵愛情的節日。相傳每年七月初七的晚上有鵲鳥替他們在天河上架橋（俗稱鵲橋），踏著鵲橋相會的牛郎織女這對苦命夫妻，常忍不住流下激動的淚水，所以七夕夜晚常有微雨自天上飄落，俗稱「七夕雨」。秦觀，字少遊，北宋婉約詞派大家，年輕時拜謁當時文壇的大作家蘇軾，蘇軾展讀其詩文，驚異其才華，稱讚他有屈宋（屈原、宋玉）之才，是蘇軾的得意門生，他和黃庭堅、晁補之、張耒被譽為「蘇門四學士」。秦觀有一首詞〈鵲橋仙〉：「纖雲弄巧，飛星傳恨，銀漢迢迢暗度。金風玉露一相逢，便勝卻人間無數。柔情似水，佳期如夢，忍顧鵲橋歸路。兩情若是久長時，又豈在朝朝暮暮。」這首詞描寫牛郎織女一年一度在鵲橋相會淒美的愛情故事，那散佈於天際輕盈的雲彩，彷彿是織女用靈巧的雙手編織出來的各種成品，牛郎織女雙星流露出終年不能見面的離恨，希望能立即飛越過廣闊遼遠的銀河。雖然一年只有一次秋風白露的會面，其情意卻勝過人間無數的愛戀。兩人的戀情似銀河水波一樣溫順柔緻，美好的相會又像夢境一樣迷離，怎麼能忍心回頭望向鵲橋歸路。只要兩人的愛情是永恆堅貞，又何需日日夜夜形影不離呢？這首詞的前段似在怨恨有情人聚少離多，但秦觀筆鋒一轉卻又說「兩情若是久長時，又豈在朝朝暮暮」，秦觀提出的愛情觀點，認為情長不在朝暮，真正的愛情，貴在情深而不在相聚時間的多寡，秦觀的這首〈鵲橋仙〉，可說是最受歡迎的一首情詞，也最能扣動戀人的心弦，成為歌頌愛情的千古絕唱，更是「七夕節」的最佳代言了。

七夕的夜晚，在天上有淒美的愛情故事，在人間也有纏綿的愛情故事。唐朝詩人白居易〈長恨歌〉裡說：「七月七日長生殿，夜半無人私語時，在天願做比翼鳥，在地願為連理枝」，描寫的是唐玄宗和楊貴妃在七夕夜晚的海誓山盟。無奈安史之亂發生，最後唐玄宗不得不將心愛的楊貴妃賜死。比翼鳥（其名叫鶼鶼）只有一目一翼，雌雄比翼鳥要翅膀挨著翅膀，成雙才能並翼齊飛，因此後人便用比翼雙飛（或雙宿雙飛）來形容夫妻感情深厚恩愛，形影不離。連理枝則是兩棵樹的枝幹樹葉合抱在一起，樹根也糾纏在一塊兒。白居易其實是同情唐玄宗和楊貴妃的愛情悲劇，但同時又歌頌他們生死不渝的愛情，因此白居易為他們慨嘆：如果我們死後在天上的話，就讓我們化做比翼鳥，不離不棄；如果我們在地下的話，就讓我們化作連理枝，永不分離。七夕也被稱為「乞巧節」，因為傳說織女有一雙善於女紅的巧手，長輩常常會告誡女孩要學習織女的巧手，以求得如意郎君，因此七夕當天，女孩子常會到廟宇或在家門口擺香案祭拜，祈求能像織女般雙手靈巧，故稱為「乞巧」。

順道一提，依照傳統中國農業社會的說法，各種花卉開落的時間有一個規律性，稱之為花月令或花曆，亦即花的月曆。中國人對花有一種特殊的情感，除了在每個月挑一種當令的花，也挑一位與此花關係最密切的歷史人物作為花神，花神就是花的保護神，每月當令的花卉都有一位花神保護呵護，使當令的花卉得以順利盛開，展現主花的氣勢，真是充滿了羅曼蒂克的情調。今年立秋（國曆八月七日、農曆七月四日）到處暑（國曆八月二十二日、農曆七月十九日）期間都在農曆七月，農曆七月當令的花是玉簪花，花神是李夫人。李夫人就是漢朝時宮廷樂師李延年的妹妹，也是漢武帝後期最寵愛的夫人。有一天，李延年在漢武帝面前作（唱）了一首歌：「北方有佳人，絕世而獨立。一顧傾人城，再顧傾人國。寧不知傾城與傾國，佳人難再得。」漢武帝聽完不禁嘆息說：「世間哪裡會有你所唱的那種佳人呢？」漢武帝的姊姊平陽公主在一旁笑說：「李延年歌中的佳人，就是他的妹妹啊！」漢武帝就馬上將這位佳人召入宮，李延年就如此這般的成了漢武帝的大舅子。漢武帝對這位佳人十分寵愛，宮中都稱她為「李夫人」。她平日喜歡插一朵玉簪花於鬢旁，因此就以她為七月開花的玉簪花花神。

以上是我對處暑節氣想要與讀者分享的二三事，雖無深意，但能以文會友，總是人生一大樂事。本文又是卸任校長職務後的首篇，配合節令的應景之作，自感欣喜，期能滿足讀者的期待，怕熱的讀者，再忍耐十幾天等處暑過完後，白露降臨時，酷熱遠離，天氣就真的轉涼了。

於二〇二四年八月二十一日處暑前夕

月落「烏」啼霜滿天

北海道是日本面積最大且是最北的一級行政區，首府是札幌市（Sapporo），是日本的觀光熱點。八月上旬，筆者有機會受邀到高醫的姊妹校北海道大學參訪，學術交流之餘，我們一行六人忙裡偷閒，安排了一天的市區景點觀光。在市區的景點、公園裡，我發現到一群群烏鴉（crow）在公園裡啄食鳴叫，看起來好像是集體的行動，而且相當有紀律，很難和我們平常所認知的「烏合之眾」聯想在一起。

在台灣，你看過烏鴉嗎？曾經聽過烏鴉的啼叫聲嗎？其實，台灣平地很少看到烏鴉，烏鴉通常都是在海拔一千公尺以上的地方活動，不像日本的烏鴉已經適應城市生活，大量地在城市聚集。烏鴉全身漆黑，連瞳孔也是黑的，因此我們通常說「天下烏鴉一般黑」，這句話用來比喻同類的人或事物，都有相同的特性（通常具負面意義）。天下的烏鴉真的都是黑的嗎？從生物學的角度來看，其實並非必然，也有全身白色的烏鴉，主要是因為遺傳基因突變，使身體無法產生黑色素，而長出白色的羽毛。除了遺傳因素外，烏鴉為什麼是黑色的呢？根據傳說的故事，烏鴉變黑色的主要原因和「火」有關。從前從前，烏鴉有一身五顏六色的羽毛，光彩奪目。一天，孔雀、畫眉、鸚鵡和喜鵲一起對烏鴉說：「你的羽毛也真是太漂亮了。」烏鴉聽了高興起來說：「為什麼你們的羽毛這麼難看啊！讓開吧！我要飛走了，不要把我羽毛弄髒了。」有一天，森林發生火災，太陽照在火上，出現了紅黃藍靛紫五種顏色。烏鴉看見了，又對著火說：「你是什麼鳥？怎麼敢跟我比美呢？」火沒有理牠。烏鴉生氣了，就向火撲去，被燒得「烏哇，烏哇」的直叫，痛得在地上打滾，美麗的羽毛也被燒焦了，從此以後，烏鴉的羽毛就變成黑色的了。

小時候不懂事，時常拿起筆來隨意亂寫亂畫，總是被大人罵「亂塗鴉」。古人寫字用墨汁，寫出來的自然是黑色的，與烏鴉的顏色一樣，那為什麼將亂寫亂畫稱為「塗鴉」呢？唐朝詩人盧仝，自號玉川子，有個兒子名叫盧添丁，喜歡亂塗亂寫，有點頑皮，時常把盧仝的書冊弄得又髒又亂面目全非，因此寫了一首〈示添丁〉的詩：「忽來案上翻墨汁，塗抹詩書如老鴉。」這首詩把兒子的頑皮和自己的無奈寫得既生動又有趣，維妙維肖。後來就從他的詩裡，得出「塗鴉」一詞，一直沿用至今。後來也用來比喻毛筆字、書畫或文字的拙劣，亦有用於謙稱自己的文章、繪畫或書法作品拙劣不成熟。筆者第一篇文章〈對孩子放手，是肯定也是祝福〉（請參見《俊逸文集》，頁一至三），當初只是隨便塗鴉，沒想到會被報社採用。

蘇軾有一首絕句寫到：有一天晚上，夜已西沈，天將破曉，烏鴉和喜鵲也都熟睡，大地一片寂靜，這時織女星和金星特別明亮，他在枕上醒來，竟有如飄飄欲仙，好像身已不在人間一樣，「天風吹月入闌干，烏鵲無聲夜向闌。織女明星來枕上，乃知身不在人間」。烏鴉和雀鳥都是叫聲非常吵雜的鳥兒，當「鴉雀無聲」時，那就非常寂靜了。「鴉雀無聲」這句成語就是從蘇軾這首詩的「烏鵲無聲」演變出來的，用「鴉雀無聲」來形容極其安靜的時刻，真是非常恰當與傳神。

盛唐詩人張繼非常有名的五言絕句詩〈楓橋夜泊〉寫到：「月落烏啼霜滿天，江楓漁火對愁眠。姑蘇城外寒山寺，夜半鐘聲到客船。」這首詩有密切關聯的三種景象：月落、烏啼、霜滿天。各位讀者可以瞭解詩人所描述的場景時間嗎？從詩中「霜滿天」一句來看，季節應該是霜降節氣的日出之前，因為夜間溫度低，地面水汽凝結才會出現「霜」（請參見《毓馨文集》，頁八二至八五）。「月落」是指逐漸西落的月亮，「烏啼」是指烏鴉正準備離巢活動，此時烏鴉的啼叫聲正是破曉時刻的到來（morning has broken）。所以「月落烏啼」是天色將亮，烏鴉的啼叫聲劃破黑夜，迎接黎明晨曦到來的景象。

烏鴉在日本是「神鳥」的級別，被當作吉祥之鳥來供奉。在中國古代，烏鴉也被視為吉祥之鳥，主要原因是烏鴉常聚集在神祠的屋頂上，因此一般人就把牠們當作神的使者，既不捕捉也不驅逐牠們，因此很早就有「烏鴉報喜，始有周興」的歷史傳說。「烏鴉反哺」一直以來都是儒家以動物形象來教化人們「慈」、「孝」的一貫說法，相傳烏鴉雛鳥長大以後，會銜食哺養母烏，這就是烏鴉的孝鳥形象，「慈烏反哺」後來用以比喻子女報答父母養育之恩。

白居易有一首千古傳誦的名詩〈慈烏夜啼〉，原文如下：「慈烏失其母，啞啞吐哀音，晝夜不飛去，經年守故林。夜夜夜半啼，聞者為沾襟，聲中如告訴，未盡反哺心。百鳥豈無母，爾獨哀怨深？應是母慈重，使爾悲不任。昔有吳起者，母歿喪不臨，嗟哉斯徒輩，其心不如禽！慈烏復慈烏，鳥中之曾參。」這首詩使烏鴉成為千古傳頌的孝親典範。白居易借這首詩刻畫慈烏失其母、夜半啼的情狀，傾吐母慈重而自己未盡反哺之心的悲痛與哀傷，並藉歌頌慈烏的孝心，來斥責不孝之人，連禽獸都不如。有人說讀李密《陳情表》而不哭者，其人必不孝。李密的《陳情表》主旨在陳述他無法應朝廷徵召出任太子洗馬的理由，是由於撫育自己長大成人的祖母年邁多病，無人奉養，並非自矜名節，另有企圖，因此上表懇辭，晉武帝深受感動，賜奴婢二人，又令地方府衙供其祖母生活所需，助其終養祖母。李密在《陳情表》到底說了什麼讓晉武帝感動呢？他說：「臣密今年四十有四，祖母劉今年九十有六，是臣盡節於陛下之日長，報養劉之日短。烏鳥私情，願乞終養。」意思是說：臣密今年四十四歲，祖母劉氏今年九十六歲，這樣看來臣效忠陛下的日子還很長，報答劉氏的日子卻很短了，臣要懷著像烏鴉反哺的私情盡孝道，懇請恩准終養祖母的心願。正因為這句「烏鳥私情，願乞終養」使《陳情表》成為人盡皆知的名文。

蘇軾在宋神宗年間，反對王安石的新法，曾作詩諷刺新法，監察御史看到蘇軾的詩稿，認為涉嫌誹謗朝政，便上奏神宗，案件發交御史台查辦。蘇軾被誣指稱「愚弄朝廷，妄自尊大」、「混淆視聽，幸災樂禍」，最終被神宗下令拘捕，囚禁在京城御史台獄中，日夜審問，這就是歷史上著名的「烏台詩獄」。這是一場文字獄，他的弟弟蘇轍（字子由）說：「何罪？獨以名太高。」上書宋神宗《為兄軾下獄上書》：自願降官以贖兄罪。後經各方出力營救，蘇軾才被貶謫為黃州團練副使。這裡的「烏台」即御史台，因漢代御史府內遍植柏樹，因此「御史台」又稱「柏台」。柏樹上經常棲息許多烏鴉，故御史台又叫做「烏台」。我們現在稱監察委員（古代之御史）為「柏台大人」，典故就是這樣來的。

順道一提蘇軾在獄中碰到有趣的插曲。蘇軾的兒子蘇邁，每天到獄中探望他父親，天天為他送飯。他倆暗中約定平常只送蔬菜和肉，如果送魚代表難逃死罪。有一天，蘇邁有事外出，由親戚代為送飯，卻忘了告訴親戚這項秘密的約定，親戚知東坡愛吃魚，便送了幾條魚過來，蘇軾一看大驚，以為事態轉惡，難逃一死，便在獄中執筆寫了二首絕命詩告別弟弟，語氣含悲，說他願意生生世世和他做兄弟，「子由，來生再做兄弟吧！」

烏鴉是雜食性動物，牠可以取食穀物、昆蟲、水禽及腐敗的食物。因為喜歡腐食，都市裡的烏鴉往往會翻垃圾啄食，製造髒亂，不過也因烏鴉能清除動物屍體，對環境起了淨化作用。烏鴉的嗅覺特別敏銳，能感受到腐敗屍體的臭味，因此常在腐臭的東西附近盤旋，有時人或牲畜還沒死，但是牠們的身上已經散發出一種特殊的氣味，於是烏鴉就聞味而至。正因為如此，唐朝以後開始有傳說：烏鴉的啼叫聲會帶走人的性命，是一種不祥之兆。其實這是一種誤解，實際上是死亡事件將要發生之前，烏鴉的嗅覺就已經感覺到了。看來，我們真的是冤枉了烏鴉呀！烏鴉渾身黑色，外型不討好，啼叫聲又聒噪不悅耳，後來就有人用「烏鴉嘴」來形容壞事成真，或說話不中聽、說話不吉利惹人反感的人。好好一件事，只要被「烏鴉嘴」一說，可能就被說壞了。看來，「烏鴉嘴」一說真是欲加之罪何患無詞，烏鴉真的很無辜啊！

烏鴉也是很有智慧的鳥類，有一天烏鴉覺得口渴，突然牠發現了一個水壺，水壺裡只剩下一點點水，烏鴉用盡力氣伸長嘴巴，但仍然喝不到水。牠在水壺旁邊跳來跳去，一邊想著：「到底要用什麼方法才能喝到壺裡的水呢？」這時牠靈機一動，開始在附近尋找小石頭，再將它們一個一個丟進水壺裡，壺裡的水漸漸升高，烏鴉終於可以開開心心的喝水了。這個伊索寓言故事〈烏鴉和水壺〉給人的智慧就是：伴隨挫折而來的常常是深入的思考與智慧的發酵。

明初著名散文家宋濂（與高啟、劉基並稱明初詩文三大家），曾寫過一篇精彩的〈烏鴉與蜀雞〉寓言作品，大意是說：豚澤的人餵養一隻蜀雞，這隻蜀雞有美麗花紋的羽毛及紅色的頸毛，帶著一群小雞啁啁鳴叫的在牠身邊玩耍。忽然有一隻鴟鷹從上空掠過，蜀雞急忙張開翅膀保護小雞，鴟鷹無從捕捉，只好飛走了。一會兒，來了一隻烏鴉，烏鴉不動聲色的與小雞一起啄食，蜀雞見狀，把烏鴉視作自己的兄弟，讓烏鴉與小雞上下騰跳，相處和睦，「雞視之兄弟也，與之上下甚馴」。不料，烏鴉忽然叼了一隻小雞飛走了。蜀雞仰望天空，不知所措，非常懊惱，好像很後悔受了烏鴉的欺騙，「雞仰視悵然，似悔為其所賣也」。宋濂在寓言故事的末尾說：巫山那麼險的水流，沒有翻船，卻翻覆在平靜的河水水流，羊腸小徑的路上沒有翻車，卻翻在四周相通的大路上，「巫峽之水不能覆舟而覆於平流，羊腸之曲不能仆車而仆於劇驂」。這沒有別的原因，福分生於有所畏懼，禍患源於有所疏忽，「此無他，福生於所畏，禍起於所忽也」。這個故事看來，烏鴉真聰明（心機實在有夠深），讓蜀雞降低戒心判斷錯誤，成功達到自己的目的（但終究露出面目）。我們做事情的時候，如果心存危機感，謹慎行事，往往能化險為夷；相反的，如果掉以輕心，常常會引起禍端。福兮禍之所伏，禍兮福之所倚。

果農有二句話：「葡萄熟的時候，烏鴉嘴上生瘡；自食其言的人們，都像牠一樣。」故事是這樣的：有個果農，果園裡種了一園好葡萄，正當葡萄成熟時，家裡正好沒柴燒，要上山打柴去。果農怕他上山後，別人會來偷葡萄，正當不知如何是好的時候，烏鴉自告奮勇地說：「你儘管上山去吧！葡萄園我來替你看守。」果農問：「你怎麼看守？」烏鴉回答說：「這還不簡單，誰來偷葡萄，我就啄他的眼珠，同時我也會一直鳴叫，叫你趕快回來。」果農想了想又說：「萬一你自己偷吃呢？」烏鴉順口發誓說：「我要是偷吃葡萄，每年葡萄成熟時，我就嘴上生瘡！」果農真相信了烏鴉的話，安心的上山打柴去了。這下子烏鴉可方便了，從這個架子飛到那個架子，從這一串啄到那一串，大吃特吃，當果農回來的時候，烏鴉的嘴已被葡萄澀得張不開嘴了。從那時起，每當葡萄成熟的時候，烏鴉的嘴就生了瘡，不停地在地上磨。索達吉堪布的《格言寶藏論釋》申述了這個故事，他說愚者以種種惡業累積財富，行乎罪惡的生財之道，縱然腰纏萬貫擁有豐足的財富，也沒有福報去享受，猶如葡萄成熟的季節，烏鴉的嘴卻生瘡而沒有享用葡萄的口福，只能望着晶瑩光潤的葡萄哀嘆。

「愛屋及烏」是日常生活常有的經驗，意思是指因為喜歡某人，連帶著愛上與他有關的人或事物。楊貴妃因得到唐玄宗的寵愛，唐玄宗愛屋及烏，於是也給她兄弟許多封賞。你既然愛她，對她養的寵物，不喜歡也得喜歡，這就叫做「愛屋及烏」。這個典故出自《尚書・大傳》，故事是這樣的：武王伐紂，取得勝利，建立周朝。武王不知該如何處理殷商的遺民，便請三位輔佐他的大臣商議。姜太公先回答說：我聽說，愛一個人，就會連他家屋頂上的烏鴉也一併喜愛；但若是厭惡一個人，就連他家的圍欄都討厭，「愛人者，兼其屋上之烏；不愛人者，及其胥餘」。姜太公的意思是這些兵士都不用留下來。武王不同意這種看法，轉而請教召公，召公說：「不如將那些有罪的戰士處死，但沒罪的就送返回家。」武王仍不滿意，周公此時站出來說：不如讓他們繼續過原來的生活，重新耕作自己的田地，不要有太大的變化，並多重用賢德之人，這樣廣闊的胸襟才能安邦治國。武王聽後，讚嘆不已，決定採用周公的意見。姜太公的意見雖未被採納，但當中提到的「愛人者，兼其屋上之烏」就演變成後來的「愛屋及烏」了。

卸任校長職務，回歸無行政工作在身的教授，這次的北海道之行，讓我體會到「若不休官去，人間到老忙」，更領悟出有職務在身時，成日為官場上的紛擾而煩惱不已，有如作繭自縛。漫遊札幌，放情山水風光，享受清閒不受拘束的生活，就如韓愈所說的這樣的人生自然可以獲得快樂，又何必受人牽制，像被套上馬韁一樣呢？「人生如此自可樂，豈必局束為人鞿」？

於二〇二四年九月十日

白露鴻「雁」來

白露是秋天的第三個節氣，每年在國曆九月七日到九日之間，今年的白露是九月七日。為什麼叫「白露」呢？這是因為溫度降低，晝夜溫差加大，太陽下山後，水氣會在地面或近地面的物體上凝結成水珠，這些水珠在太陽升起後，便會綻放晶瑩剔透的光澤，明亮而沒有顏色，白露之名，即由此而來，「露從今夜白，月是故鄉明」。

《月令七十二物候集解》記載「白露為八月節，秋屬金，金色白，陰氣漸重，露凝而白也」。白露以後，人們就會明顯地感覺到，炎熱的夏天已過去，涼爽的秋天已到來。「蒹葭蒼蒼，白露為霜。所謂伊人，在水一方。」是大家耳熟能詳的名句《詩經・秦風・蒹葭》，意思是說河邊的蘆荻叢生，一片青青，白露已結成了霜，那個我所思念的人兒啊，在河水的另一方。〈蒹葭〉中的「白露為霜」確實點出了秋天的氛圍。鄧麗君曾經翻唱過〈在水一方〉這首歌，歌詞是：

「綠草蒼蒼，白露茫茫。有位佳人，在水一方。」這歌詞是瓊瑤寫的，與《詩經》的原句不大相同。

白露的三個物候都與鳥類有關，一候鴻雁來，二候玄鳥歸，三候群鳥養饈。意思是說白露時，北方的湖泊開始封凍，鴻雁自北南飛；玄鳥是燕子，與鴻雁恰恰相反，是一種春日南來，秋日北歸的候鳥；饈是美食，白露以後，眾鳥開始貯藏食物以備過冬。鴻雁（wild goose）是一種候鳥，體型與鵝（goose）相似，事實上鵝是由鴻雁馴化而來。雁的種類很多，有鴻雁、白雁等等，每年春分後往北飛，白露後開始成群結隊往南方遷徙，南下的時間有早有晚，《淮南子》說：「雁乃兩來，仲秋（秋季第二個月，農曆八月）鴻雁來，季秋（秋季第三個月）候雁來。」杜甫詩：「鴻雁幾時到，江湖秋水多。」這是白露節氣。杜甫詩也說：「故國霜前白雁來」，白雁至則霜降，可見雁兒是分批南下的。鴻雁飛翔時，往往數十隻一群（雁陣），排成「人」字或「一」字陣行，「秋聲雁一行」，行列整齊飛過天際，鳴叫聲在空中迴盪著，「秋來都在雁聲中」，彷彿告訴人們秋天涼了。南遷時的鴻雁，在天空飛翔時，常常東張西望，態度遲疑，有難捨家鄉之感；在北歸時，卻歸心似箭，晝夜飛行。

大雁能整齊的排成「一」字和「人」字，秋天從北方飛到南方，春天又從南方飛到北方過活，說起來也是很奇怪的事。這是有故事的：以前大雁飛翔的時候，本來是不排隊的，牠們白天忙一天，到了夜晚大家一起睡覺，為了團體安全，總有輪班留一隻守夜。老雁（領隊）通常不守夜，睡覺前老雁都會吩咐守夜的雁說：「可千萬千萬不能打瞌睡，一定要靜心聽著，仔細看著，一有腳步聲，你就要快速拍翅鳴叫，把大伙吵醒，以便趕快飛走。」有個秋末冬初的季節，突然飄起雪花來，守夜的雁守到半夜，又累、又睏、又冷，眾弟兄們都睡得正甜，牠喃喃自語地說：「真倒楣，輪我守夜，偏偏遇到這種壞天氣。」牠心想：天都快亮了，這麼壞的天氣，打雁的還會來嗎？都守夜過無數的夜晚，也沒遇上過打雁的，便索性在草叢睡著了。打雁的也算計好了：天近亮時雁最愛睏，遇壞天氣，準粗心大意。就在這時，打雁人帶著火槍和引火來到河邊，對準雁群一點引火，一陣烟火冒起，雁隻飛走了一隻，剩下的都被打死。飛走的就是那隻老雁，牠還沒來得及叫醒大伙，火槍已經響了，牠只好痛心的飛走了。老雁飛走後，就把這事告訴所有的雁：只因「一」隻雁不小心，害的全家大小都被「人」打死了。雁兒們知道以後，很怕後代把這痛心的事忘了，就想出了這麼一個永遠忘不了的方法：起飛的時候排「一」字和「人」字，大雁能排成整整齊齊的大隊飛翔，這樣說起來，一點也都不奇怪了。

鴻雁飛行時，翅膀的擺動擾亂到空氣，使翅膀後方產生空氣渦流，當一群雁鳥飛行時，跟在後面的雁鳥，便利用前一隻雁鳥振翅所產生的強力上升氣流，托住自己的身體，以減少自己體力的消耗，便得以輕鬆的飛翔。因此雁鳥通常成群高空飛行，不會單飛，無論是「一」或「人」字形，集體飛行翅膀拍動所產生的氣流作用比每隻鳥單飛的效率可增加約百分七十。當一隻孤雁脫隊時，牠會感覺到獨自飛行時的遲緩與吃力，所以牠會飛到隊伍裡，繼續利用前面雁鳥振翅所造成的氣流飛行，這樣才會飛得更高、更快、更遠。飛在最前面的雁鳥（先導者），主要任務是要撥雲開路，引導方向，觀察地形，逃避敵人，牠其實飛得最吃力。當先導者的雁鳥疲倦了，牠會退到團隊裡，由另一隻雁鳥出來當領隊，後面的雁鳥也會用叫聲來激勵前面的雁鳥保持速度；若有雁鳥生病脫隊時，會有兩隻雁鳥留下來陪牠，直到牠痊癒或死亡，然後再結伴而行，趕上原來的隊伍。Robert在一九七二年所提出的「雁行理論」（The flying-geese model），即是根據這個雁行千里，結隊翺翔的雁鳥飛行現象而來，這是大自然的智慧。這個理論強調的是團隊合作、輪流領導、激勵同伴和互相扶持。運用在職場上就是團隊合作勝於單打獨鬥，唯有團隊精神與互助合作才能提升組織的整體工作價值，對凝聚團隊組織向心力有很好的啟迪作用。

飛翔高空的鴻雁志向有多大，小小的燕雀知道嗎？話說秦朝末年，有一個名叫陳勝的人，年輕時受雇於人家，幫人家耕地。有一天，他到田埂上休息，對著同伴們（雇農們）說：有一天，如果我們當中有人發跡了，可不能把別人忘掉，「苟富貴，無相忘」。同伴們都笑他說：我們都當人家的雇農，怎麼可能富貴呢？「吾為庸耕，何富貴也？」陳勝長嘆一聲說：唉，小小燕雀怎能知道鴻雁的凌雲壯志！「嗟呼，燕雀安知鴻鵠之志哉！」陳勝因有「鴻鵠之志」而成為農民起義軍的領袖，一個農夫的「鴻鵠之志」要推翻一個帝國，真是志向遠大，令人敬佩呢！鴻雁與鴻鵠兩種動物，都可飛得又高又遠，歷來都被人喜愛，因此用「鴻」的詞大都是褒詞，鴻有「大」與「旺盛」的意思，像劉禹錫《陋室銘》裡：「談笑有鴻儒」的鴻儒就是指博學多才、學問淵博的學者；人們用來形容某人有大好的運氣與機會，通常會說他「鴻運當頭」。鴻運就是指運氣旺盛的意思。

自古以來就有「飛鴿傳書」的傳說。秦始皇時與地方官吏的聯絡就是透過信鴿，離開京城到外地洽公的官員都隨身攜帶信鴿，以便與京城聯繫。馬需要數天才能傳送到的訊息（有如平信），利用信鴿不到一天就能傳到（限時專送）。讀者朋友，你聽過「鴻雁傳書」嗎？這個故事出自《漢書・蘇武傳》。漢武帝時，蘇武奉命出使匈奴，後來蘇武因副使張勝涉及匈奴的謀反案被扣留。蘇武不願屈節辱命，辜負漢朝，引刀自刺，但被救了下來。蘇武不畏脅迫，不為利誘，不受招降，被幽禁在一個大窖中，不給水喝不給東西吃，當時天下大雪，蘇武躺在窖中啃咬旃毛，就著雪吞下去，竟然幾天未死，匈奴人認為他是神，就把他轉移到北海荒無人煙的地方，讓他放牧公羊，說等到公羊產子就讓他回漢朝廷，並將他的屬官常惠等人分開，分別監禁在不同的地方。到了漢昭帝時，匈奴與漢恢復了和親政策，漢要求匈奴放回蘇武等使者，匈奴詐稱蘇武已死。後來漢使者再次出使匈奴，常惠請求看守他的人和他一起去見漢使者，把實情全部說出來。他教使者對單于說，漢天子在上林苑射獵，射到一隻雁，雁的一隻脚上繫著帛書，上面寫著：「蘇武等在荒澤中。」使者大喜，按照常惠的指點責問單于，單于聽後，自知無法隱瞞，很慚愧地對漢使說：「蘇武等確實還在。」只好放蘇武歸漢。蘇武不辱使命，被匈奴扣留十九年，終於回到大漢，當初出使時正當壯年，等回漢時，鬚髮盡白。「鴻雁傳書」即由此而來。後人常以「雁書」、「雁足」、「雁帛」的詞語，作為書信的代稱，把傳遞信件的使者稱為「鴻雁」（動物郵差）。

現代電腦、手機、資訊發達，魚雁往返者已少之又少，我們常用「魚雁往返」來形容書信的往來，又是怎麼來的呢？古時候用紙作信函，常將信函結成鯉魚形狀，然後將書信夾在用硬紙作成的鯉魚形狀信封後寄出，因此以雙鯉魚為書信的代稱，簡稱為雙鯉。《古樂府・飲馬長城窟行》：「客從遠方來，還我雙鯉魚。呼兒剖魚腹，中有尺素書。」這是描寫女子在家想念遠方的丈夫，這時有客人來，帶回來丈夫捎回來的書信（雙鯉魚），迫不急待的趕緊找小孩拆開鯉魚信封，信封中有素帛寫的書信。唐代詩人王昌齡有詩：「手持雙鯉魚，目送千里雁。」以上的「鴻雁傳書」及「雙鯉魚」的故事說的都是傳書送信的事，因此後人就把「魚」、「雁」合起來代稱書信。所以比喻互相聯絡，音信不斷，常用「雁足傳書」或「魚雁往返」，就是「書信往返」的意思。

大家都聽過「沈魚落雁」這個成語。《莊子・齊物篇》：「毛嬙麗姬，人之所美也，魚見之深入，鳥見之高飛，麋鹿見之決驟。四者孰知天下之正色哉？」

意思是說毛嫱與麗姬是人們公認的美女，但是魚見到她們趕緊潛入水底，鳥兒見了她們立刻向高空飛去，麋和鹿見到她們則飛快跑走。因為魚、鳥、麋、鹿四種動物不辨美醜，即使見到美女，也如同見到他人般趕緊逃離。「沉魚落雁」這個成語就是從這裡演變而來，我們通常以「沉魚落雁」來形容女子容貌的美麗。筆者五十年前讀高中時聽過「落翅仔」這個台語語詞，當時不深解其意，是同學之間互相揶揄調侃隨便追得到的女朋友的代名詞。回想起來是對女性的負面稱呼，泛指不正經、不潔身自愛的年輕女性。落翅是指翅膀受傷無法跟著鳥群飛行而落單掉在地上的鳥，現在用來比喻逃家、蹺課、輟學在街頭遊蕩的女孩或以非法性交易謀生的學齡少女。導致這群少女和社會疏離的因素很多，非本文討論範圍，但我們社會有責任關懷或幫助她們回到生活的常軌。「落雁」跟「落翅」可是有天壤之別。

回首從前，過去的種種，有如雪泥鴻爪，往事難以追憶。大文豪蘇軾二十六歲時和弟弟蘇轍（字子由）一同進京應試，經過澠池歷經一段艱辛的歷程。當時他們留宿在當地的一所寺院，有個叫奉閒的老和尚殷勤款待他們，三人相談甚歡，無所不談，臨走時兩兄弟還在寺院牆壁上題詩，蘇轍後來寫了一首〈澠池懷舊〉的詩來記述這段往事。後來奉閒和尚去世，蘇軾回憶起當年遊歷的情景，感悟到人生無常，感慨不已，寫了〈和子由澠池懷舊〉的詩來紀念奉閒和尚。詩意是：兄弟倆雖然同時考中進士入朝為官，但仍得為了官途而東奔西走，不得不和親人分離，就如同那南來北返的鴻雁，在雪泥上留下指爪的痕跡，是那麼偶然，但轉眼又要飛走了，而雪泥上的爪印很快地就會隨著融雪而消失，「人生到處知何似？應似飛鴻踏雪泥。泥上偶然留指爪，鴻飛那復計東西！」這段詩句千古傳誦。蘇軾感嘆自己一生漂泊，仕途不順，境遇就像鴻雁偶然在雪泥留下爪印一樣地飄忽不定，不由得感慨萬千。後來「雪泥鴻爪」用來比喻往事所遺留的痕跡。

謫居黃州的蘇軾，曾感嘆的寫下這樣的詩句：「人似秋鴻來有信，事如春夢了無痕。」這詩抒發人宛如秋雁候鳥，依時南飛，應時往返，不曾改變行蹤，有情又有信。但是往事卻像是春夢一場，時過境遷便無跡可尋。是啊！人往往因重情重義而不易變心，但世事卻是變幻無常，為了往事而自尋煩惱，真的是大可不必，因為於事無補，就像陷入泥沼，首要就是要保持冷靜，越掙扎，恐越陷越深，終至不可自拔。白露節氣時逢中秋，傍晚時分，天空雲霞千千片，真是美不勝收，雖有「夕陽無限好，只是近黃昏」之嘆，但此時看到天空成群的飛雁，好似帶走人們的憂愁，月升山頭，青山銜來了美好的明月，真是令人有一番好心情，「雁引愁心去，山銜好月來」。明天就是中秋節，「但願人長久，千里共嬋娟」。

祝大家中秋快樂！

於二〇二四年九月十六日

失之東隅，收之「桑榆」

中國古代養蠶種桑十分發達，蠶桑文化歷史久遠。《史記・五帝本紀》裡提到黃帝娶西陵氏之女為妻，她就是嫘祖，嫘祖是黃帝的正妃。嫘祖發明了養蠶，「嫘祖始蠶」；除了養蠶之外，也教育老百姓育蠶、治絲繭（綴絲、織綢）以供做衣服。蠶與桑織構出中華文化「以農立國」的生活型態，歷代都視桑樹為有價值的經濟作物並有獎勵農桑的制度。《孟子・梁惠王》有云：「五畝之宅，樹之以桑，五十者可以衣帛矣！」意思是說，使每戶農家在五畝住宅的空地上，種桑養蠶，五十歲以上的老人，就有綢衣可穿了。可見古代種桑的普遍和重要性了。

桑樹在古代又被稱為「扶桑」，它的養蠶治絲以及結生纍纍桑椹的功能，以及桑葉摘了再生，繼續不衰的實際現象，使古人對桑樹產生了不死、再生與生殖的原始信仰。三月是古代民間婦女開始採桑的季節，《禮記月令》說每年採桑季節來到的時候，王后妃子們也都以身作則地到野外去做採桑的工作，這時候婦女們紛紛地放下了自己屋裡的工作而忙著到野外去採桑，《詩經》中關於古代女子採桑的記載十分活潑生動的，如《魏風‧十畝之間》：「十畝之間兮，桑者閑閑兮。行與子還兮。十畝之間兮，桑者泄泄兮，行與子逝兮。」這詩看起來顯然是古代採桑情歌，是說在桑林中，男女無別地往來採桑，一個採桑女子看上了一個男子，因此想和他結伴回去。桑林所以成為古代男女愛情場所，一方面是因為只有在每年的採桑季節，女子們才紛紛地放下屋裡的工作到野外去採桑，另方面是由於枝葉繁茂的桑林正是青年男女們躲藏起來談情說愛的大好地方。正因為採桑時節，桑林中傳出了無數青年男女的情歌，因此後來衛道的儒者們才大聲嘆息「桑間濮上，亡國之音」的吧？「桑間」的本意就是桑林之間，是古時候男女的幽會場所，「濮上」是指濮水之濱，屬於衛國的封地，濮水之濱有個桑間的地方，衛國的青年男女都到這裡來幽會，幽會少不了歌舞助興，而且多屬活潑輕快，當然也纏綿曖昧，因此衛國的音樂就被稱為「靡靡之音」，就是所謂的「桑間濮上之音」，歷來被稱為「亡國之音」（註：鄭國與衛國接壤，風氣相差不多，因此「鄭聲」也被稱為靡靡之音，孔子就特別討厭鄭聲）。倒是從孔子對於詩經的一句「思無邪」的話來看，孔子畢竟還是開明多了。

《詩經・小雅・小弁》：「維桑與梓，必恭敬止。」為什麼見到桑樹與梓樹就要恭恭敬敬呢？原來是古人以農耕為主，絲蠶為輔，在住屋附近常種植桑樹以助養蠶，而梓樹的質材適合削木成器，不僅可做為生活的器具，棺廓也往往以梓木為體，所以古人說：「桑以養生，梓以送死。」由於桑樹與梓樹是古代民宅常種的二種樹木，因此以「桑梓」做為「故鄉」的代稱，旅居異鄉的遊子每當望見桑梓，不由得想起故鄉的種種，而引發思鄉的情愁。現代生活環境改變，公寓大廈旁，土地寸土寸金，很難見到桑樹或梓樹，即使在鄉下亦難見到矣！倒是在鄉下的村里長或民意代表家中的廳堂掛的常見到「造福桑梓」、「功在桑梓」、「嘉惠桑梓」等匾額，以表達他們對故鄉的回饋與貢獻。

我們時常用歷盡滄桑來描述一個人經歷人世間難以算計的苦難和變遷，這個滄桑就是滄（大）海變桑田，也就是世事無常，變化很大的意思。人生在世，飽受滄桑，在所難免，我們會經歷成功，也會經歷失敗，時而得勢，時而失勢，只有曾經歷人世滄桑，才會深刻體會世態之炎涼。在日常生活裡，有時候表面在說一個人，可是實際上是在罵另一個人，拐彎抹角的罵人，這就是「指桑罵槐」。明明是要罵槐樹，卻指著桑樹來罵，但為什麼不敢直言不諱的罵槐樹呢？原來槐樹自古以來都作為官府的代表，《周禮．秋官．朝士》說：「面三槐，三公位焉。」意思是說古代宮廷外植有三棵槐樹，太師、太傅、太保等三公朝見天子時，要面向三槐。桑樹（mulberry）是民間常種植的作物，可以做為一般平民百姓的代表，指著桑樹罵槐樹，可以解釋為民眾由於畏於權勢，即使對官府不滿，也不敢發洩、吭聲，只好向桑樹來發洩了！

歷史上最喜歡槐樹的人，莫過於春秋時代的齊景公，他除了派人日夜看守槐樹外，還立下告示：「犯槐者刑，傷槐者死。」這刑罰夠重了吧！有一天，有個叫衍的人喝醉了酒，折傷了槐樹，齊景公派人將他逮捕。他有個女兒名叫婧，就想辦法要解救她的父親。她趕緊跑到宰相晏嬰的家去陳情。她向晏嬰說：「我父親喝了過量的酒，侵犯了槐樹，違反了禁令。現在君王因為我父親折傷槐樹便要將他處死，這麼做有損君王的大義。別的國家聽聞了，一定會認為君王這樣的做法是輕賤百姓的行為，你覺得這樣好嗎？」晏嬰聽了，覺得非常有道理，便向婧女說道：「我會向君王說明這一切的。」第二天早朝，晏嬰便向齊景公勸諫，他說：「有三種行為會引起人民的怨言，一是壓榨百姓的財力和體力；二是制定嚴厲的法令；三是刑罰殺戮不合理。現在您訂立不合理的刑罰，這是傷害百姓的殘暴行為，這是違背民心的。」景公聽了，馬上下令撤走看守槐樹的人，又廢止傷害槐樹的法令，釋放了囚犯。婧女於父親危難之際，保持理智，冷靜陳述大義的道理，她清晰的陳述，不但挽救了父親，也利益了整個齊國，漢朝劉向的《列女傳》記載了這則「齊傷槐女」的故事。

行筆至此，輕鬆一點，來介紹一位有智慧又機敏的貌美採桑女子。這個美女名字叫「秦羅敷」，故事出自《漢樂府詩集》〈陌上桑〉，又名〈艷歌羅敷行〉。陌是田間的道路，陌上桑就是指在路邊的桑林採桑，這首敘述詩就是以故事發生的場所「桑林」命名的民歌。故事共有三個情節。第一節，首先女主角漂亮出場，「日出東南隅，照我秦氏樓。秦氏有好女，自名為羅敷。羅敷善蠶桑，採桑城南隅」。其次點出女主角裝扮，包括精巧的器物提籃（青絲為籠繫，桂枝為籠鉤）、美麗的裝飾（倭墮髻、明月珠）、鮮艷的衣著（緗綺為下裙，紫綺為上襦）。再來敘述路人們看見貌美的羅敷後種種神魂顛倒的反應，「行者見羅敷，下擔捋髭鬚。少年見羅敷，脫帽著帩頭。耕著忘其犁，鋤著忘其鋤。來歸相怨怒，但坐觀羅敷」。

這首詩最精彩的劇情在第二節。有位太守（使君）自南方來，一見到羅敷，他的馬車（五匹馬駕車）即在羅敷附近停下來，「使君從南來，五馬立踟躕」。使君派部下前去詢問眼前這位美女是誰家的？「使君遣吏往，問是誰家姝？」部下回報：「秦氏有美女，自名為羅敷。」使君又問：羅敷今年幾歲了？部下回答「二十尚不足，十五頗有餘。」（青春少女）。使君詢問羅敷，願意與我一同坐車離去嗎？「使君謝羅敷，寧可共載不？」（這個太守光天化日之下敢開口問這個問題，也太大膽了吧！）羅敷走上前答話（嗆聲）：使君呀，你怎麼這麼糊塗！你已有自己的妻子，而我羅敷也有自己的丈夫，「羅敷前置辭：使君一何愚！使君自有婦，羅敷自有夫」。羅敷以機智巧妙的應對，終使使君知難而退。採桑女羅敷除了美麗之外，更表現了她的聰慧與機智，表現出她不畏權勢而忠於所愛的真純行為。「使君有婦」、「羅敷有夫」之語，就成了後人傳誦的成語。至於第三節則在描述羅敷在使君面前誇讚自己丈夫的英俊相貌與風采，不再詳述。整體而言，在作者（佚名）神妙的筆下，採桑女美貌皮機敏的形象，躍然紙上，故事高潮迭起，動人心弦，文章饒富趣味也不失人情味，可謂效果十足。

「失之東隅，收之桑榆」是讀者朋友耳熟能詳的成語，這個成語故事出自《後漢書・馮異傳》。故事是這樣的：東漢劉秀即位光武帝後，派大將軍馮異出征，剿平赤眉軍。初始，馮異在回谿被赤眉軍打得大敗，馮異敗回營寨，重新整兵出發，並派人混入赤眉軍，然後內外夾攻，最後在黽池之地大破赤眉軍，獲得最後勝利。事後，漢光武帝下了一道詔書說：「……，始雖垂翅回谿，終能奮翼黽池，可謂失之東隅，收之桑榆。」東隅是東方日出處，指早晨，比喻初始；桑榆當然是桑樹與榆樹，是指日落西方，日落的餘光照在桑榆之上，因此指黃昏、日暮，或最終。所以通常是形容在某處先有所失，而在另一處終有所得。我們人生的旅途上，其實也充滿了失之東隅，收之桑榆的事。許多事情，往往是得中有失，失中有得，失敗時，不必氣餒，早晨雖已過去，傍晚努力還不算晚，「東隅已逝，桑榆非晚」。

白居易一生有二個至交好友。一個是前半生的好朋友元稹，二人經常詩酒唱和，二人合稱「元白」。另一位是晚年與他唱和甚多的劉禹錫。劉禹錫字夢得，恰好和白居易同一年出生，白居易稱他為「詩豪」，二人合稱「劉白」，他倆晚年詩酒酬唱不絕，當時就有「劉白唱和集」，真是難得地「晚年」不留白。白居易晚年有一天寫了一首詩給劉禹錫〈詠老贈夢得〉：「與君俱老也，自問老何如。眼澀夜先臥，頭慵朝未梳。有時扶杖出，盡日閉門居。懶照新磨鏡，休看小字書。情於故人重，跡共少年疏。唯是閒談興，相逢尚有餘。」大意是說：我們都老了，就不要問老成什麼樣子了。眼睛乾澀，夜未深沈，早早就入夢鄉了，早上起來頭也懶得梳了。偶而拄著拐杖出門，大多時間都賦閒在家。已經懶得照新磨的鏡子了，也懶得看小字的書了。對於老朋友的情誼是深厚的，還能喚起我閒聊的熱情，少年時的行跡與回憶早已生疏，和年輕時的朋友也已是越來越疏遠了。只有和老朋友閒聊才能感覺興致勃勃，但是這樣相逢的時光也已不多了。白居易對「老化」似乎產生了一種消極悲觀的情緒，劉禹錫收到這首詩後，感覺好友的意志消沈，於是就酬唱回應了一首名叫「酬樂天詠老見示」的詩。

大意是說：歲月無情，我們都老了，誰能不顧慮或不怕老，人老去又有誰憐惜呢？「人誰不顧老，老去有誰憐？」老了，身體漸漸瘦弱，腰帶越束越緊，稀疏的白髮，戴正的帽子也會自然偏斜到一邊，「身瘦帶頻減，發稀冠自偏」。為了愛惜眼力，書卷已擱置不再看了，經年累月，隨身的物品已轉為艾灸的用品，「廢書緣惜眼，多炙為隨年」。經歷的事情多了，自然更加熟悉事物的道理，見過的人多了，看待人世就如同水匯聚成川河一樣更加清澈了然，「經事還諳事，閱人如閱川」。細想起來，人老了也有好的一面，克服了對老的憂慮，就會心情暢快，無掛也無牽，「細思皆幸矣，下此便像翛然」。不要認為太陽到達桑榆之間已近傍晚（桑榆就是比喻人的晚年），它的霞光餘暉照樣可以映紅滿天，燦爛無比，「莫道桑榆晚，為霞尚滿天」。

白居易和劉禹錫老年都患有眼疾、足部疾病，看書行動都不方便，他倆真是同病相憐。但劉禹錫認為人實在不必悲嘆年老，因為老人閱歷豐富，見識廣博，對人生有深刻體悟，所以一個人活到老可說是一件值得驕傲的事。讀了劉禹錫的這首詩，真的體現了他的氣勢豪壯，難怪白居易稱他為「詩豪」。

二個月前，接到高雄市政府社會局的來函，要我去申辦敬老卡，讓我驚嘆歲月真是催人老。我的天呀！我竟然已符合台灣老人福利法所稱的「老人」了。讀了劉禹錫在〈酬樂天詠老見示〉中的最後一句話：「莫道桑榆晚，為霞尚滿天。」幡然轉換念頭，雖然覺得年紀大了，其實還是有很多時光可發揮自己的智慧，老而有所為，暮年說不定也可再發光發熱呢？莫道桑榆晚，為霞尚滿天！

於二〇二四年九月二十三日

三更燈火五更「雞」

顏真卿是唐朝的政治家與書法家，他是書法史上唯一能與王羲之相媲美的書法家，筆者小學初學書法時，基本上是臨摹他的字帖起步的。他創作的楷書字體，稱為「顏體」，與柳公權並稱「顏柳」。顏真卿出身名門，可惜三歲喪父，家道中落，從小就被送到佛寺裡讀書。他曾寫了一首〈勸學〉詩：「三更燈火五更雞，正是男兒讀書時。黑髮不知勤學早，白首方悔讀書遲。」顏真卿認為勤奮的人，到三更時燈火還亮著，不眠苦讀，熄燈休息不久，至五更雞鳴時又起床開始讀書，這正是男子讀書的最佳時間。真是晚睡早起，勤學讀書。（註：古代重男輕女，只有男兒才有機會讀書，所以詩中只談及是「男兒讀書時」。）少年時代就要知道發憤苦讀，不要等到老了，才後悔年輕時沒好好讀書，要讀書已太遲，後悔也來不及了。這與大家耳熟能詳的「少壯不努力，老大徒傷悲」的意思相同。

「三更」、「五更」大約是幾點，讀者知道嗎？古時候夜間計算時間的單位是「更」，把晚上七點到次日早晨五點均分為五更，每更敲鑼或打鼓（又稱更鼓），每更為二小時。算命時會問出生時辰，每個時辰也是二小時。「三更」是半夜十一點至凌晨一點，三更就是夜半，我們的台語叫做「三更半夜」，成語裡代表夜深的「半夜三更」或「三更半夜」即是由此演變而來。「五更」就是凌晨三點到五點，打完五更鼓「更鼓將盡」，天即將亮，此時也開始聽到雞啼聲，因此叫做「五更雞」。晉代的祖逖，立志要為國家盡力，平定動亂，與好朋友劉琨志同道合，兩個人同住一起，互相砥勵。有一回，祖逖在半夜時聽到雞啼聲，雖然天還沒亮，但他驚覺時間寶貴，應該好好把握，就搖醒身旁的劉琨說：「聽到雞叫聲了吧，讓我們趕緊起床，把握時間練武吧！」這就是歷史上有名的「聞雞起舞」的故事。今日的老師，如果講「聞雞起舞」的故事，希望同學把握時機及時奮起，恐怕學生聽了就打瞌睡了，老師只好說：「朽木不可雕也。」

古代人較迷信，大都認為夜半時是陰氣最旺盛的時間刻，鬼神妖怪大多會選在這個時辰出來活動，俗話就說：「夜路走多了會碰到鬼」，就是勸人不要做虧心事，否則遲早會被發現。古代人相傳的靈異、恐怖事件，常常發生在三更半夜，有句諺語說：「白天（平日）不做虧心事，夜半不怕鬼敲門。」就是比喻平常不做違背良心的事，即使夜半有人來敲門，也不會感到吃驚。這二個諺語提示我們，做人處事只要光明磊落，心胸坦蕩，就不用擔驚受怕，惶恐終日。

雞，是傳統中國田園景觀中不可或缺的一種家禽，也與人的生活息息相關。在沒有鬧鐘的古代，每天報曉的工作就是由公雞啼鳴來執行，只要有一隻公雞開始啼曉，其它的公雞就會跟著啼叫，人們便知道天快亮了，又是一天的開始，「雄雞一聲天下白」。《詩經》裡有一篇描述風雨交加的夜晚，女子徹夜未眠，擔心良人為何遲遲未歸？《鄭風・風雨》說：「風雨淒淒，雞鳴喈喈。既見君子，云胡不夷？風雨瀟瀟，雞啼膠膠。既見君子，云胡不瘳？風雨如晦，雞鳴不已。既見君子，云胡不喜？」意思是說：風雨交加的夜晚，公雞開始持續啼叫，叫個不停，忽然見到心上人，心裡的不安都平息了，心裡的鬱悶都一掃而空了，風雨中能見到你，教我怎能不歡喜？公雞因為無論風雨，每天準時報曉，「守時而鳴」，因此「風雨如晦，雞鳴不已」這個意象，就被用來比喻君子在亂世也能保持操守，不改變其節度的象徵。

誰最討厭雞鳴呢？雞鳴代表天將曉，夫婦或情人也到了要起床準備上班或離別的時刻，因此情人最不喜歡雞鳴了，他們恨不得一覺到天明呢！《詩經‧鄭風‧女曰雞鳴》說：「女曰雞鳴，士曰昧旦。子興視夜，明星有爛。」意思是說：女的說公雞已啼叫，男的說天還沒亮，不信的話推窗看看夜色，天色還是黑漆漆的！星光仍然明亮，燦爛閃著光呢！真有春宵一刻值千金的熱情。《詩經‧齊風‧雞鳴》是妻子聽到公雞叫聲，叫丈夫起床的對話：「雞既鳴矣，朝既盈矣。匪雞之鳴，蒼蠅之聲。蟲飛薨薨，甘與子同夢。會且歸矣，無庶予子憎。」意思是說：雞叫了，天亮了！滿朝文武百官都上朝去了，你也該起床，趕快去打卡上班了吧！丈夫把棉被往頭一蓋說：那不是雞叫聲，是蒼蠅嗡嗡叫聲。這位賢妻又勸丈夫起床，說：是啊！蒼蠅飛個不停，我也很想跟你一起繼續入眠溫好夢。但是百官的朝會都快結束了，你還是趕緊起床，才不會被記點啊！否則，你我豈不讓人笑！對於天亮時分就要離別的人來說，聽到雞鳴確實是令人不悅而感傷的聲音。做壞事的宵小之徒也很討厭雞鳴，因為雞鳴會叫醒人類而妨礙了他們的偷盜，《伊索寓言》有一篇〈小偷和公雞〉的故事：幾個小偷趁著夜黑，悄悄潛入一棟房子裡，翻箱倒櫃了半天，找不到任何有價值的東西，氣憤之餘便把後院唯一的一隻公雞抓走。當晚，他們想把公雞抓來吃，公雞苦苦哀求：「別殺我，我可是很有用處的，能夠在清晨叫醒人們起床工作。」小偷們哈哈大笑，一邊磨刀一邊說：「這麼說來你還是非死不可呢！難道我們會笨到，讓你叫醒人們來抓我們嗎？」這個寓言故事給人的智慧就是：飯可以多吃，話不可以隨便說，面對敵人尤其需要多加思考，以免禍從口出。

母雞下蛋，公雞啼鳴報曉，這是大家共同認知的基本常識。如果有一天母雞代替公雞執行清晨的報曉工作，那不就違背自然界的基本規律？但有個成語為何說「牝雞司晨」呢？「牝雞」指的是雌雞，比喻婦人。整句成語是比喻女性取代男性，執掌大權。古代封建社會，重男輕女、男性為主的觀念牢不可破，女性一直是被統治的地位，只能在家相夫教子，做個賢妻良母，國家大事，由男人去包辦作主。《尚書・牧誓》記載武王伐紂的牧誓（誓辭）：「古人有言曰：牝雞無晨。牝雞之晨，惟家之索。」意是說母雞不報曉，如果母雞在早晨報曉，那麼這個家庭就要衰敗了。誓辭接著指出紂王的罪狀，他一味聽信婦人妲己之言，對祭祀之事不聞不問；昏庸無道，捨先王所遺留下來的宗長和兄弟，不加重用，反倒信任、重用作惡多端的逃亡者，讓他們擔任大夫和卿士；縱容他們到處違法亂紀，使百姓不得安身立命。今日我就是奉行上天的意志來討伐商紂王，「今商王受，惟婦言是用。昏棄厥遺，王父母弟，不迪。乃惟四方之多罪逋逃，是崇是長，是信是使，是以為大夫卿士，俾暴虐于百姓，以姦宄于商色。今予發，惟恭行天之罰」。「牝雞司晨」這句成語就是從這裡演變而來，在中國的歷史發展中，武則天當政時期就曾被稱為「牝朝」。隨著婦女地位提升，兩性平權觀念已逐漸深植社會人心。美國商業雜誌《富比士》（*Forbes*）曾發表專文，列舉各國在防疫有傑出表現的七位女性元首，並稱她們是「領導人的典範」，台灣總統蔡英文、德國總理安格拉梅克爾（Angela Merkel）、芬蘭總理桑娜馬林（Sanna Marin）均名列其中。現在的職場，女性擔任主管職，甚至位居要津的越來越多，諒男人也不敢稱她們是「牝雞司晨」。看來，這個自古以來之詞語，該是退出歷史舞台的時候了。

戰國時代，齊國孟嘗君、趙國平原君、楚國春申君與魏國信陵君合稱善於養士的「戰國四公子」。我們來看看孟嘗君如何得到「雞鳴」「狗盜」之徒的效力與幫助他脫離險境的故事。據《史記・孟嘗君列傳》記載，孟嘗君是戰國時代齊國的貴族，被齊湣王任命為宰相。他禮賢下士，據說門下食客達三千人之多。有一次孟嘗君出使秦國，秦昭王一見，即任命他為宰相，大臣們都不贊成，認為他是齊國的貴族，如果讓他當秦國宰相，他一定是先為齊國打算，然後才為秦國。秦昭王一聽覺得有道理，改變了主意，便把孟嘗君關起來，準備殺死他，孟嘗君就派人向秦昭王的寵妃去求救。那個寵妃說：我希望得到一件白狐狸毛皮做的大衣（狐白裘），孟嘗君的確有一件狐白裘，但已經送給秦昭王了，普天下找不到第二件，那怎麼辦呢？這時有一名食客出來說：我有辦法弄到狐白裘。於是就在夜裡像狗一樣的鑽進了秦宮的倉庫，偷回了那件狐白裘，孟嘗君把它送給了秦昭王的寵妃。她便在秦昭王面前為孟嘗君求情，秦昭王就把他給放了。孟嘗君一被釋放，就連夜地逃回齊國，到了函谷關，按規定要等到清晨雞鳴才會開門通行。這時秦昭王後悔，派人沿路要緝拿孟嘗君，如果天亮前孟嘗君不能出關，必會被秦昭王追回，孟嘗君怕追兵到來，這時他的食客中有一位會模仿雞叫的，他學了幾聲雞叫，周圍的雞也都叫了起來，守關的戰士聽到雞叫，以為天亮了，就把城門打開，孟嘗君一行人就出關了，等到秦昭王的追兵到了函谷關，孟嘗君早已離開了秦國。後來就用「雞鳴狗盜」來比喻有某種卑下技能的人，或指卑微的技能。因此有人認為孟嘗君的食客並不是棟樑之才，他只不過是「雞鳴狗盜」之徒的首領而已。不過孟嘗君懂得待客之道，使得食客們不惜犧牲一切的報答他，而他也因此度過個個難關。

為什麼有些人叫他做什麼事，總是慢半拍，令人生氣，人們常用「呆若木雞」來形容，讀者知道木雞是什麼品種的雞嗎？這個故事出自《莊子‧達生》。鬥雞是古代的一項娛樂活動，戰國時期人們就喜歡鬥雞的遊戲，有個叫紀渻的人，專門為齊王訓練鬥雞參加比賽。雞訓練了十天後，齊王問他：「鬥雞訓練好了嗎？」他回答說：「還不行，雞看起來氣勢洶洶的，很容易衝動。」又過了十天，齊王又問，他還是說：「不行，因為雞不夠沈穩，看到別的雞鳴叫，牠也鳴叫。」又過了十天，齊王再問，他還是說：「不行，因為牠的目光還帶著強盛的怒氣。」再過了十天，齊王再問，他說：「可以了！牠現在對於其他雞隻的鳴叫毫無反應，沈著的態度使牠看起來像木製的雞。這隻雞已被訓練成木頭雞，別的雞看到這隻『呆若木雞』的鬥雞，一定不敢應戰，轉身就跑。」以後齊王用這隻雞去參加鬥雞比賽，場場獲勝，這隻雞聲名大噪。莊子的本意是形容氣度泰然自若，態度沈穩，不管發生什麼情況，都不會受到外界的影響。但後人用木雞不動的停滯模樣而失神的樣子，用來形容愚笨或受驚嚇而發愣的樣子。蘇軾的老哥蘇洵也是唐宋古文八大家之一，其著作《心術論》一文中，也談過與「呆若木雞」

相似的理念，蘇洵認為：作為軍事將領，最重要的一件事，未必是要有過人的謀略或驚人的戰術，而是要能「治心」，什麼是治心呢？就是修養內心，要能做到遇事鎮定，做到泰山崩於前而面不改色；麋鹿在旁邊跳躍也不眨眼，即使碰到緊急狀況，也能鎮定以對，排除外在干擾，避免私人情緒作祟。這樣才可以判斷利害，才可以對付敵人，「為將之道，當先治心，泰山崩於前而色不變，麋鹿興於左而目不瞬，然後可以制利害，可以待敵。」古代先賢的思維，引人深思。

劉安是誰？淮南王是誰？讀者朋友可能不知道，不過「一人得道，雞犬升天」這個成語大家可就耳熟能詳了。劉安是劉長之子，劉邦的孫子，受封為淮南王，他曾廣招門客集體撰寫《淮南子》一書，這書是古代科學思想的綜合代表著作。劉安喜歡道術，傳說他修煉丹藥，得道成仙，家人服用也上天成仙，剩餘的丹藥，家裡的雞、狗吃了，也都升天了，「王遂得道，舉家升天，畜產皆仙，犬吠於天上，雞鳴於雲中」。「一人得道，雞犬升天」的成語即源於此。

順道一提，讀者知道豆腐是誰發明的嗎？根據明代李時珍《本草綱目》的記載：「豆腐之法，始於西漢淮南王劉安所作。」據傳劉安於母親患病期間，每日用泡好的黃豆磨成豆漿給母親飲用，劉母之病遂逐漸好轉，豆漿遂傳入民間。劉安在一次煉仙丹的過程中，不小心以黃豆、鹽鹵等物煉丹，意外煉出白滑美味可口的「豆腐」，後來被當作食物，清代詩人袁枚在《隨園食單》中說：「豆腐得味勝於燕窩。」現在人們都會將「吃豆腐」用在男女之間，意指男性占女性的便宜，有時可視為「性騷擾」的含蓄說法。「吃豆腐」怎麼會跟占女孩子便宜有關呢？有一說是豆腐店老闆娘為吸引顧客，難免做出賣弄風情的行為以招徠顧客，以便吸引男人以「吃豆腐」為名到豆腐店光顧，順道調戲老闆娘，因此「吃豆腐」就成了男性輕薄女性的代名詞。另外有一種說法，舊時辦喪事的習俗，周圍鄰里的居民都會來幫忙，喪事結束後，喪家會擺宴感謝親友的協助，飯桌上一定有豆腐這道菜，所以去喪家幫忙、弔唁後的吃飯叫「吃豆腐飯」或「吃豆腐」，此時會有一些假冒來幫忙的人混進來吃免費的飯而占喪家的便宜，這種行為傳出去以後，「吃豆腐」遂有占便宜的意思。

現實生活裡，其時常有「一人得道，雞犬升天」的現象，往往某個人得勢升官，和他有關係的人也跟著沾光得勢，一起飛黃騰達起來。不過時勢變化，這個成語的含義已逐漸從褒義變成貶義了，因為這些雞犬升天的人，往往成群結隊，結黨營私，以謀求私利，朋求進取，以同異為愛惡，以愛惡為是非，這樣「一人得道，雞犬升天」的結果，往往又會造成拉幫結派，終非國家社稷之福。中國歷史上有東漢末年的「黨錮之禍」、唐朝末年的「牛李黨爭」、宋朝的「新舊黨爭」、及明朝末期的「東林黨爭」。這些朋黨之爭的結果，都動搖國本，加速朝代的敗亡。台灣政壇，執政黨與在野政黨「黨爭」日益嚴重，呼籲執政黨與在野政黨應以蒼生為念，以社稷為重，以追求國家利益最大化為最高指導原則，則國家幸甚、百姓幸甚！

於二〇二四年九月二十七日

秋「菊」傲霜開

秋分後十五天為寒露，寒露是深秋的節令，也是秋天的第五個節氣，每年在國曆十月八日或九日，今年的寒露是十月八日。寒露是二十四節氣中最早出現「寒」字的節氣，但並不表示像冬天一樣冷。白露和寒露都是露，都是二十四節氣中的秋季節氣，可是，此「露」非彼「露」。白露的露珠，透明晶瑩；寒露的露珠，即將凝結成霜。《月令七十二候集解》：「九月節，露氣寒冷，將凝結也。」即表示寒露節氣的露水比白露節氣的寒冷。有句話說：「露水先白而後露」，就是指經過白露節氣後，氣候將轉為深秋而令人感到有幾分寒意，所以寒露是氣候從涼爽到寒冷的過渡，因為還沒進入寒冷的冬天，這一段日子可以說是最舒適的秋高氣爽的天氣。寒露到來，代表陽氣漸衰，陰氣漸生，人體的生理活動也要適應自然界的變化，以確保體內的陰陽平衡。同時在秋冬變換之時，稍不留意，即會著涼，因此也是疾病容易流行的時期。《詩經》：「七月流火，九月授衣。」這裡的月份是農曆，九月相當於國曆十月，因此寒露節氣到來，也是應該準備寒衣的時候了。

寒露的三個物候：一候是鴻雁來賓；二候是雀入大水為蛤；三候是菊有黃華。寒露節氣時鴻雁已飛至南方過冬了，我在白露節氣時已談過鴻雁，之所以稱之為賓，是因為鴻雁本屬北方的鳥類，當牠們飛往南方的時候，便稱牠們為來賓。與白露期間的鴻雁南飛相比，剛好相隔一個月之久，這也說明鴻雁是分批南飛的，這可能也是最後一批南飛的鴻雁。雀入大水為蛤，是指陽氣十足的雀鳥都已化為水中的蛤蜊，說明天地的陰氣重了，此時節蛤蜊卻往往漂移到岸邊曬太陽，雀鳥的羽毛與蛤蜊的條紋相近，古人認為二者之間必有某種關聯，因此衍生出雀入大水為蛤的聯想。菊有黃華，是指這時節菊花已普遍開了。菊花因陰氣而開花，顏色也符應了晚秋的土旺（黃色系）時節，因此菊花又稱「黃花」。菊花越是寒露霜重時會開得更加明艷，如果秋菊不開花，就表示土地不能耕種，農作物收成會不好，「菊無黃華，土不稼穡」。因此寒露的月份又稱「菊月」（農曆九月）。此時節恰逢重陽節（請參見《毓馨文集》，頁七六至八〇），當然也是賞菊的好時節。孟浩然〈過故人莊〉：「待到重陽日，還來就菊花。」可見傳統中國即有賞菊的習俗。

前面提到農曆九月稱為「菊月」，那菊花月令的花神是誰呢？那就是「不為五斗米而折腰」的田園詩人陶淵明，讀者知之甚詳。他的飲酒詩〈飲酒・其五〉說得好：「采菊東籬下，悠然見南山。」因此菊花又稱「東籬花」。他的另一篇飲酒詩〈飲酒・其七〉說：「秋菊有佳色，裛露掇其英；泛此忘憂物，遺我遠世情。……」意思是秋天的菊花顏色美好，把菊花泡在酒中，縱情飲酒，藉以忘記煩憂，讓我超脫世俗的情懷，更加深濃。以上都是膾炙人口的詠菊名句。陶淵明之後有一位菊花的知己，他是南宋末年的儒生、畫家、也就是詩人鄭思肖，元兵南下時，他憂國憂民上書痛陳抗敵之策，未被採納，後來就孤身隱居蘇州。他有一首詠菊的詩〈畫菊〉：「花開不並百花叢，獨立疏籬趣未窮。寧可枝頭抱香死，何曾吹落北風中。」詩意是菊花盛開在秋天，從不與百花為伍，獨立在稀疏的籬笆旁，情操意趣卻未衰窮。寧可在枝頭凋謝枯萎而死，也不曾吹落於凜冽北風之中。不同於其他詩人之作，詩人觀察到菊花凋謝後不落地，仍繫枝頭而枯萎，隱喻詩人高潔的情操，不向北方來的蒙古統治者屈服的志節，鄭思肖對菊花另類的觀察與讚美也算相當貼切中肯。

朱惺公是民國時代的著名新聞記者，他寫過一篇〈瘞菊記〉的散文，對菊花的天性描述的相當深刻，可謂入木三分。瘞是掩埋的意思，怎麼標題是埋葬菊花呢？文章的大意是說：作者有一個朋友，送他幾盆優良品種的菊花，希望他好好護養它們。朋友離開後，他看花盆粗糙又有裂痕，就另買新盆，把菊花移植過去。天氣變寒，又連續幾夜下雨，他看菊花含苞待放，恐忍受不住風雨的摧殘，於是就把花盆移到室內。沒幾天，花漸漸枯萎了，就猜想可能是泥土不夠肥沃，於是又給它施肥，可是菊花竟然枯死了。朋友幾天後又來找他，發現菊花沒一盆活著，非常傷心可惜。他就將緣故告訴他。朋友說：你不瞭解菊花的本性，愛之適足以害之。菊花愛戀它原本的泥土，不到遷移的時候，不要遷移它；菊花耐寒，歷經寒霜愈堅強，「經霜愈傲」，移栽室內，斷絕風露會損傷它；既已枯黃，又施以肥料，這就像給生肺癆病的人吃人蔘、茯苓一樣，怎能不加速它的死亡呢？他聽完豁然開朗，「我錯了！菊花戀故土，就是義；耐風寒和霜露奮戰到底，『酣戰風霜』，就是勇；不貪肥沃的泥土，就是廉。有這三種美德，我卻破壞它，使它滿懷委屈的死了，『迫其抱屈以死』，這不是我的過錯嗎？」於是收拾殘菊，把它給埋了，題字為「君子花之塚」。本文實有反諷世人的不戀故土，禁不起考驗，貪求名利，不如菊花有義、勇、廉的節操，實值得我們省思。

菊花在中國古典文學中，有著重要地位，它與梅、蘭、竹合稱四君子花。屈原《九歌‧禮魂》說：「春蘭兮秋菊，長無絕兮終古。」意思是說春蘭和秋菊在不同的季節裡綻放出屬於自己的美麗，比喻各有所長、各擅勝場，各有值得稱讚的地方。宋朝周敦頤的〈愛蓮說〉稱菊花為：「花之隱逸者也。」菊花除觀賞外，也可當作蔬菜和藥草來食用，屈原〈離騷〉即說：「夕餐秋菊之落英。」意指傍晚咀嚼秋菊飄落的花瓣，一直到現在，人們還在夏天裡喝菊花茶，用來消暑退火，這是筆者自高中至今最喜歡的飲品，讀者朋友，你喝過嗎？明年夏天，附庸風雅一下，來一杯，如何？

不是所有的菊花都可以吃，古代菊花分為觀賞菊和食用菊，人們多食用黃菊和白菊。《抱朴子》稱食用菊為真菊。陶弘景《神農本草經集注》說：「菊有二種，莖紫，氣香而味甘，其葉乃可羹；莖青而大，氣似蒿而苦，若薏苡，非也。」大詩人蘇東坡是個美食家，他食菊成癖，他的〈後杞菊賦〉中說：「……。吾方以杞為糧，以菊為糗（炒熟的米、麥）。春食苗，夏食葉，秋食花實而冬食根，庶幾乎西河南陽之壽。」賦意是說：我正把枸杞當作糧食，把菊花當作糧食（杞菊為食），春天吃它的苗，夏天吃它的葉，秋天吃它的花和果實，冬天吃它的根，希望能像西河和南陽的長壽之人那樣長壽（註一：西河是指孔子弟子子貢，他晚年居西河，蓋年百歲；註二：根據《風俗通》的記載：南陽酈縣有甘谷，谷水甘美，云其山上大有菊，菊花墮其中，水從山上流下，得其滋液。谷中三十餘家，不復穿井，悉飲此水，食者無不老壽，上壽者百二三十，中壽者百餘，下壽者不失七八十，無夭年人，菊華輕身益氣故也。）由此可見，古人是相信食菊、飲用菊花水可延壽。傳說慈禧太后也喜歡品嚐菊花美食，用銅火鍋盛雞湯或肉湯，以急火燒沸，再投入雞片或肉片，並雜以白菊花瓣，這道菜就是養生名菜。

想到秋天的菊花，人們總是想到陶淵明和他的酒，菊、酒、陶淵明似乎為以後的詩人組成了一個詩意而美好的秋天。或許是因為九月秋高氣爽是適合喝酒的季節，也或許是因為陶淵明在九月菊花開時，喝了太多的酒，後世的詩人們似乎一想到菊花就想到酒，當然這和菊花本身自古以來就可以釀酒的事實也一定是有關的，更何況據說菊花酒還可令人長壽呢！哪些詩人喜歡在九月菊花盛開的時候喝酒？白居易的酒詩：「黃花助興方攜酒，紅葉添愁正滿階。」杜牧的酒詩：

「別後東籬數枝菊，不知閒醉與誰同。」韓愈的酒詩：「牆根菊花好沽酒，錢帛縱空衣可準。」李白的酒詩：「携壺酌流觴，菊搴泛寒榮。」杜甫的酒詩：「明日萬條盡醉醒，殘花爛漫開何益。」總覺得陶淵明才是菊的知己、酒的知己，他懂得菊花也懂酒，他賞菊因為菊能「汎此忘憂物，遠我遺世情」。他喝酒也是在有酒就喝、醉了便睡的天真心態下喝酒，他喝酒喝得很悠雅而快樂。他喝酒不是為了發牢騷，也不是為了逃避現實，許多喝酒的人們，往往是滿腹牢騷，苦酒滿杯，還顯出一副喝酒的狂態，了無樂趣，只不過借酒澆愁愁更愁而已吧！

白居易前半生的好朋友元稹，字微之，兩人合稱「元白」，兩人經常一起詩酒唱和，元稹也喜歡菊花，他的〈菊花詩〉：「不是花中偏愛菊，此花開盡更無花。」這是元稹讚揚菊花之作，他認為並不是自己對菊花特別偏愛，而是一旦菊花凋謝了，便是百花凋零，沒有花可欣賞了，因此自然就把感情寄託於菊花了。

蘇軾曾寫一首詩贈送他的好友〈贈劉景文詩〉：「荷盡已無擎雨蓋，菊殘猶有傲霜枝。」這首詩是秋末初冬的景致，荷花已殘敗凋謝，連那一把遮雨的荷葉都枯萎了，菊花雖已枯萎，但那傲霜挺拔的菊枝，仍在寒風中充滿生機勃勃。這詩用來比喻他的好友人品風範，正如殘菊不畏寒霜的勁節風骨，絕不為惡劣的環境所屈撓。

「人比黃花瘦」是流傳很廣的經典名句，讀者聽過嗎？這個經典名句來自宋朝才女詞人李清照的〈醉花陰〉這首詞，大部分人沒聽過這闋詞，但聽過「人比黃花瘦」這詞，這詞已成千古絕唱，我們先來介紹李清照。李清照，號易安居士，是中國文學史上最偉大的女文學家。她出身書香世家，父親李格非，曾以文章受教於蘇軾，是當時有名的學者，母親也出身名門。她在少女時代即有「才女」的美譽，十八歲嫁給二十歲的趙明誠時，還有一段有趣的故事呢！趙明誠當時是太學生，他的父親叫趙挺之，當時是吏部侍郎。話說有一天，趙明誠對父親說：他最近在夜裡常作夢，睡眠品質不太好。父親問他夢到什麼？趙明誠回答說：只依稀記得三句話，其它的都忘了。趙挺之又問：哪三句話？趙明誠說：「言與司合，安上已脫，芝芙草拔。孩兒不知其意？」趙挺之就幫兒子解夢，大笑說：「言」與「司」合就是「詞」；「安」字把上面去掉，就是「女」字；「芝芙」二字把上面的草字頭去掉，就是「之夫」兩個字。這個夢就是說你應該娶一個詞女當妻子。綜觀當時，天下就只有一個詞女待字閨中，那個人就是李清照。於是趙挺之即向李格非提親，兩家本就交情不錯、門當戶對，於是一拍即合，李清照與趙明誠就成為一對鴛鴦。

趙明誠在外地任職，在重陽節時，接到了妻子的來信，信裡夾有〈醉花陰〉一詞：「薄霧濃雲愁永晝，瑞腦消金獸。佳節又重陽，玉枕紗廚，半夜涼初透。東籬把酒黃昏後，有暗香盈袖。莫道不消魂，簾捲西風，人比黃花瘦。」意思是薄霧濃雲遮蔽了漫長的白晝，妻子獨自在家，盯著金獸爐裡升起瑞腦香的清煙，愁思難解。又是重陽佳節到來，頭枕玉枕，身蓋薄紗，仍然渾身透涼。黃昏時分，打起精神到院子裡賞菊喝酒（李清照哪會有陶淵明東籬把酒的雅興呢？），帶著盈滿雙袖的菊花清（幽）香歸去。可別說這樣就不會讓人黯然憔悴，當西風蕭瑟，珠簾亂捲，你可知那屋裡的人兒比菊花還要消瘦幾分啊！這首詞的前頭即道明當時是重陽佳節，搭配九九重陽的習俗，飲菊酒「把酒」、「賞菊」，因此李清照用「人比黃花瘦」來形容與丈夫分別之後的孤獨、寂寞、與相思及思念夫婿而致倩影消瘦。用黃花比喻人之憔悴，以瘦暗示相思之深與苦，真是言有盡而意無窮，所以能歷代廣為傳誦，良有以也。

美國史丹福大學的團隊依據全球學術資料庫進行分析，二〇二三年全球前百分二的頂尖科學家，近日揭曉筆者在「終身科學影響力排行榜」與「年度科學影響力排行榜」均脫穎而出，並在毒理學領域均名列全台第一。筆者擔任高雄醫學大學副校長（九年）及校長（三年）共計十二年任高階行政主管，對學術研究可謂已有疏於耕耘，竟能有這樣的佳績，實感意外。七月一日卸下校長重任，自在輕鬆，自嘆：「歸去來兮，『學術』將蕪胡不歸？」這是陶淵明〈歸去來辭〉的精典名句。這段日子以來，筆者息交絕遊，由學術行政官場歸隱，過著樸實、自在而無應酬的生活，重新耕研學術，行有餘力，則筆耕寫作，那是以前有行政職務時所沒有的閒適，望能在人生閱歷成熟豐富的黃金階段，更加珍惜時間，而留下豐碩作品，正如蘇軾勉勵其好友的〈贈劉景文〉詩所云：「一年好景君須記，最是橙黃橘綠時。」

於二〇二四年九月三十日

塞翁失「馬」

《淮南子》是西漢劉安及其門客所合著，《淮南子・人間》有一則寓言的故事，大意是說：住在邊塞附近，有一位擅長養馬技術的老翁，有一天，他養的馬無緣無故的跑到胡地去了，鄰居都來安慰他。他卻說：「此何遽不能為福乎？」即這有誰知道不是一件好事呢？過了幾個月，那馬居然帶了一隻胡人的駿馬回來，鄰居都來祝賀他。老翁卻說：這誰知道不是災禍呢？有一天，他的兒子騎著馬奔馳，從馬上掉下來，跌斷了大腿，鄰居都來安慰他。老翁又說：這誰知道不是福氣呢？過了一年，胡人入侵，年輕人都被徵召去作戰，邊塞的人，十有八九都戰死了，只有老翁的兒子因為跛脚之故，沒有參加作戰，得以保全性命。這個流傳久遠的寓言故事，被概括成「塞翁失馬，焉知非福」。所以福可能是禍，禍也可能是福，不要因為遭遇不幸就消極悲觀，也不要太重視意外得來的福份，以免樂極生悲，「故福之為禍，禍之為福，化不可極，深不可測也」。這也是老子所說的「福禍相倚」的道理。現在常用來安慰那些遭遇不幸的人。

在工業革命之前，馬是人類重要的交通工具之一，在軍事上也扮演重要的角色，對人類歷史發展有重要的影響。馬總是給人類四肢強健、刻苦耐勞（馬不停蹄）、快速靈活、體力充沛、氣勢雄壯（龍馬精神）的感覺，馬是六畜之首（馬、牛、羊、雞、犬、豬），可以說是除了狗之外，和人類關係最密切的動物之一。馬是草食性動物，牠的口腔裡有適於咀嚼植物硬葉的大臼齒，雌馬上、下顎各有六支內牙、前臼齒及後臼齒，共三十六支牙；雄馬則上、下顎再各加兩支大牙，共四十支牙，正是因為這樣的齒列，馬的臉看起來長長的，人類的審美觀竟以「馬不知臉長」來形容人不知道自己的缺點。真相敗露，俗語叫「露馬腳」，為什麼露的是馬腳而不是牛腳或是其它動物的腳呢？有一個笑話搏君一笑：朱元璋的老婆馬氏，出身平民之家，其父因犯了殺人罪而逃亡，將女兒交託給其莫逆之交郭子興撫養，馬氏後來認郭子興為義父。朱元璋後來投奔到郭子興帳下，立有戰功，郭子興把自己的養女嫁給朱元璋為妻，朱元璋登基後，敕封結髮之妻馬氏為皇后。馬皇后因為沒有纏足，常為自己的一雙大腿害羞，總是穿一件曳地長裙，把兩腳遮掩起來，有一次大風起兮長裙飛起，露出了馬氏的一雙大腳，因此衍生了「露馬腳」這個俗語，如果朱元璋的老婆不姓馬而姓熊或羊，說不定就是「露熊腳」或「露羊腳」了。

「馬路」望文生義就是專供馬車行走的道路，年輕人約會時，常手牽手漫步，美其名叫「壓馬路」，為什麼要叫做「馬路」呢？古代有錢人家以馬駕車，所以大路順理成章成為供馬馳行的大路，可是老百姓只能坐牛拉車，如果從這個角度來看，那叫「牛路」好像比叫「馬路」更合情合理。曾經有位美國女記者在一場記者招待會上問中國國務院總理周恩來說：「在你們中國，明明是人走的路，為什麼卻要叫馬路呢？」周恩來回答說：「我們走的是馬克思主義的道路，簡稱馬路。」這當然是周恩來的幽默，但不能不承認美國記者所疑惑的問題確實是一個足以令人深思的問題。其實，此處的馬是大的意思，李時珍的《本草綱目》中說：「凡物大者，皆以馬名之。」像六畜當中馬居首，因為馬體型最大，在淮南、山東稱大棗為馬棗。因此馬路就是大路，不是專供馬馳行的道路。

現代化的抽水馬桶是英國人發明的，但是為什麼用馬來命名呢？和馬有關係嗎？《西京雜記》記載了許多西漢的遺聞軼事、時尚風俗等，根據記載：「漢朝以玉為虎子，以為便器，使侍中執之行幸以從。」意思是皇帝的「虎子」就是便器，由侍中掌管，皇帝走到哪兒就跟到哪兒，內急的時候端過來就用（古代皇帝的流動廁所）。到了唐朝，由於李淵（唐高祖）的祖父名叫李虎，為了避諱，把「虎子」改為「馬子」，「馬子」傳到民間之後，多用木來製，又稱「木馬子」。南宋吳自牧的《夢粱錄》記載：「杭城戶口繁夥，街巷小民之家多無坑廁，只用馬桶。」由此得知到了宋朝「馬子」才開始稱「馬桶」。因為女性特有的生理特徵，「馬子」更適於供女人使用，因此古代民間把女人叫做「馬子」，意即把女人視同「馬桶」，意味著承載男子排泄物的工具，這是對女性極大的侮辱，反映封建社會的男尊女卑，這種有性別歧視的用語在兩性平權的時代應該要消除。

馬與牛都是草食性動物，但牛有四個胃，馬卻只有一個胃，因此沒有反芻的功能。馬利用上下口唇的門牙嚼咀長在靠近地面的矮草，但牛是伸出舌頭去捲曲取葉來吃。當馬整天放牧時，牠會一直往前進，邊走邊找嫩草食用，只會專心順著一條路吃下去，不會左顧右盼，即便走過去之後，看到兩邊或後面還有鮮嫩的草，牠也不會回頭過去吃，「好馬不吃回頭草」這句諺語就是從馬的這種吃草的習性而來，但卻被我們用來勉勵人要有志氣，即使遇到困難和挫折，也要堅持下去，決不能走回頭路。其實「好馬不吃回頭草」是馬的食性所趨使然，被人類用來大作文章，也真是煞費苦心了。馬的牙齒隨年齡增加，而有顯著變化，買馬的人，會扳開馬嘴，看馬的牙齒來判斷馬的年齡有多大了。我們常用「馬齒徒長」或「馬齒徒增」自謙自己年歲增長，庸庸碌碌而事業一無所成。

《穀梁傳》中有個馬齒加長的故事：「璧則猶是也，而馬齒加長矣。」故事大意是說：晉獻公雄心勃勃，想要併吞虢國，因攻打虢國，必須經過虞國，晉獻公於是決定向虞國請求借路，以便討伐虢國「假道伐虢」。晉國大夫荀息建議晉獻公用駿馬和美玉為條件，賄賂虞君，換取虞國同意借道，晉獻公只好忍痛割愛，拿出駿馬和美玉。虞國大夫深知若虢國傾亡，虞國必然會隨之被併吞，可謂唇寒齒亡，因此極力勸諫虞君，不能借道給晉國。可惜虞君貪圖眼前小利，還是借道給晉軍，晉國輕而易舉滅了虢國。果然不出虞國大夫所料，當晉國併吞虢國後，荀息即過河拆橋，滅掉虞國，並把之前贈予虞君的駿馬和美玉奪回。晉獻公重獲駿馬和美玉，很仔細觀賞一番說：璧玉完好如初，駿馬依舊，僅多長了幾顆牙齒而已，「璧則猶是也，而馬齒加長矣」。

馬是古時候的交通工具，通常用拉車馬匹數量的多少來顯示乘車人的身分地位，皇帝出行時是乘坐六匹馬拉的車，故曰「天子駕六」。《逸禮》說：「天子駕六，諸侯駕五，卿駕四，大夫三，士二，庶人一。」這是古代的禮制。《詩經‧周南》說：「翹翹錯薪，言刈其楚；之子于歸，言秣其馬。」這段話裡面，翹翹是「高高的」的意思，錯薪是雜亂的荊柴，刈即割的意思，楚是高大的荊柴，也就是雜薪中尤翹翹者，「翹翹錯薪」衍生出了「翹楚」這個詞，就是比喻傑出的人或事物。整段詩的大意是說我要好好準備良好的糧草餵養馬匹，做好婚前的準備工作，希望能養出一匹「高頭大馬」（因為新娘要用馬匹拉，聘禮也要用馬匹拉）。這是男主角謙虛害羞，不好意思直接說自己想娶她。「高頭大馬」有時也是丈母娘看待新郎的加分項目呢！

賽馬時的最後衝刺，當前脚踏地力量過大或未能站穩而摔跤，馬很容易受傷造成骨折，所以有句成語說「馬失前蹄」，用來形容失算、栽跟斗、因失誤而誤事，還真貼切。馬大多是在草原裡生活，除了擅長跑步的四隻脚，沒有其它有效的防衛武器，耳朵變得很重要。相較之下，牛的頭上有禦敵用的牛角，不必像馬那樣聽到聲音，拔腿就奔逃（馬不停蹄）。馬在草原中遇到敵人時牠無法藏身於草原中，只能利用發達的視覺與聽覺盡早發現敵人，發現情況有異，立刻逃跑。馬的耳朵和眼睛協調得很好，眼睛一發現異樣，耳朵會跟著朝那個方向打聽，一聽到異聲，眼睛也會馬上進行搜尋。萬一逃跑不及呢？馬要怎麼辦？《伊索寓言》裡有一則馬和雄鹿的故事：馬兒在草地上吃草，一隻雄鹿闖進牠的領地。馬兒震懾於牠頭上的犄角，不敢把牠趕走，心裡卻很生氣。於是馬兒向人類尋求幫助，馬對人說：「請你幫我把雄鹿趕走好嗎？」那人回答說：「只要你讓我裝好鞍和轡繩，並讓我騎在背上，我很樂意幫你驅趕雄鹿。」馬兒很爽快就答應了。那人果然實踐諾言幫牠趕走了雄鹿，但馬兒自己卻從此成為人類的俘虜、奴隸。這則寓言故事其實告訴人們：向敵人尋求幫助，有時候無異於自尋死路，台灣俗諺叫「請鬼拿藥單」。

「東風射馬耳」又是什麼意思，讀者知道嗎？李白〈答王十二寒夜獨酌有懷〉：「……吟詩作賦北窗裡，萬言不直一杯水。世人聞此皆掉頭，有如東風射馬耳。……。」意思是說：在北窗下吟詩作賦，盡談一些風花雪月的事情，說得再多也不比一杯水來得有價值。一般人聽到這些都轉頭就走，就像東風吹過馬耳邊，瞬間消逝，起不了作用。東風就是春風，也許春風徐來，連水波都不興，也許馬兒如沐春風，感覺神清氣爽，因此充耳不聞。「東風吹馬耳」後來就用來比喻充耳不聞、無動於衷、對事漠不關心，或省作「馬耳東風」。筆者忝為教席，在教育現場觀察到老師對學生的耳提面命，學生往往當作「馬耳東風」，置若罔聞，一點也不為意，這也難怪許多老師大嘆現在的學生對於老師的教誨越來越「馬耳東風」了。

有些刑事案件，歹徒的作案手法相當高明，現場很難找到蛛絲馬跡，可作為警方破案的線索。這個「蛛絲馬跡」的蛛絲當然是蜘蛛吐的絲，結成的蜘蛛網，可是馬是體型高大的動物，牠經過所留下的「馬跡」一定是顯而易見的，怎麼可能和「蛛絲」並列呢？但是這個成語的原義是通過「蛛絲」和「馬跡」所留下的細微痕跡，從而找到解決事情的線索和關鍵處。原來「馬跡」的馬是指「灶馬」的馬而非指供人們騎乘的馬，根據唐朝段成式《酉陽雜俎》的記載：「灶馬，狀如促織（蟋蟀），稍大，腳長，好穴於灶側。俗言，灶有馬，足食之兆也。」這種灶馬是生長在廚房中的小蟲子，牠爬過的地方，留下很多不明顯的痕跡，這就是「馬跡」。蜘蛛網和灶馬爬過的痕跡都是經常一起出現於伙房，兩者都很不明顯，但儘管細緻，只要人們仔細辨認，還是能夠找出一些線索，做為解決（開）事情的關鍵點。

古時候的官員接任新的職務，都是騎著馬赴任，現在人們都稱官員就職為

「走馬上任」。那讀者知道騎著馬看花是什麼滋味嗎？唐朝詩人孟郊，字東野，出身寒微，參加科舉，屢試不第，終於在四十六歲時如願以償考中進士。此時孟郊的心情，應該和《儒林外史》裡范進中舉時一樣的欣喜，畢竟「金榜題名時」是人生四大樂事之一。唐朝士人登科後，朝廷會舉行曲江杏園宴，宴請新科進士，並有請進士走馬遊街賞花的慶祝活動，孟郊既得意又風光，寫下了著名的〈登科後〉：「昔日齷齪不足誇，今朝放蕩思無涯。春風得意馬啼疾，一日看盡長安花。」詩意是及第後的孟郊，擺脫了過去長處狼狽不堪的處境，如今終可揚眉吐氣，無拘無束，自由暢快。在春風吹拂中，心情快意，一天便賞盡了長安城的花景。這首詩描述騎馬快走，觀賞花景，創造了兩個成語「春風得意」及「走馬看花」，都可用來形容抱負實現、事業順利或升遷順利時的愉快感受；走馬看花也可比喻匆匆的觀看，不能仔細深入的了解事情（物）。

順道一提，孟郊考中進士後，過了四年，朝廷才授予他一個小官職，這時孟郊年紀已半百了。於是他把母親接來同住，他想起過去的辛酸與困苦，想起母親為他所付出的心血以及養育之恩，能走到有苦盡甘來的一天，孟郊不禁感慨萬端，提筆寫下了〈遊子吟〉這首千古絕唱的詩，以表達對母親無盡的感恩：

「慈母手中線，遊子身上衣。臨行密密縫，意恐遲遲歸。誰言寸草心，報得三寸暉。」這首詩平易近人，大家都可朗朗上口，現在讀者們終於知道孟郊為什麼會寫這首詩了吧！

在英文裡死馬（dead horse）也成為諺語的主角，「Beat a dead horse」直譯就是「打一隻死馬」，這匹馬都已經死了，你打牠有何意義呢？你不管打得多用力多兇猛，牠也都沒有反應，已經沒有改變的可能了。既然如此，若還是執迷不放棄，不斷去討論已成定局的事情，或嘗試不可能的事，就是我們諺語所說的「死馬當做活馬醫」。雖然知其不可為而為之，傻勁難得，但也會被批評為不夠務實或蠻幹，最後不過是白費力氣，做徒勞無功的事而已。《論語・顏淵》：「夫子說君子也，駟不及舌。」「駟」就是四匹馬駕的車子，在古時候可能是最快的交通工具了，像這樣快的車子，還不及舌頭，孔子之意為何？孔子是說君子一句話說出口，就是套上四匹馬的車也追不上。這是形容話已說出，沒法再收回，一定要算數，成語「一言既出，駟馬難追」即由此而來。從這裡不難看出講出口的承諾必須遵守是古代對君子的要求之一。讀者可能要問我：以上所言之二件毫不相干的事，跟本是「風馬牛不相及」的事，怎可混為一談呢？《左傳》有記載的故事：「楚子使與師言曰：君處北海，寡人處南海，唯是風馬牛不相及也。不虞君之涉吾地也，何故？」意思是說：春秋時齊桓公率領諸侯聯軍攻打楚國，楚成王派使節前去交涉，向齊桓公說：「齊國位在北方，楚國位在南方，即便放牧馬牛雌雄相誘追逐，也不可能發生越界的事，不知道齊國為什麼要攻打楚國呢？」動物雌雄相誘互相追逐稱為「風」，馬和牛荷爾蒙不可能互相吸引，這是楚國的使節在質疑齊桓公，究竟是何因素誘使你要前來攻打楚國？

唐宋古文八大家之首的韓愈，寫過一篇《馬說》的文章，大意是說：世上有伯樂（名叫孫陽，春秋時代人，擅長相馬）這種識馬的人，然後才會有千里馬。千里馬是常有的，可是像伯樂這種懂馬的人卻不常有，「世有伯樂，然後有千里馬。千里馬常有，而伯樂不常有」。所以即使有名馬，也只是在奴僕的手下受辱，和普通的馬一起死在馬廄裡，沒有人知道牠是千里馬而稱讚牠。能日行千里的馬，一頓可能就要吃掉一石的穀子，餵馬的人不知道牠能日行千里才吃那麼多。這馬雖有日行千里的能力，但是吃不飽，力氣就不夠，即使才能再怎麼優異也顯現不出來，若和普通的馬比較都不如了，怎麼能再要求牠日行千里呢？駕馭牠不依照正常的方法，餵養牠又不能滿足牠的食量以發揮才能，牠嘶鳴時也不知道牠的心意；卻手執馬鞭對著牠說：天下沒有千里馬。唉！難道真的沒有千里馬嗎？還是真的無法識別千里馬呢？「嗚呼！其真無馬耶？其真不知馬也！」

談到伯樂，就得順道一提成語「伯樂一顧」。話說戰國時期有人要賣一匹駿馬，連續三個早晨都無人問津，最後只好私下拿錢去請求識馬的伯樂來看一下（做點廣告？）伯樂看了之後，果然一傳十，十傳百，才一個早上，馬的身價就水漲船高了，因此後世就以「伯樂一顧」來形容得到名人賞識、推薦的重要性。

我們常把能慧眼識英雄的人比喻作伯樂，而把身負長才的人比喻作千里馬，人才需要有人賞識，才不致被埋沒而有懷才不遇之嘆。但適時展露自己的才華，自我推薦，也是千里馬自我尋求突破發展的途徑。德國著名的哲學家尼采說：「金子總是會發亮的（All is not gold that glitters, but gold will glitter forever）。」如果是鑽石總是會發亮的！但是不要老是抱怨懷才不遇，總得先做出成績，讓人刮目相看，再來強調自己的感受吧！

於二〇二四年十月四日

鯉「魚」躍龍門

「鯉魚躍龍門」的傳說故事出自《太平廣記》，它是北宋李昉等人所編輯的一本古代小說總集，龍門在山西省河津縣的黃河峽谷，相傳大禹鑿開龍門山，山斷成像兩扇門的樣子，寬有一里長，黃河的水從兩山中間流過去，兩岸的車馬都走不過去，無法通行。每年農曆三月，就有很多黃色的鯉魚，從海洋和各條江河逆水上溯到龍門山，跳躍龍門，但是峽谷水流湍急，能跳過龍門去的黃鯉魚，不超過七十二尾。這些黃鯉魚跳上龍門時，立刻有滿天的雲雨跟著牠們，而天火從後面燒牠們的尾巴，於是牠們就變化成龍，升天了。鯉魚躍過龍門，一翻身成為龍，即身價百倍，隨之而來的便是富貴名利。「鯉魚躍龍門」這個詞語後來用來比喻中舉、升官等飛黃騰達之事，也比喻逆流前進、奮發向上，這也是文人士子甘願「十年寒窗無人問，只求一舉成名天下知」。但這句話也啟發我們，在生活中遇到困難，不要退縮，要禁得起考驗，才有成功的希望。

東漢末年桓帝、靈帝時，宦官當權，當時朝廷政風敗壞，爆發了二次「黨錮之禍」。只有李膺以司法校尉身分，執法嚴格，力持司法威信，所以聲名一天比一天高，當時知識分子，凡是能夠受到他賞識接見的，都視為是一項至高無上的榮譽，身價自然不同，稱為登龍門，「士有被其容接者，名為登龍門云」。這個故事出自《資治通鑑》，傳到今日，常用的成語是「一登龍門，聲價百倍」。我們來看一則李膺活靈活現接見人才的情景，故事出自劉義慶的《世說新語‧言語》。話說孔融十歲時，隨父親到洛陽，登門拜訪李膺。當時能被接待的都必須是人才、名流和至親好友。孔融來到他家時，對門吏說：我是李府君的親戚。門吏通報後，孔融入內就坐。李膺問他說：我和你有什麼親戚關係嗎？孔融回答說：從前我的祖先孔子（孔融確為孔子的第二十四世孫）曾經跟您的祖先老子（李耳）請教，有師生關係，所以我和您可說是累世之交了。李膺和賓客聽了無不讚賞孔融的聰明。稍後大中大夫陳韙也來了，大家便把剛才發生的事告訴他，陳韙說：小的時候聰明伶俐，長大了未必出色，「小時了了，大未必佳」。孔融回答說：那您小時候，想必一定是非常聰明的了！「想君小時，必當了了」。陳韙聽了，非常不好意思。

無獨有偶，唐朝也有個「一登龍門，聲價十倍」的故事。故事的主角是大詩人李白，他二十五歲時，開始漫遊各地，寫下不少膾炙人口的詩篇，到三十多歲，都沒有入朝廷為官的機會。他聽說荊州刺史韓朝宗特別喜歡舉薦人才，就毛遂自薦的寫了一封名為《與韓荊州書》的信給韓朝宗，李白說：我聽天下的人說，人生不必封為萬戶侯，只願結識韓荊州就已足夠，「生不用封萬戶侯，但願一識韓荊州。」你為什麼令人景仰愛慕竟到如此的程度，難道不是因為您有周公那樣的風範，求才若渴，才使得天下的豪傑俊才，都奔走聚集在您的門下，士人一經您的接待推薦，便名譽大增，有如鯉魚躍龍門，身價聲譽十倍於前，「一登龍門，則聲價十倍」。看來這封信好像是李白的求職信。

談到鯉魚（carp），就得說說二十四孝中「臥冰求鯉」這則感人的故事，不知讀者知道否？根據《晉書・王祥傳》的記載，晉朝時期的王祥，生性孝順，生母早喪，繼母朱氏待他不好，多次在他父親面前說他的壞話，讓王祥的父親也逐漸不喜歡他。儘管如此，王祥依舊恭謹侍親。由於王祥的繼母喜歡吃鯉魚，有一年冬天，時值天寒地凍，他為了讓繼母可以吃到鯉魚，居然脫下衣服臥在冰上，希望融化河裡的冰塊，求得鯉魚。他的孝順行為感動天地，就在此時，河冰突然自行融化，躍出兩條鯉魚，王祥高興地抓住鯉魚回家侍奉繼母，「解衣將剖冰求之，冰忽自解，雙鯉躍出，持之而歸」。這個故事一直這樣流傳下來，其實王祥的「解衣剖冰」應該是把河裡的冰剖開（這樣才能抓到魚吧！），臥在冰上能使冰塊融化嗎？這不是很容易凍傷嗎？王祥的孝行，至感動人，編入二十四孝的故事，自屬合理也無庸置疑，但恐有過度美化之嫌。

孔鯉是孔子的獨子，讀者知道為什麼孔子把他取名為「鯉」嗎？據說孔子的兒子出生時，魯昭公派人送來一條大鯉魚給孔子，表示祝賀，孔子對國君的賞賜感到榮幸，因此就把他取名為「鯉」，字伯魚。鯉魚的鯉字與唐朝皇帝同姓「李」，讀音相同，在傳統封建制度的社會，講究這個避諱，因為吃鯉魚就是對皇帝的不敬，根據《舊唐書》的記載，在玄宗開元年間曾「禁斷天下採捕鯉魚」，因此抓到鯉魚必須放生，買賣鯉魚者還有打六十大板的刑罰。但其實大部分時間法律是沒有禁止捕鯉魚、買賣鯉魚。唐朝時期，生魚片的吃法就很盛行，稱作「魚膾」（請參見《毓馨文集》，頁四九至五二），而當時中原的貴族最喜歡吃的魚膾就是用黃河裡盛產的肥美大鯉魚做成的。日本人吃生魚片的習慣，其實是唐朝時代遣唐使飄洋過海傳到日本去的。杜甫、李白大詩人都喜歡吃魚，都是吃生魚片的饕客，他們對吃鯉魚可說情有獨鍾，都有許多吃魚膾的詩作（請參見《毓馨文集》，頁四九至五二）。假使當時有禁止食用鯉魚，那這些大詩人也太大膽了。

相傳黃河河水混濁，一般魚類不能生存，只有耐污染的鯉魚才能生存，因其生長的環境是黃色的泥水，所以鯉魚身上長的是金黃色鱗片。自然界的河流湖泊，在透明度較高（濁度較低）的「水清」水域，通常硝酸鹽、磷酸鹽等營養鹽的含量較少，營養鹽缺乏，植物性浮游生物生長就不好，賴它維生的動物性浮游生物自然會少，連帶影響魚類的生存，因此會有「水清無魚」的現象。相反的，水濁度較高時，營養鹽的含量就較多，鯉魚就生活在濁度較高的黃河水域裡。鯉魚經現在科學的研究，它是古代的鱘魚，龍門是鱘魚一個理想的繁殖地點，魚群跳水是鱘魚繁衍後代的一種正常現象，筆者多年前也曾到過龍門一遊。

《漢書・東方朔傳》有云：「水至清則無魚，人至察則無徒。」太乾淨的水缺乏養分，因此魚無法生存，如不相信，讀者可用蒸餾水養金魚（不加飼料），看看牠們是否可以生存？「水至清則無魚」，相同的道理，人太精明了，要求別人太嚴格、苛刻，沒有容人的雅量，自然就沒有人能當他的朋友。《菜根譚》：

「地之穢者多生物，水之清者常無魚；故君子生當存含垢納污之量，不可持好潔獨行之操。」意思說：污穢的土地才會生長很多植物，清澈見底的河水常不見魚蝦；所以，君子應該有恢宏的氣度，容眾的雅量，厚德載物的胸襟，而不要堅持抱持潔身自好。好潔獨行的人，只會使人敬而遠之，自陷於孤獨的境地。日本經營大師松下幸之助說過，用人時，對於長處要看七分，短處要看三分，這句話其實也說明了天下沒有完美的人，要用一個人的優點，就要有接受庸俗的氣度和容忍他人缺點的雅量。

前面說到水清無魚，古人認為在混濁的水中才抓得到魚，因為混濁的水含有比清水更多的有機物，提供魚類良好的生存環境，所以在混濁的水裡抓魚當然要比在清水裡容易多了，這就叫「混水摸魚」。另有一種說法是漁民要抓魚時，用竹竿或細棒擊打河水（弄濁了），河裡的魚受到驚嚇，四處亂竄，在混亂中，魚兒分辨不出方向，漁民乘亂摸（捕）魚，較易於得手，獲得意想不到的額外效果。其實這是漁民們從抓捕魚經驗中總結出來的經驗性俗語。筆者高中時在友人的魚塭幫忙捕抓虱目魚，即有古人「混水摸魚」的經驗。「混水摸魚」現在比喻趁混亂的時機謀取不正當利益，有時也指工作不認真、偷懶。其實上班時間裡，哪個員工「混水摸魚」老闆都會知道的，我們不要心存僥倖。

我們都聽過「三十六計，走為上計」一語，它是用來形容計策雖多，逃避這一招管用。之所以稱三十六計，是指兵法中三十六種計策，有「空城計」、「美人計」、「反間計」、「苦肉計」等，讀者可知道「混水摸魚」也是兵法三十六計中的第二十計嗎？它的原文為：「乘其陰亂，利其弱而無主。隨，以向晦入宴息。」意思是說趁著敵人內部發生混亂，力量虛弱且群龍無首時，利用這個可乘之機，創造混亂，使敵人順從我方，這是個自然定律，這便是「混水摸魚」之計，亂中取利也。

爬到樹上可以找到魚嗎？答案是否定的，那不就是「緣木求魚」嗎？有人想事業成功，卻只靠燒香拜佛，這和「緣木求魚」有何區別？「緣木求魚」的故事來自《孟子・梁惠王篇》。大意是說：孟子問齊宣王是不是要發動戰爭，才覺得痛快，齊宣王說，不是的。不過我有一個願望（「大欲」），希望能夠實現。孟子便問他，你這個願望可以說來聽聽嗎？「王之所大欲可得聞焉？」齊宣王笑而不答。孟子就問是不是物質聲色上的享受？齊宣王說，不！這些倒不是我所要追求的。到了這個時候，孟子就直捷了當的說出齊宣王的心思來了。（孟子應該早就知道了齊宣王的大欲是什麼，也許一開頭說穿了，雙方都難為情。）孟子說：你的大欲就是希望擴張領土（「欲辟土地」），讓目前最強盛的秦國和楚國，都來向你低頭，向你朝拜進貢，讓你站在霸主的立場，以中國之主的地位，去撫順東夷、西戎、南蠻、北狄四夷（「朝秦、楚，莅中國而撫四夷」）。換句話說，你的大欲就是要成為中國的領導者。但是以你現在的做法，而希望能夠實現你現在的理想、滿足你的欲望，就好比是爬到樹上去抓魚，永遠也達不到願望的，「以若所為，求若所欲，猶緣木而求魚也」。爬上樹上抓魚，雖然抓不到魚，再爬下樹來就是，不會有後遺症，不會有什麼禍害。可是你現在的情形不同，以你現在的做法，去追求你那個莅臨中國，撫有四夷的大欲，不但不可能達到，而且會有後遺症，會帶來災禍，「以若所為，求若所欲，盡心力而為之，後必有災」。這或許會比緣木求魚還糟糕。齊宣王聽了孟子說得那麼嚴重，就問孟子是不是可以說來聽聽看：「可得聞與？」孟子就為齊宣王講述如何以仁道統治天下。後來「緣木求魚」這個成語用來比喻採取的方法錯誤，徒勞無功，絕對達不到目的。孟子透過「緣木求魚」的故事，勸齊宣王實行仁政，造福人民，以求民富國強，因為那才是正道。

魚用鰓呼吸，利用溶解於水中的氧氣分子（溶氧）生活，但溶於水中的氧氣有限，一公升的水大概可溶解十毫升的氧氣而已。為了取得足夠的氧氣，魚只好不斷的開闔鰓蓋，張嘴吸水時（內有溶氧），鰓蓋就閉著，一閉上嘴巴，鰓蓋就打開，嘴巴流進去的水，通過鰓，當水流過鰓時，水中的氧氣分子穿過微血管的薄壁，進入微血管中，和血紅素結合，因此新鮮的魚（現撈的）撥開鰓蓋是鮮紅的，而水離開了水，魚就得不到氧氣（魚不用肺呼吸，無法從空氣中吸得氧氣），就會奄奄一息，最終呼吸困難死亡。英文以「Like a fish out of water」來形容侷促不安，處境艱困，形容得真是太絕了。所以魚、水是一體，魚在水裡悠游自在，就成為我們日常生活常用的成語「如魚得水」，現在用來比喻得到與自己志同道合的人或適於自己發展的環境。在職場裡，主管用人只要能適才適用，讓員工對自己的工作都能感覺到如魚得水、可發揮長才，組織績效的提升，自然指日可待。魚和水之間的關係親密無間，魚幫水、水幫魚，魚只要在水裡就很歡樂，後來就用「魚水之歡」來比喻夫妻感情親密或男女之間親密和諧的情感或性生活。

東漢末年，群雄爭奪天下，劉備為了復興漢室，安定天下百姓，到處尋找可以幫他出謀劃策的人才，後來經人舉薦，他拜諸葛亮為軍師。諸葛亮覺得劉備比他年紀大，對他又客客氣氣，真有禮賢下士的風度，就決定全心全意為劉備效勞，這樣一來，劉備的手下大將關羽、張飛就很不高興。劉備覺得自己是魚，而諸葛亮就是可以幫助他克服難關的水。他對關羽、張飛說：「我得到了諸葛亮，就像魚兒得到了水是一樣的，希望你們不要再多說什麼了。」關羽、張飛雖然對諸葛亮還是不服氣，但看到劉備對諸葛亮的信任，也就不敢再多說什麼了。《三國志・諸葛亮傳》記載了這段「如魚得水」的故事：「關羽、張飛等不悅。先主解之曰：『孤之有孔明，猶魚之有水也，願諸君勿復言。』羽、飛乃止。」

魚眼睛煮過後會變成白色，看起來很像珍珠「魚目混珠」，這白色的珠子，其實是蛋白質經過高溫後凝固而成的。魚的眼睛含有豐富的膠質和二十二碳六烯酸（DHA，是一種 Omega-3 必需脂肪酸，有助於晶亮保健及活絡思緒），能強化人眼部的功能，由於我們大腦裡的 DHA 含量也多，因此出現吃魚的眼睛補腦的說法，更盛傳吃魚眼睛，人會變得聰明。現今的社會裡，由於科學技術的進步，充斥了太多魚目混珠的事。魚翅真偽難辨，不肖商人拿仿冒品來魚目混珠，欺騙消費者；古董字畫出現許多贗品假貨；同業惡性競爭推出包裝相似的產品來魚目混珠，低價促銷；偽造學歷證件，以假亂真；被抓到印製偽鈔時，竟然辯稱「只會印製假鈔，不會印製真鈔」，讓法官哭笑不得。這些新聞，時有所聞，出現媒體版面，老百姓對這些魚目混珠的事，均很無可奈何，不知哪一天會變成無辜的受害者。政府對不肖商人侵犯智慧財產權、違反商標法的行為應加強查察將之繩之以法。俗云：「人心不同，各如其面」，芸芸眾生，好人壞人，善人惡人，真假難辨，偽假善人的惡人，魚目混珠地充斥在人群之中，無從辨別，如《金剛經》所言：人生是一場真實與虛幻的交織，所有的相都是虛妄，需有慧眼才能識破，見諸相非相即現如來！

於二〇二四年十月十五日

諾貝爾獎「桂」冠落誰家

諾貝爾（Alfred Nobel）是瑞典化學家及發明家（瑞典炸藥發明人），他靠軍火製造累積了巨大財富。他生前立下遺囑要將他的財產變成基金，用基金的利息做為獎金，獎勵對人類做出卓越貢獻的人。諾貝爾獎即是根據他的遺囑而設立，自一九〇一年開始頒發，授予在物理學、化學、生理學／醫學、文學及和平五大領域有傑出貢獻的人。大家耳熟能詳的諾貝爾經濟學獎，則是瑞典中央銀行一九六八年為紀念諾貝爾而出資增設，通稱「諾貝爾經濟學獎」，此獎項從提名、遴選、頒發過程都比照其它五大獎項，獎勵傑出的經濟學家。諾貝爾獎被認為是所有頒獎領域內最有聲望的獎項。今年各獎項獎金為一千一百萬瑞典克朗（Swedish Krona），約新台幣三千四百一十四萬元，若有數名得獎者共得獎項，他們將共同分享獎金。諾貝爾獎在每年十月公布各項獎項得主，十二月在瑞典斯德哥爾摩舉辦頒獎儀式。隨著每年十月的來臨，全球的焦點聚焦在瑞典的斯德哥爾摩，期待著一年一度的諾貝爾獎（Nobel prize）揭曉。今年的各項獎項得主將自十月七日起至十月十四日期間陸續揭曉（生理學／醫學、物理學、化學、文學、和平、經濟學），能摘下諾貝爾獎桂冠的人，不僅象徵著自己在學術界或人道主義的巔峰成就，更是對世界對人類有重大貢獻的人，他們的一舉一動、一言一行都將是國際矚目的焦點。筆者舉個對人類有重大貢獻的生理學／醫學獎得主的例子供讀者參考。班廷（Frederick Banting）是一位加拿大的外科醫生，他發現胰臟的萃取液可以降低糖尿病狗的高血糖並改善糖尿病的症狀，後來又發展出純化胰臟萃取液的方法，並進行臨床試驗，這個物質就是大家所熟知的胰島素，在胰島素發現之前，糖尿病是個無法醫治的疾病，唯一的控制方法就是禁食，胰島素的發現拯救了數以百萬計的糖尿病患者的生命。班廷這個突破性的發現，為臨床治療糖尿病做出重大貢獻，他在一九二三年成為諾貝爾獎的得獎者，時年三十二歲，是諾貝爾生理學／醫學獎歷來最年輕的得主，他也是第一位得到諾貝爾獎的加拿大人。

桂冠（Laureate）是指用桂樹（月桂樹）枝葉編製的帽子或環狀頭冠，這種月桂樹在拉丁文裡是「高貴桂樹」的意思，在古希臘羅馬時代，桂冠是送給傑出詩人（桂冠詩人）或競技勝利的人的頭飾，所以後人就以桂冠做為永恆光榮的象徵，榮膺桂冠表示獲得冠軍，光榮地獲得了最高榮譽。諾貝爾獎也是以桂冠做為獲獎得主的頭銜：「諾貝爾桂冠」（Nobel laureate），意指戴上桂冠的人就是傑出科學家的象徵。

桂花（Osmanthus）因大多叢生於巖嶺之間，又名巖桂，木材「紋理如犀」，又名木樨。因花色的不同而分為三種：開黃色花者，俗稱為「金桂」；開白色花者，俗稱為「銀桂」；開紅色花者，俗稱為「丹桂」。這三種桂樹裡，丹桂香氣最濃郁，因此有「丹桂飄香」的美名。在台灣，桂樹長得並不高大，一年裡有大半時間在開花，在大陸，則到農曆八月才盛開，這也是桂花當令的季節。故有「八月桂月香」之說，八月也稱為「桂月」。

「桂」與「貴」同音，在華人世界裡，桂花有榮華富貴之寓意，女子出嫁時，送一盆「桂花」有祝福「早生貴子」之意，新娘戴桂花有香且「貴」有高貴之意。前面說過古希臘把月桂看作神聖之物，將桂樹編織成桂冠，給勝利者戴上，視為無上榮耀。自古以來，即以桂為月的代稱，西漢劉安《淮南子》一書即有「月中有桂樹」之記載，這也就是民間盛傳的月亮裡那棵高五百丈的大桂樹，樹下那位永遠不停地在伐桂的吳剛（吳剛伐桂），和每年中秋節月宮飄落人間，撲鼻芳香的月桂，香氣四溢，直飄散到雲外「桂子月中落，天香雲外飄」（請參見《毓馨文集》，頁六五至六七）。

桂花的花神是誰呢？晚清俞曲園的《十二月花神議》裡，以晉人郤詵是桂花的男花神。郤詵是一位正直不阿，博學多才的人，他當雍州刺史時，有一次晉武帝問他：「卿自以為如何？」（對自我的評價如何？）他回答說：「臣舉賢良對策第一，猶桂林一枝，昆山之片玉。」郤詵在這裡是說自己就像廣寒宮裡的一段桂枝，崑崙山上的一小片寶玉而已（謙稱他只是群才之一而已）。晉武帝聽了大為嘉許他，後來「桂林一枝」就比喻為考中科舉考試出類拔萃的人。古代科舉考試的鄉試、會試，一般在農曆八月舉行，時值桂花盛開，八月又稱桂月，因此把考生考中比喻為「折桂」，美稱「月中折桂」或「蟾宮折桂」，由此可知桂花在中國人心目中的崇高地位了。古代進京考科考，親朋好友都會用桂花做成的糕點「桂花糕」互贈，這是表示相互祝福「高中」之意。

另有一說，五代後周的諫議大夫竇禹鈞是桂花花神。竇禹鈞是後周燕山人，《三字經》有云：「竇燕山，有義方，教五子，名俱揚。」這裡的竇燕山就是竇禹鈞。竇氏原本命中無子，後因力行善事，救濟貧困之人，不遺餘力，而改變了命運。竇氏家中有一僕人，偷了他的錢，寫了一張賣身契，掛在自己女兒的背上，將她送到竇家，說：「永賣此女，以償債務。」遂逃離永不回。竇氏憐其情，將契約焚燬，並撫養她的幼女，至其成年時，並為其擇一好人家將其嫁出。竇氏親友中有不能葬者，出錢為其埋葬，有不能嫁者，出錢為她嫁出，每年收入，除生活必需外，均用作周濟他人之用。他又建立書院，以優薪禮聘老師教授四方清寒之士，考中科舉者不知凡幾。後來，竇氏老來連生五子：竇儀、竇儼、竇侃、竇偁、竇僖，五個兒子相繼高中及第，成就非凡，五子分別官至禮部尚書、禮部侍郎、右補闕、右諫議大夫及起居郎，「五子登科」即由此而來，中國人一向重視傳宗接代，更希望子女「光耀門楣」，甚至把「五子登科」視為人生最高的理想境界。與竇禹鈞同朝的太師馮道曾稱讚竇氏：「靈椿一株老，丹桂五枝芳。」意思是他得到五位顯貴的孩子，就像被他折下五枝名貴的丹桂一樣，這也是歷史上「竇禹鈞折桂」的故事。竇禹鈞後來也享受八十二歲高壽，無疾而終。讀者有到過寺廟抽籤詩的經驗嗎？關聖帝君第七十四號籤就是「竇禹鈞折桂」，籤詩是「崔巍崔巍復崔巍，履險如夷去復來；身似菩提心似鏡，長安一道放春回」。如果讀者抽中了這張籤詩，是吉還是不吉之籤呢？前面有說到「竇禹鈞折桂」及「五子登科」的典故，這張籤詩即使不讓寺廟裡的人員幫忙解籤詩，讀者應該大略可判斷這籤是「上吉」之籤。籤詩大意是你心中想詢問的事情，先會有重重危險，但只要沉著應付，也可化險為夷，履康莊之路，長安道上就是富貴功名之路，最終會傳來好消息，終會有成就（放春回）。當代世俗追求物質滿足，有時也戲稱擁有「車子、妻子、銀子、兒子、房子」為新的「五子登科」。話說謝安淝水一戰大勝，與謝石、謝玄等人同以功勞封爵，一門多人受此殊榮，當時國人譬為「蘭桂騰芳」，比喻為子孫昌盛，子孝孫賢，顯貴發達，如同芝蘭丹桂一齊散發芳香，這與五子登科之意相近。

蘇秦是戰國時代著名的說客，他到各國推銷合縱，最後一站來到楚國，他在各國都受到禮遇，卻在楚國等了三天才見到楚威王。我們來看看到底發生了什麼事？《戰國策・楚策》有記載：話說蘇秦在與楚王談話結束後，即刻向楚王辭行，楚王說：你今天願意不遠千里而來指導我，為什麼不留下來呢？怎麼這麼快就要走呢？蘇秦回答說：你們楚國的糧食物價比玉還貴，薪材價格比桂木還貴，負責通報的傳令官員像鬼那樣難見到，大王您更比天帝還難見到（一面難求），你今天要我留下來，你難道要我蘇秦吃玉石一樣貴的東西，還要用桂木來炊煮，並且得通過鬼才能見到你一面嗎？「楚國之食貴於玉，薪貴於桂，謁者難見如鬼，王難見如天帝。今令臣食玉炊桂，因鬼見帝。」後來「食」多作「米」，「玉」多作「珠」，今天我們用「米珠薪桂」來形容物價昂貴，就是從蘇秦這個故事而來。通貨膨脹，物價水準上漲，台北居大不易，是個米珠薪桂的地方，生活越來越不容易，許多年輕朋友只好搬離台北，另謀生活。

蘇秦前往韓國說服韓宣王時，也說了一句留傳久遠的名言：「寧為雞口，無為牛後。」這句話讀者都耳熟能詳，語出《戰國策・韓策》。雞口是雞的口，小而潔；牛後是牛的肛門，大而不淨，比喻寧願在小場面中作主，不願在大場面裡聽人支配。暗指韓宣王身為堂堂一國之君，難道願意卑膝地跟隨牛（秦）尾巴的後面嗎？因而成功的打動韓宣王加入合縱陣容。我們平常也聽到「寧為玉碎，不為瓦全」的用語，其實句法都是來自《戰國策》。《世說新語》也有一句語法相近的名句「寧為蘭摧玉折，不作蕭敷艾榮」，這是在形容品德高潔的人，寧可犧牲生命，保全自己的節操，也不願像蕭草到處蔓延，艾草繁茂旺盛（不願與眾人合流）。「蘭摧桂折」與「蘭摧玉折」僅「玉」與「桂」一字之差，都是指品德高尚的人亡故之意，每每聽聞社會上有德高望重之人離世，猶如「蘭摧桂折」（或桂折蘭摧），讓人痛惜不已。現在則常用「蘭摧玉折」哀悼年輕男子不幸早逝，若為年輕女子則用「蘭摧蕙折」作為哀輓之詞。

明末清初作家李漁在其所著《閒情偶寄》一書中有一篇〈桂〉的小品文，描寫桂花的面貌和情態，韻味悠遠。文的大意是：秋天裡開的花，沒有比桂花更香的花，桂樹乃月中之樹，它的香味也是天界之香。但是桂花的缺點是它要開就滿樹的花同時盛開，而後同時凋謝，不剩一朵。我曾寫過一首〈惜桂詩〉：「萬斛黃金碾作灰，東風一陣總吹來。早知三日都狼藉，何不留將次第開？」（把桂花碾成細灰，冬天總會到來，早知道花開三天後就會凋零殆盡，為何不將一些花留到以後再依次開放呢？）凡事興盛到極點，必定開始衰敗，這是天地滿極必虛一定的道理，「盛極必衰，乃盈虛一定之理」，凡是輕而易舉就獲得榮華富貴的人，他們都像在春天開放的玉蘭花，在秋天開放的桂花，「凡有富貴榮華一蹴而就者，皆玉蘭之為春光，丹桂之為秋色。」

李漁透過桂花的特點，揭示了一個深刻的「盛極必衰」的道理；更將一蹴而至的富貴來和瞬間開放瞬間凋零的玉蘭花、桂花相比擬，以印證「盛極必衰」之理，這個道理也反應了人類社會的現象，就像暴發戶的富貴榮華是一蹴可幾的，但富貴不會長久。世間的事情，有時，速則不實，當然就不會強大。蘇軾的名句：「……，人有悲歡離合，月有陰晴圓缺，……」人生難免有悲傷歡樂，分離聚合，月亮也一定會有陰暗晴朗、盈滿虧損的時候（月亮圓的時間短，缺的時間多），無論是人間或天上，人聚人散，月盈月虧，本是自古而然之常態，不應事事求取周全。

晚清重臣，湘軍的創立者，中國近代政治家、文學家曾國藩先生將書房命名為「求闕齋」，他的處事態度就是求缺不求滿，他的《求闕齋讀書錄》說：「凡外至

之樂，耳目百體之嗜，皆使留其缺陷。禮主減而樂主盈，樂不可極，以禮節之，庶以制吾性焉，防吾淫焉。……」由此可知，無論是外在的榮譽，還是生活上的享受，都要知足、守缺，以禮來節制我們的性情，防止過分的行為。淨空法師有言：「世間一般人都求圓滿，其實真正有智慧的人，不求圓滿，缺一點就好，所謂「滿招損，謙受益」（缺也是謙），就是這個道理。萬事不宜求全，全則不持久，這或許是桂花從繁盛到迅速飄落的警示。人生的花，次第而開，讓我們珍惜人生中的每一次花開！

於二〇二四年十月十七日

唯有「牡丹」真國色

牡丹（peony）是中國傳統名花，以紅、白二色最為常見，它開花的時間正好是農曆節氣的「穀雨」（春天最後一個節氣），因此牡丹花又稱「穀雨花」。自古以來牡丹花即為富貴吉祥的象徵，故又稱「富貴花」，宋儒周敦頤〈愛蓮說〉曾說過：「牡丹，花之富貴者也。」在古時，其實並沒有牡丹一詞，而是與芍藥齊名，到了唐代以後，才以牡丹稱之，而與芍藥有別。牡丹與芍藥形似類同，在植物學的分類均屬於同門、綱、目、科、屬，唯不同種，牡丹屬於牡丹種，芍藥屬於芍藥亞種。因為血緣相同，二者才會如此相似（姊妹花）。《本草綱目》記載：「群芳中以牡丹為第一，故世謂花王。」後來牡丹被喻為「花王」，與芍藥被喻為「花相」，均為花中貴裔。不過簡單的說，牡丹為落葉灌木，芍藥為多年生草本植物，所以一為樹，一為草。

有關牡丹的記載最早出現在《詩經・鄭風・溱洧》：「溱與洧，方渙渙兮。士與女，方秉蘭兮。女曰觀乎？士曰既徂。且往觀乎。洧之外，洵訏且樂。維士與女，伊其相謔，贈之以芍藥。」意思是說：溱河與洧河，春來盪漾。男男女女們，手持香蘭遊樂。女的說到溱河那邊去吧！男的說我已去過了。女的又說再去一次嘛，洧河那邊是個好地方。男與女，打情罵俏，互贈一支芍藥。《詩經》寫的明明是芍藥，為何說是牡丹呢？因為牡丹初無名，牡丹和芍藥是不分的，最初統稱芍藥，後來有了木芍藥與草芍藥，再後來木芍藥就成了牡丹了。古人在離別時，常以芍藥贈送遠行親友，故芍藥又名「將離」或「可離」，男女在離別時，以芍藥相贈，以結思情之厚也，「采蘭贈芍」這個成語用來比喻男女兩情相悅後，互贈禮物表示愛意。

周敦頤〈愛蓮說〉：「自李唐以來，世人多愛牡丹。」唐朝時中國人最愛牡丹，因其香濃色艷，有富貴之姿，上至天子下至庶民，無人不愛牡丹。白居易〈牡丹詩〉：「花開花落二十日，一城之人皆若狂。」可知當時唐朝人對牡丹的狂熱。程修己因畫藝精湛在唐文宗時應召入官，有一回唐文宗和楊妃在宮內觀賞牡丹花，因為唐文宗喜歡詩，就問程修己說：「現今京城裡傳唱的牡丹詩，誰的最好？」程修己說：「中書舍人李正封的〈牡丹〉詩『國色朝酣酒，天香夜染衣』這二句最好。」唐文宗聽後認為形容得很貼切，非常讚賞。「天香」是形容牡丹花的香味是從天上傳下來的，「國色」是比喻牡丹花色，如喝醉酒時雙頰飛紅的嬌艷情態，後人就以「國色天香」做為牡丹的別稱或者用來形容面貌美麗姿態曼妙的女子。自古以來，各王朝的後宮佳麗都是國色天香，深得皇帝的寵愛，劉禹錫也有一首〈賞牡丹〉詩：「庭前芍藥妖無格，池上芙蕖淨少情。唯有牡丹真國色，花開時節動京城。」這首詩大意是說：芍藥雖然妖艷，但格調不算高，池面上的荷花明淨倒是明淨，但過於素雅缺少一點熱情。只有牡丹才符合傾國傾城的美艷姿色，它是最美的花，可以在花開時吸引眾人來欣賞，盛況轟動整個京城。這首詩也可看到唐朝時，人們爭相觀賞牡丹花，造成轟動與喧騰。

唐朝時天下牡丹以長安為第一，宋朝以後，洛陽的牡丹卻成了天下第一，有「洛陽牡丹甲天下」之說，這個轉變據說與武則天有關。傳說武則天有一年在寒冷的冬天，看見宮廷中臘梅盛開，突然花興大開，寫了一首催花詩〈臘日宣詔幸上苑〉：「明早遊上苑，火速報春知。花須連夜開，莫待曉風吹。」意思是說：明天早上我要去御花園遊覽，你們要趕緊將這個消息報給百花神（春神）知道，百花一定要連夜齊開，不要等到曉風吹來才開。誰都知道，各種花不僅開花的季節不同，就是開花的時刻也不一致，要在同一時刻使百花齊放，是難以辦到的。第二天，百花都不敢抗旨而違時開放了，只有牡丹違旨遲未開放，武則天震怒，下詔將御花園中的牡丹逐出長安貶植到東都洛陽，牡丹一到洛陽，依然絢麗綻放，表現了牡丹不畏權勢的性格。牡丹被貶不屈，也逐漸演變成入世富貴的象徵。這則故事告訴我們，無論是在冬季還是在春季開花，大自然都有其規律，唯有順應自然法則才能克服艱難險阻，獲得真正的富貴，這叫做順天應道，牡丹順應天道，花神也賦予了她百花之王的殊榮。宋朝高承所編撰的《事務紀原》是專門記事務之原始，亦有記載此傳說：「武后詔遊後苑，百花俱開，牡丹獨遲，遂貶於洛陽，故洛陽牡丹冠天下。」宋朝文學家歐陽修更撰寫了中國歷史上第一部牡丹專書《洛陽牡丹記》。

皮日休，字襲美，其實一點也不美，他其貌不揚，性情傲慢。這位晚唐詩人，大家比較不熟悉，他進士及第，但一直未被重用，黃巢造反攻入長安建立朝廷，聽說皮日休才高八斗，任命他為翰林學士，他成為唐朝的叛臣。他有一首歌頌牡丹的詩〈牡丹〉：「落盡殘紅始吐芳，佳名喚作百花王；競誇天下無雙艷，獨佔人間第一香。」這首詩的大意是說所有的花都已凋落的晚春時節，有一種花卻亭亭玉立，一花獨放，開始散發迷人的香味，它就是「百花之王」牡丹，它的美是全天下無法能比的，更是人間第一花香。皮日休不僅盛讚牡丹，將牡丹推到「百花之王」的位置，對牡丹的喜愛之情表露無遺。唐朝人好牡丹，豪貴人家，買花送花，習以為俗。白居易有一首〈買花〉詩，詩題中的花就是牡丹花，〈買花〉詩云：「共道牡丹時，相隨買花去。……，家家習為俗，人人迷不悟。」牡丹花是富貴花，價格如何呢？「灼灼百朵紅，戔戔五束素。……，有一田舍翁偶來買處。低頭獨長嘆，此嘆無人諭：一叢深色花，十戶中人賦。」意指百朵紅牡丹，價值五匹白色的絹。白居易這首詩借著田舍翁的長聲嘆息結束，嘆息的深意沒有人能夠領會：要買一叢深色的牡丹花，足夠十戶中等人家交一年的賦稅！貧富的懸殊，躍然紙上，不難想到，這些買花者的買花錢，可能都是勞動者身上榨取來的賦稅，貧窮百姓才是買花的實際負擔者。

牡丹是富貴花，而這種富貴花又是只有富貴的人才能買來欣賞的花，因此牡丹的紅色也就成了富貴和權勢的象徵，這種象徵如同以前的人以龍為皇帝的象徵是一樣的，牡丹的紅色也就成了正字標記的紅色。我們常聽說某歌手「紅」起來了或某某人是某某人面前的「紅人」，而紅人之上的紅人也就是人們所說的「紅的發紫」的人，這「紅」、「紫」的現象說的是一個人能夠利用自己的環境擠倒其他的競爭者而往上爬的事，某種程度這句話也是起源於中國人特別重視牡丹花紅色的心理，在滿園盛開的牡丹花中，如果有一株特別的紫牡丹，自然就會物以稀為貴地格外出色了。

中國古代把顏色分為正色和間色，正色是指青、赤、黃、白、黑五種純正的顏色，分別對應金、木、水、火、土五行和東、西、南、北、中五個方位。間色是兩種正色混合而成，朱色是五種顏色中的赤色，紫色是間色，是由赤、黑二色混合而成，也就是說紫色是從朱色而來，其中仍有朱色的成份，與朱相近，如果從歡樂喜慶的角度來看，好像紫色也有這個效果；而紫色中又帶有一個黑色的成份，比之純正的朱色，更是艷麗動人呢！所以孔子說：「惡紫之奪朱也。」明朝亡了以後，乾隆年間，有人〈詠紫牡丹〉詩說：「奪朱非正色，異種亦稱王。」後來的文人蔡顯，號閒漁，在其《閒漁閒閒錄》中摘引此句，結果被人舉報，這詩是借詠牡丹諷刺入關的滿清奪了姓朱的明朝天下，乾隆皇帝大怒，認為罪不可赦，最後蔡顯被凌遲處死。這就是清朝的文字獄，因為正品牡丹是紅色的，紫牡丹只能算是異種，因此詩中「奪朱」是暗指「奪取朱元璋的明朝江山」，而「異種」則是影射「滿族」，「異種也稱王」顯然有影射「清朝得天下不正，何能稱王？」

牡丹花的花神傳說甚多，有一說是宋朝歐陽修，因為他遍歷洛陽城中的花園，尋找各式牡丹，寫成牡丹花專書《洛陽牡丹記》。另有一說，根據俞曲園《十二月花神議》牡丹花男花神是李白。話說唐玄宗天寶年間，李白受玄宗賞賜，入宮擔任翰林供奉。其時，玄宗與楊貴妃、高力士等人在沉香亭欣賞盛開的牡丹花，面對嬌艷的花色，又有傾城美人的相伴，玄宗便說：「賞名花，對妃子，焉用舊樂詞？」就命人把李白找來，李白當場以新詞配舊曲，譜下了三首賞花詠美人的《清平調》，三首連貫，一筆而就。《清平調‧之一》：「雲想衣裳花想容，春風拂檻露華濃。若非群玉山頭見，會向瑤臺月下逢。」第一首意思是說看到雲，就想到她的衣裳，看到花，就想到她嬌艷的容貌，當春風吹拂窗檻，露水讓花更濃郁。超凡絕俗的花容，定非生長在人世，若非在群玉山頭會見過她，就是在瑤台月光下相逢過。《清平調‧之二》：「一枝紅艷露凝香，雲雨巫山枉斷腸。借問漢宮誰得似？可憐飛燕倚新妝。」第二首是說一枝紅艷的牡丹花，沾濕了露水，彷彿香氣還凝結在上面，楚襄王夢見巫山神女與他歡合，那只是個虛妄的故事，徒然使人感傷罷了。請問漢宮裡得寵的嬪妃，有誰能和她相比呢？只有那可愛的趙飛燕，憑著剛剛化好的妝，才勉強可以跟她比一比吧！《清平調・之三》：「名花傾國兩相歡，常得君王帶笑看。解釋春風無限恨，沉香亭北倚欄杆。」第三首是說她像一朵名貴的花，與君王兩相歡愛，因此能經常得到君王滿臉帶笑觀賞。動人的姿色，似春風能消除無邊的春恨，當他們在沉香亭北倚著欄杆賞花的時候。這三首《清平調》詠楊貴妃也詠牡丹花，至今仍是膾炙人口的詩句，也是傳頌久遠的千古佳句，以李白為男花神，應該也是合理恰當吧！

裴度是中晚唐時期的政治家、文學家，唐文宗時暮春某日，裴度偶過南園，命家僕把他抬到牡丹花欄邊（老年行動不便），他望著未開的牡丹，慨嘆的說：「吾未見此花而死，可悲也！」悵然而返。隔天一早，家人告訴他：「花園裡有一叢牡丹花提前開花了。」裴度立刻請家僕抬他到牡丹花前觀賞，戀戀不捨。過了三天，裴度就撒手塵寰了。像裴度這樣「不見牡丹，死不瞑目」，真是牡丹花癖中沉醉最深的人了。順道一提，裴度雖官至中書令，但未騰達之前，生活困苦，年輕時長得瘦小，一點也沒有貴相，在功名上屢屢受挫。某日被一有名相士看面相，相士告訴他：「你有蛇藤紋理入口，將來必餓死溝渠。」有一天，裴度遊香山寺，拾得一條玉帶，心想遺失玉帶的人一定很著急，裴度就在香山寺守候，等待遺失玉帶的失主回來找尋時，再物歸原主。失主是一位婦人，這條玉帶是她向別人借來，準備為營救被構陷入獄的父親贖罪用的（賄賂用的）。婦人很慌忙回來尋找失物，裴度將玉帶送還給她去營救父親。過了一段時間，裴度又遇到相士，相士一看很驚訝的告訴裴度，「你的面相比以前有很大的不同，你的陰德紋大顯，面相大變，日後當必位極人臣，福壽雙全。」裴度當時以為相士只是在戲言，後來裴度果然進士及第，歷經憲宗、穆宗、敬宗、文宗四朝重臣，官至中書令，封為晉國公，享壽七十五歲。這是歷史上「裴度還帶」的故事，這個故事為拾金不昧、濟人急難的典範。其實，多做善事，不只是積陰德，還能改變自己的面相，因為做善事的人，心情總是愉悅的（助人為快樂之本），而愉快的心情，也總是能讓人精神煥發，而煥發的精神會反映到面相上，即所謂「相由心生」。

湯顯祖是明代偉大的戲劇家及文學家，他的名劇作《牡丹亭》想必讀者都聽聞過，劇作全名是《牡丹亭還魂記》。劇情主要寫南宋時太守杜寶之女杜麗娘，在某個春日與丫頭同遊後花園，回來後在夢中與素不相識的書生柳夢梅幽會，盡魚水之歡。夢醒後，幽懷難遣，抑鬱而死，太守葬女於花園之內。後來，太守調職離任，柳夢梅上京赴試時路過此地，在花園內拾得杜麗娘臨終前的自畫像，他睹像思人，竟然和杜麗娘的陰魂相會。最後，柳夢梅挖墓開棺，杜麗娘起死回生，二人結為夫婦，然而杜寶堅不承認二人之婚事，幸好柳夢梅考中狀元，由皇帝出面解決，完成大團圓結局。有句家喻戶曉的名句，讀者都可朗朗上口：「牡丹花下死，做鬼也風流。」這句話的出處，有一說出自《牡丹亭》，詞云：「問君何所欲，問君何所求，牡丹花下死，做鬼也風流！君亦無所欲，君亦無所求，不讓寂寞女，入帳解千愁！」也有一說是出自元曲〈醉西施〉：「……，若得歸來後，同行共止，便是牡丹花下死，做鬼也風流。」這句話原是說在牡丹花下死去，就是死了也是件風雅的事情，用來形容為美麗的女子而死，也是一件風流的韻事，甘之如飴。劉鶚的《老殘遊記》中也有這一句名句：「任三爺昨日親口對我說：『我真愛你，愛極了，倘若能成就咱兩人好事，我就破了家，我也情願，我就送了命，我也願意。古人說得好：牡丹花下死，做鬼也風流。只是不知你心裡有我沒有？』」不過這句話，後來被人用於調戲女子的時候，對女人表達露骨、輕浮的感情，變成了有貶義的詞句：「為了美女，死了我也甘願啊！」

牡丹盛開看了令人豪情奔放，但有誰會去注意到那微不足道的綠葉呢？俗話說紅花還需綠葉的陪襯，如果沒有綠葉的陪襯，又哪來襯托紅花的突出與美麗呢？《紅樓夢第一一〇回》：「牡丹雖好，全仗綠葉扶持。」就像一個人再怎麼能幹，也需要靠別人的幫助與支持，有別人的支持，才能使他有更亮眼的表現與成就。綠葉是那麼的平凡，它默默無語，無私奉獻的精神，其實也很美麗，也該給它一點掌聲，好好欣賞，如果我們不能做一朵嬌艷的牡丹花，便做一個陪襯的綠葉又何妨？何樂不為呢！

於二〇二四年十月二十一日

虎父無「犬」子

在十二生肖中，狗為第十一個生肖。我們先來談談狗和犬有何不同？有一說，狗就是犬，犬就是狗；也有一說，體型大者稱為犬，體型小的稱為狗，就像馬之幼馬叫做駒一樣。不過體型最大、最兇猛的犬叫獒，藏獒屬之。現代社會則把為人類服務的大狗稱作「犬」，像導盲犬、警犬、搜救犬、緝毒犬等，這是對服務犬的一種尊重吧！而把一般家裡養的寵物叫「狗」。從字面上來看，犬似乎比狗「文言」，常具有讚美的意思，例如人們常常謙稱自己的兒子叫「犬子」，表面上貶其實是褒，如果你對別人說：「你們家的狗兒子……」那他當場鐵定跟你翻臉，不相信讀者可以試看看。日常生活裡，有一句大家耳熟能詳的話語，「虎父無犬子」，老虎是森林裡很兇猛的野獸，從字面上來看，老虎應該是生出「虎子」，而不會生出「狗兒子」，所以用「虎父無犬子」來比喻出色的父親不會養出平平庸庸的小孩子，也用來比喻上一代強，下一代也不會弱才對，通常用來誇獎別人的孩子。小明的父親是成功的企業家，年紀大了，由兒子繼承事業，也把企業經營得有聲有色，真是「虎父無犬子」，既讚美了兒子，也恭維了父親。而「狗」則正好相反，牠是俗稱，而且也往往具有貶義，像「狗屁不通」、「狗改不了吃屎」之類的話。

狗和馬都是和人類關係最友好密切的二種動物，由於牠們都給人忠心耿耿的感覺，所以我們常常拿牠們並稱。古代人臣對君主表達效忠之心自謙「犬馬」，李密至性至情的《陳情表》最後二句話：「臣不勝犬馬怖懼之情，謹拜表以聞。」意思就是「我李密懷著犬馬惶恐的心情，恭敬的呈上表以奏報。」有時候我們也用「犬馬之養」比喻奉養父母，《論語・為政》：「子游問孝。子曰：今之孝者，是謂能養。至於犬馬，皆能有養。不敬，何以別乎！」意思是說：子游問孝，孔子講得明白，他說現在的人，不懂孝，以為只要能夠養活父母，就算孝。但是我們飼養一隻狗、一匹馬也都有給牠們餵飽啊！如果光是養而沒有愛他們、尊敬他們的心情，就不是真孝，那跟養狗、養馬有什麼差別呢？孝不是形式，不等於養狗、養馬。子夏問孝的時候，孔子回答說「色難」，孔子認為「態度」很重要，不是「有事弟子服其勞，有酒食，先生饌」就是孝。孔子講孝道，第一個要「敬」，這是屬於內心的，第二個則是外形的「色難」，如果用冷硬的語氣，沉著臉，一副心不甘情不願，為父母的心裡看了就難過。

古老人類處於狩獵的時代，狗常參與人類的打獵活動。後來，打獵成為一種消遣或娛樂時，獵狗仍然是不可或缺的幫手，在周朝時期，官府曾設有「犬人」一職，職司皇家馴養獵狗事宜。「犬人」不是「狗官」，我們平常罵人「狗官」是指貪污剝削、殘害人民的壞官吏，人們提起狗官，總是切齒痛恨的。先秦時期，君主在冬季打獵稱為「狩」，打獵所得之獵物常常由獵犬尋得，故「狩」字由「犬」作偏旁，與專指農作物收成的「穫」有所區別。「犬」部的字，不少源於犬類動物的特徵，如用「猛」字來指強健、強壯的狗，後來指兇猛、勇猛的意思。兇猛獸類名稱使用「犭」當偏旁，如獅子，通常跟犬類體型相近的野獸也使用「犭」當偏旁，如「狐」、「狸」、「狼」等。「狡兔死，走狗烹」不也正說明了狗是用來打獵的嗎？這句話出自《史記・越王勾踐世家》，故事是這樣的：范蠡與文種是越王勾踐復國的二大功臣，范蠡被封為上將軍，可是他沒有接受官位，還辭去原來的職務，帶著美女西施離去，後來經商致富，自號陶朱公，成為民間膜拜的財神爺。這到底為什麼呢？原來范蠡看透了越王的長相，長頸鳥喙，相法說這種人只能共患難，不可以共享安樂。范蠡就從齊國寫信給文種，勸他早早離去，免得被越王所害。信中寫道：飛鳥都獵盡以後，獵人就會將良弓收起來不用了；狡兔都被獵殺完以後，就會輪到獵犬被烹煮，「蜚鳥盡，良弓藏；狡兔死，走狗烹」。文種接到這封信以後，就以生病為理由而不上朝，「稱病不朝」。文種自認功高蓋世，應該沒有遇害的風險，所以沒有聽范蠡的勸告。後來勾踐也沒有因為文種「稱病不朝」就放過他，反而賜文種一把劍，說：你曾經提出七項打敗吳國的策略，我只用了其中三項就滅了吳國，還有四項在你胸中，請你帶著這四個策略，為我去侍候先王吧！這番話就是要文種自我了斷，於是文種就用那把劍自盡。漢高祖劉邦平定天下之後，也不放心韓信，劉邦先褫奪他的兵權，取消他的楚王，改封為淮陰侯。韓信當時也說出：「狡兔死，走狗烹；高鳥盡，良弓藏；亂國盡，謀臣亡。」韓信當時也是稱病不朝，但最終仍被以「謀反」之罪名被斬首。看來，「兔死狗烹」的故事在歷史上不斷地重演，即使在現代的工商企業中，為老闆打下一片江山的老臣，在階段性任務完成後，「被退休」或「被資遣」的事也時有所聞。德國著名的哲學家黑格爾說過：「人類從歷史學到的唯一的教訓，就是人類沒有從歷史中吸取任何教訓。」偉哉斯言！

在狩獵的時代，由於獵物留在地面的氣味，是追蹤的線索，因此狗的嗅覺特別敏感，這樣才能正確而有效率的找到獵物的方向。狗的臉是長型的，長臉的動物具有廣闊的鼻腔，其中容納多數的嗅覺細胞，因此嗅覺特別好。人的鼻腔裡約有五百萬個嗅覺細胞，但狗的嗅覺細胞是人類的四十倍之多，而且每個嗅覺細胞的敏感度是我們的數十倍，這就是狗可以做為警犬、獵犬、救難犬、搜救犬、緝毒犬的原因。狗本來是不跳牆的（那不是牠的本事），但被追到無路可走時，也不得不越牆而逃，這則成語就是「狗急跳牆」，點出人在情急之下，走投無路時，也會像狗一樣，做出反常且不顧後果的冒險，但求尋出一條生機。這也比喻壞人窮途末路時，不計後果，鋌而走險，所以後來的人又說「窮寇莫追」，這是《孫子兵法》的名句。狗急跳牆，那人急了呢？人急了也是一樣，對無路可走的敵人，不要緊緊進逼，逼人太甚，讓人走投無路，最後只好不顧一切猛幹一番，也會造成自己不必要的損失。所以整句成語說「人急跳樑，狗急跳牆」。

當人類進化到以農耕為生時，狗當獵犬的角色頓失，但狗其實也沒閒著，牠被轉換角色，變成為人類肩負起替主人看家的職責，牠不能閒閒沒事做，只吃閒飯。狗能看家，要靠什麼本領（看家本領）呢？最重要的本領是牠有敏銳的聽覺，牠靠聽覺掌握四周的動靜，比人類早一步察覺異聲異狀，當有異聲異狀時，狗就會吠叫，這時人類才漸漸感受到牠們存在的好處，而開始飼養牠們。當有陌生人近門時（狗也會辨別生人熟人），狗就會倚門狂吠，使出當起看家的本色；狗能看家的第二個本領是有一口利齒能攻擊宵小之徒。對人們來說，鄰居養了隻會亂叫的狗，有時是最倒霉不過的事，有時半夜裡，一犬吠影，百犬吠聲，「吠影吠聲」，這詞用來比喻世人不辨真偽，人云亦云，盲目、隨聲附和。還好，拜科技發達之賜，現在已有各式各樣的防盜裝置及監視系統可以防止住家遭樑上君子非法侵入。

《莊子》說：「狗不以善吠為良，人不以善言為賢。」這句話道理雖深，但言辭淺顯，意思是說：不能因為一隻狗善吠便認為牠是一隻好狗，人也不能因為能言善道便認為他是賢人。我們在評定別人的時候，不能只看他表面，表面看誇誇其談，看起來很厲害，但內心不一定有真才實學，我們仍就要察其言觀其行，看看是否言行一致。附帶一提，有一詞「繪聲繪影」唸起來很相近，但意思不同，這詞是形容講述或描摹事物，十分深刻入微，生動逼真。某人每次講鬼故事都繪聲繪影，煞有其事，令人心驚動魄。

有個故事說主人家養了一隻狗，這隻狗不太喜歡叫，每天飽食終日，趴在大門睡懶覺，男主人嫌狗吃閒飯，好幾次要把牠賣到狗肉店裡，女主人每次都勸退男主人。有一天，女主人在廚房裡燒飯，剛會走路的兒子在門口嬉戲，正好有個拐匪路過，他見左右無人，就把小孩給帶走了。這一回，主人家裡的狗一竄而上，時而咬拐匪的褲子，時而咬拐匪的腳，一時之間拐匪無法脫身，且拒且走，鄰人看到了，就上前攔問，拐匪只好丟下小孩，落荒而逃。這情境不就像台語俗語所說的「會咬人的狗袂吠」嗎？意思是說會咬人的狗不會叫。在農村社會，鄉下一般有二種狗，第一種吠叫聲特別大聲，這種狗看上去非常兇，但大家都非常注意牠，所以一般也不會被這種狗咬傷，「會叫的狗不會咬人」。第二種狗是不會叫的狗，看到人不會狂吠，但這種狗都很喜歡偷咬人，一旦你背對牠，牠會突然咬你一口，這句話除了形容狗的特徵外，也比喻一些小人。有些人表面看起來非常可怕，但大家都防著他，所以不會被他所傷或者他根本不會傷人（面惡心善）；另有一種人，表面上看起來很溫和，但城府甚深，不易流露其情緒，背地裡喜歡搞一些小動作害人（面善心惡），這種人比第一種人更讓人難以防範。

我們來談談猛狗、惡狗。《韓非子》裡有一則〈猛狗酒酸〉的寓言故事，大意是說：宋國有個賣酒的人，量酒準確，買賣公平，接待客人也非常周到，所釀的酒非常醇美，酒旗懸掛得非常高，但是酒卻賣不出去，酒都變酸了。他就問同鄉德高望重的長者，這是什麼原因？長者告訴他：你家的狗很兇猛吧！他回答說：狗兇猛，酒有何緣故賣不出去呢？長者說：人們害怕狗。有人叫小孩拿著錢攜帶酒壺前來買酒，但狗卻上去咬他，這是酒為何變酸賣不出去的原因。「人畏焉。或令孺子懷錢挈壺而往酤，而狗迓而齕之，此酒所以酸而不售也。」國家也有猛狗，有法術的賢士，抱持他的治國良策，想以此明告擁有萬輛兵車的君主，大臣卻好像兇猛的狗，迎上去咬他，這是君主何以被蒙蔽脅迫，而有法術的賢士何以不被重用的原因，「大臣為猛狗。迎而齕之，此人主之所以蔽脅，而有道之士所以不用也」。

明朝劉基是中國歷史上一位著名的政治家、思想家和文學家，他和宋濂、方孝孺合稱「明初散文三大家」。他的《郁離子》一書裡，有一篇〈噬狗〉的寓言散文，大意是說：楚王問陳軫（戰國時期縱橫家）：我對待士人也算夠盡心，可是四方的賢士就是不肯到我楚國來，「四方之賢者不貺寡人」（不賞臉的意思），這是什麼原因呢？陳軫回答說：我年輕時曾到過燕國，寓居燕市，旅館的左右都是店鋪，以東邊的那一家最好。起居坐臥設施及飲食器皿，無不具備，可是到那裡去住的客人，每天不過一、二個而已，有時甚至一個客人也沒有。問起其中的緣故，原來是這家旅館有一隻兇猛的狗，一聽到人走動的聲音就出來咬人，若非店裡的人先出來迎賓，沒有人敢踏進他們的門庭，「非有左右之先容，則莫敢躡其庭」。如今大王的門庭沒有人來，莫非也有咬人的狗在裡面嗎？這就是賢士難來的原因了，「今王之門無亦有噬狗乎？此士所以艱其來也」。這則寓言故事，描述楚王欲招致天下賢才，不能如願。陳軫以惡狗比喻，巧妙地回答了楚王的疑惑：要招攬四方人才，首先必須驅逐身邊的小人，因為有惡狗當道，就沒有人敢躡其庭；有奸臣弄權，賢士們只能望而卻步！

於二〇二四年十月二十三日

「狗」尾續貂

晉朝的時候，晉武帝司馬炎有個叔叔叫司馬倫，他被封為趙王，司馬倫野心很大，晉武帝死後，晉惠帝司馬衷即位，他不知民間疾苦，是個「何不食肉糜」的昏君，司馬倫起而反叛，篡奪皇位。司馬倫上任後，用人唯親，胡亂封官封爵。古代侍臣的冠帽多用貂尾裝飾，因所封的官員太多了，貂尾不足，只好用比較低賤的狗尾來代替，由於司馬倫的濫封官爵，老百姓對他封的官員極為痛恨，就編個諺語來罵他們說：「貂不足，狗尾續。」這個故事記載於《晉書・趙王倫列傳》。書中記載：「奴卒厮役，亦加以官爵，每朝會，貂蟬盈座，時人為之諺曰：貂不足，狗尾續。」「狗尾續貂」這個成語後來引申為以較差的事物，接續好的事物的後面，比喻前後不相稱。台灣有些民選縣市長上任後，往往大量提拔自己的親人，任官一濫，平庸鄙俗之人也得以「狗尾續貂」，時常引起各界的評論與不滿，為政者不可不慎！

狗尾巴是狗體軀的附加部分，具有保護尾部器官的功能，狗尾的經濟價值雖然沒有貂尾高，但是狗尾是牠表達心理、情緒狀態的利器。狗尾巴會依照牠的心情，擺出不同的形態，如果狗很開心的話，牠的尾巴通常是水平方向搖擺，而且搖擺的幅度很大；如果尾巴高高翹起來而且急速搖擺末端，大概是牠處於警戒狀態準備發動攻擊；尾巴下垂通常表示狗心情低落，有焦慮不安的情緒，需要主人的安撫。

紀曉嵐名字叫紀昀，天賦異稟，啟蒙後，便能過目而頌，故有神童之譽，曾任《四庫全書》編纂。他享有盛名，是由於他生性詼諧，辯才無礙，時常語驚四座，每每弄人於捧腹、噴飯之後，仍不得不為其機智與才華口服心折。與讀者分享一則紀曉嵐和狗有關的趣事。話說紀曉嵐五十五歲晉升內閣學士並兼禮部侍郎，王尚書特別在家設宴，為紀曉嵐慶賀榮升。席中陪賓有一位陳御史，他也是一位生性詼諧、愛好滑稽之輩，與紀曉嵐、王尚書是好友，經常相互戲謔成習。當晚酒酣耳熱、杯盤狼藉之際，突然間，有一隻家犬在廳外徘徊，等候覓食殘肴。

陳御史一見到狗，就問紀曉嵐：「你看那是狼（侍郎）是狗？」曉嵐一聽，知道御史在罵他，他也就裝糊塗回說：「是狗。」王尚書插嘴問：「你何以知道是狗？」曉嵐徐徐道來：「狼與狗不同之處有二，一是看牠的尾巴往上或往下而有別，下垂為狼，上豎（尚書）是狗。」此語一出，大家哄堂大笑，王尚書無言以對。御史一邊笑，一邊指著王尚書說：「我本來問是狼（侍郎）是狗？卻原來尾巴上豎（尚書）是狗。」語畢大家又大笑不止。曉嵐等大家笑聲稍歇，又繼續說：「那是狼還是狗可由其食性來分辨，如果是狼的話只吃肉（狼是肉食性動物），如果是狗的話，遇肉吃肉、遇屎（御史）吃屎！」講完，大家又爆笑，這回陳御史也沒有還嘴的餘地。

有一句諺語說：「狗改不了吃屎」，那狗會吃自己的排泄物嗎？一般而言，動物的消化管不會把食物裡的營養物全部吸收利用，排泄物中仍有些許營養成分，因此會有以糞便為生的動物出現，哺乳類動物中的兔子就會吃自己的排泄物。肉食類的動物，其排泄物通常都很臭，因此以肉食為主的狗理論上不會愛吃自己的排泄物。但其實，狗也有吃排泄物的情形，剛生產完在泌乳中的母狗，有吞食小狗糞便的行為，一方面是為了保持環境的乾淨；另一方面是吃掉小狗的糞便，以減少排泄物的氣味，避免被害敵發現行蹤，這是狩獵時代前就留下的習性；再者，狗的嗅覺很敏感，牠可以聞到狗糞便裡消化或吸收不良的殘餘營養物，所以才把糞便當成食物吃掉。所以狗吃屎是天性，也有部分是後天的因素。「狗改不了吃屎」現在用來譏諷人的惡習難改，劣性難移。有些人老愛吹牛，說謊成性，怎麼勸也沒用，真是「狗改不了吃屎」，沒救了！

清朝乾隆時期作家張雲璈所著《簡松草堂文集》裡有一篇〈瘈狗〉的小品文，大意是說地方上有一條瘋狗，人們見了就把牠趕走，「邑有瘈狗，人逐之」。這隻狗不知道自己瘋了，對人們趕牠很氣惱，就反過來咬人，「狗不自知其瘈也，怒人之逐而反噬焉」。人們討厭牠瘋了，但認為牠只是一隻狗罷了，也就不管（理）牠。這隻瘋狗以為人反正不計較，就更變本加厲，到處咬人，人們竟拿牠沒辦法，「狗於是以人之不較也，遂逞其瘈而噬愈甚，而人亦竟無如之何」。狗本來就未必理性，一旦瘋了就更加沒辦法控制，咬起人來更可怕。如果不幸被瘋狗咬傷，要趕緊治療，以免感染狂犬病。狂犬病（rabies）又稱瘋狗症，是一種由狂犬病毒所引起的人畜共通傳染病，因此瘋狗一般是指有狂犬病的狗，但現在常用來罵那些喪失理智，胡作非為的人。瘋狗必須除掉是人類所共知的事，就像狂牛症一被發現也要被宰殺一樣。魯迅是主張打「落水狗」的人，他說：「倘是咬人的狗，我覺得都在可打之列，無論牠在岸上或在水中。」魯迅認為「咬人之狗」，不打牠就會繼續咬人。「落水狗」顧名思義就是已經落水的狗，現在用來比喻受到重大打擊的壞人或敵人，落水狗上岸後會抖動身體，甩去身上的水，歇後語──窮抖。打落水狗就是要徹底打擊已經失敗或失勢的壞人，如果不趁此時修理落水狗，難道要等到牠們翻身嗎？但也有人主張不要痛打落水狗，不可做得過分，以免被人視作「落井下石」，何況人生何處不相逢，給別人一條生路，也是給自己多一條路，否則打急了，也要提防被反噬一口。附帶一提，瘋的狗台灣詞句叫「痟狗」，這詞句除了先前講的瘋狗的意思外，根據《教育部台灣台語常用辭典》另有特別意思，是指垂涎女色或者意圖騷擾侵犯女性的好色之徒。

狗會仗勢欺人，也會看人臉色，因此容易見風轉舵，對飼主卑躬屈膝、搖尾乞憐，甚至浮現出一副阿諛討好的態度與嘴臉，因此就有「走狗」這個貶義的詞句出現。這個詞句是用來比喻受人豢養而幫助別人作惡之人，這種人善於諂媚、阿諛奉承。其實走狗本來是獵狗，前文筆者說過「狡兔死，走狗烹」，這句話的「走狗」除了是獵狗之外，也有比喻替獵人效力的意思，並沒有貶義。一直到明朝，走狗才逐漸用於描述身分地位卑微低賤者對上級的一種順服的心理展現，後來也被形容為受人豢養的爪牙。明代的小說就常有「某人與某人皆為某某的走狗」或「甘為某人的走狗」之用語。可是清代揚州八怪之一的鄭燮（鄭板橋）卻曾自稱「青藤門下走狗」，青藤就是徐渭（字文長，號青藤道人），他是明代傑出的文學藝術家，被列為中國古代十大名畫家之一，鄭板橋很欣賞徐文長的才華，刻有一枚自稱為「青藤門下走狗」的印章，蓋在自己的作品上，這裡的「門下走狗」是一種謙辭，表示對於前人的尊重和景仰，象徵鄭板橋追求藝術的理想就像獵犬追逐狡兔不放鬆的執著精神。近代著名藝術大師齊白石曾寫下流傳至今的〈走狗詩〉，表示願意為三位畫家門下的走狗（即徐渭、朱耷及吳昌碩），意指對三人的欽慕。看來，這等「走狗」反貶為褒，襯托出藝術家虛懷若谷，謙遜敬賢的為人風範。「哈巴狗」則諷指諂媚奉承的小人，當主管的人最怕底下的人全都是「哈巴狗」型的，那就不太容易發現自己的缺點或組織的缺失。

春秋戰國時期，狗肉已是很高級的肉，根據《周禮》：「凡王之饋，食用六穀，膳用六牲。」狗是六牲（馬、牛、羊、雞、豕、犬）之一，自古以來用狗肉當牲禮來祭祀稱為「羹獻」；此外，根據《國語》的記載，越王勾踐被吳國打敗後，為了復仇，鼓勵婦女生產，若生男孩，就賞兩壺酒一隻狗；生女孩則賞兩壺酒一隻豬，顯然當時狗肉比豬肉珍貴。讀者知道劉邦的好朋友樊噲是從事哪行業的嗎？他是從事「屠狗」的行業，劉邦未發跡前，擔任亭長，時常到他的狗肉店去光顧吃狗肉，但常賒帳，樊噲不勝其擾。狗肉又稱「香肉」，中國人吃狗肉有很長的歷史，不過後來隨著北方民族進到中原，吃狗肉的風氣開始轉變，由於北方民族以羊肉為主要肉品，羊肉的地位就逐漸凌駕於狗肉之上。宋徽宗還因為自己屬「狗」，而禁絕殺狗、吃狗肉。牛和狗對人類都有功勞，雖然食用狗肉歷史久遠，但狗現在已普遍地變成人類的寵物，被看作是人類的朋友，所以情感上食用狗肉普遍認為不可接受。有此一說：「牢字從牛，獄字從犬，不食牛犬，牢獄全免。」供讀者參考。不過隨著社會的進步，台灣立法院通過的《動物保護法》第十二條已明訂任何人不得宰殺犬、食用、持有、販賣其屠體，時至今日，在台灣應該吃不到狗肉。

但有沒有可能「掛羊頭賣狗肉呢」？先來說個歷史故事，根據《晏子春秋・內篇雜下》的記載：春秋時期，齊國國君齊靈公喜歡看女人穿男人的衣服（怪癖），就命宮女穿男人的衣服，結果全國的女人紛紛仿效，都開始女扮男裝，穿起男人的衣服，齊靈公就下令禁止宮外的女人穿男裝，若有違反者，將撕破她的衣服，扯斷其服飾，但是這個命令還是無法禁止宮外的女人穿男裝。齊靈公就問晏嬰，晏嬰回答說：「君使服之於內，而禁之於外，猶懸牛首於門而賣馬脯於內也。」意思是說，你讓宮女可穿男裝，卻禁止宮外的女人穿男裝，這就如同在門口掛牛頭卻在裡面賣馬肉一樣。你只要禁止宮女穿男裝，宮外的女人自然就不會仿效了。晏子的這句「掛牛頭賣馬肉」經過引用，成了今天我們常說的「掛羊頭賣狗肉」。故事也告訴我們正人先正己，這樣才對別人有說服力。這句成語，「羊頭」比喻好招牌，「狗肉」比喻壞貨品，現在用來比喻用好的事務做招牌，實際上卻做壞事，表裡不一，欺騙矇混。現在的社會，「掛羊頭賣狗肉」的事，不勝枚舉，許多商家用好的招牌來吸引顧客，但實際上卻出售低劣的產品欺騙消費者，賺沒良心的錢，很沒商業道德。

古早的人，把衙門裡的衙役、當差，權貴大戶的家丁，均稱為「狗腿子」，因為這些人活像一群被豢養的惡狗。在主子面前，俯首貼耳、阿諛奉承、搖尾乞憐，一副奴才像。但他們當著百姓時，卻又另一副嘴臉，真是「狗眼看人低」、作威作虎、「狗仗人勢」。「狗腿子」的典故，有幾個版本，筆者僅提一供參：從前有一個富人斷了一條腿，他家的奴才自告奮勇，要把自己的腿截下來，給主人接上。主人就問：「那你就少了一條腿，怎麼辦呢？」奴才說：「我可以接上一隻狗腿。」主人又問：「那狗的腿怎麼辦呢？」奴才說：「我可以用泥巴幫牠揑上一條腿。」那可憐無辜的狗，以後撒尿只得翹起後腿來，否則那泥巴做的腿可能禁不住自己的熱尿，一泡就給溶掉了。抬起的腿就是那一條泥腿，讀者現在終於知道狗撒尿的時候，為什麼後面那一條腿要翹起來了吧！這就是「狗腿子」的典故之一。奴才是要忠於主人，狗也是忠於主人的，這個「忠」，你說是「愚忠」也對，但這是善解人意，與主子形影不離。而奴才也是主人的狗，因此他把自己的「狗」腿給了自己的主人。「狗腿子」現在已變成罵人的話，用來指那些甘為有權勢之人的奴才，或為惡勢力效勞幫兇的人。自古以來，賣國求榮的狗腿子，都永遠為人們所唾棄與不齒，遺臭萬年。

惡狗通常也沒有什麼好下場，一旦有一天主人失寵、失勢，家門衰敗，原先得寵的看門狗也就成了喪門狗了，「喪家之犬」，牠的下場也和主子一樣悲慘淒涼，受人冷淡，說不定被人趁機痛打一頓，就如前面所言「棒打落水狗」。「喪家之犬」顧名思義是指喪事人家的狗，因主人悲傷哀慟，故缺乏餵養照顧而不得意，現在用來比喻不得志、無所歸宿或驚慌失措的人。這個典故出自《史記・孔子世家》：有一次孔子到鄭國去，和弟子相互走散了，孔子孤孤零零地站在鄭國東門口，子貢找不到孔子，非常著急，這時候碰到一個鄭國人對他說：東門口有個人，前額有點像唐堯，脖子後頭有點像皋陶，肩膀有點像子產，下半身比大禹矮三寸，萎靡不振的樣子很像喪家之狗，「其顙似堯，其項類皋陶，其肩類子產，然自要以下不及禹三寸，纍纍若喪家之狗」。子貢找到孔子後，如實跟孔子說了經過，孔子聞言笑起來說：「他所美言我的相貌，倒未必。但說我像隻喪家狗，對極了！對極了！」

行筆至此，不知讀者對本文的條理是否感覺滿意，如果是的話，按個「讚」，給筆者鼓勵一下。通常文章讀起來極不通暢，邏輯不通，前後不連貫，我們常用「狗屁不通」來形容，這是一種毫不客氣、不留情面來貶低別人的用詞。那為什麼不是「牛屁」、「馬屁」或「豬屁」不通，而是「狗屁不通」呢？就字面的意思，難道是「狗屁放不出來」嗎？這是有典故的。出自清石玉昆《三俠五義・第三十五回》：「柳老賴婚狼心推測，馮生聯句狗皮不通。」狗的表皮沒有汗腺分布，在炎熱的夏天，狗只能借助舌頭及呼吸來散發體內的熱，狗皮不通是指狗生理上這個特點，由於「皮」與「屁」諧音，後來的人們心領神會，將錯就錯，最後「狗皮不通」變成「狗屁不通」。

屁是體內新陳代謝產生的氣體物質，味道難聞（與吃的食物有關），因此被當作是污濁之物，對於文理不通的詩文或不明事理的人，用「屁」來貶斥，是鮮明又具體，因此口語中沒有道理的話被講成「放屁」。但一個字「屁」也可以是個笑話的題材。明朝時，有個名字叫陳全的人，有一天誤闖禁地，被宮中執事太監捉到。陳全就請求公公饒恕，太監以前聽聞陳全很愛講笑話，便說：「聽說你擅長講笑話，你講個一字笑話，能讓我笑，就放你走。」陳全說：「屁！」太監說：「這是什麼意思？」陳全說：「放也由公公，不放也由公公。」太監忍不住笑了起來，便成全了陳全。所以古人說的「狗皮不通」，根本就不是什麼「狗屁」，但「狗屁不通」仍沿用至今。

於二〇二四年十月二十八日

「玫瑰」玫瑰我愛你

依照傳統中國農業社會的說法，各種花卉開落的時間有一個規律性，稱之為「花月令」或「花曆」，亦稱為花的月曆，就是以農曆為準，當月什麼花卉是主花，因中國版圖太大，季節、氣候的差異性也大，各地開花的時間又略有不同，因而造成花曆的些許差異。四月當令的花有二種，一為花開富貴的牡丹（請參看〈唯有「牡丹」真國色〉一文），一為薔薇。先來談談薔薇和玫瑰有何差別，薔薇和玫瑰常常使人混淆。如果從植物學的命名原則，界、門、綱、目、科、屬、種來看，先有薔薇科、薔薇屬，才有薔薇種、玫瑰種、月季種等。這樣說來，統稱應該叫「薔薇」才合理，但是薔薇屬在拉丁文名稱叫「Rosa」（植物的學名通常用拉丁文），也就是英文的「Rose」，而Rose的中文翻譯一般都稱之為玫瑰，約定俗成的結果，玫瑰便成為薔薇屬各種植物的通稱，玫瑰取代了薔薇，理論上薔薇才是正名。玫瑰和薔薇常使人分別不清，有說玫瑰花大而重瓣，薔薇花小而五瓣，更有一種月季花，其莖、葉、花都與薔薇相似，卻逐月開花。筆者不是花卉專家，無法詳述區辨，請包涵。

薔薇是一種蔓藤爬籬笆的花，耐寒。英國歷史上的薔薇戰爭（Wars of the Roses）就是因為戰爭雙方兩個家族的旗徽分別為紅薔薇和白薔薇，故以名之。薔薇能生長在寒冷的英國並成為當時最香的花，後來就成為英格蘭的國花。一二七二年，英王愛德華一世把薔薇圖案鑄在王室的徽章上，從此薔薇成了英王室的標記。

薔薇是中國庭園常見的觀賞植物，歌詠薔薇的詩很多，略舉一、二與讀者分享。〈詠薔薇詩〉：「燕來枝益軟，風飄花轉光。氳氤不肯去，還來階上香。」這一首詩的作者是南北朝梁朝簡文帝蕭綱所作，其父梁武帝蕭衍，其兄就是選編《昭明文選》出了名的昭明太子蕭統，也曾在當時文壇領有風騷。這首詩很有季節性，燕子來時表示春意漸消，暑氣初漸，正是薔薇花開時節。「枝益軟」襯托出燕子輕盈靈巧的身形，可以輕易的在多刺的玫瑰枝條中躍上跳下，而春風輕拂讓花朵迎著春光展現姿容，暮春初夏溫暖的水氣蒸騰，形成的薄霧中，玫瑰的芬芳已然飄送上了門階。唐代詩人高駢寫的「水晶簾動微風起，滿架薔薇一院香」，孟郊寫的「忽驚紅琉璃，千艷萬艷開」，紅琉璃就是薔薇。這都是用來形容薔薇盛開，庭院充滿淡淡香氣的情景。劉禹錫寫的「似錦如霞色，連春接夏開」與白居易寫的「甕頭竹葉經春熟，階底薔薇入夏開」，都在形容薔薇之屬盛開在暮春初夏，暑氣漸進之時。

薔薇花的女花神是誰呢？俞曲園《十二月花神議》裡，薔薇花的女花神為漢武帝的妃子麗娟，她每次歌舞都是由宮廷樂師李延年伴奏。時值暮春孟夏，麗娟和漢武帝在後宮賞花，此時薔薇含苞待放，態若含笑，漢武帝看了說：「此花絕勝佳人笑也。」意思是說：「這花的樣子可比佳人你的笑容還要可愛啊！」麗娟聽了有所感說：「笑可買乎？」武帝說：「可！」麗娟便拿出一百斤黃金，開玩笑的說：「這是買笑錢，我可以買下這帶笑的花送給皇帝，讓皇帝一天裡都得笑口常開哦！」後人後來就幫薔薇取了一個「買笑」的別名，還把四月薔薇花花神的稱號給了麗娟。附帶一提，同樣買笑，麗娟成了薔薇花神，周幽王卻成了亡國之君。幽王為博得寵妃褒姒一笑，貿然點起危急時刻才用到的烽火，假訊號一傳出，各路諸侯趕赴京師勤王，結果沒有看到敵人，褒姒坐在城樓上看到熊熊燃起的烽火狼煙，再看看那受騙而來狼狽不堪的戰士，嫣然一笑（註：西周在京城附近建立了許多高大的平臺，叫烽火臺，臺上堆放木材、狼糞，日夜有軍士據守，遇有敵人來犯京城，守台的士兵在夜裡便點燃木材以火報警（發生火災叫火警的典故在此），白天則點燃狼糞，以煙報警，因此古書上把敵人來犯稱為「狼煙四起」。）這個鬧劇就是所謂的「烽火戲諸侯」，周幽王有說不出的得意，說：「愛妃一笑，百媚俱生。」賞給虢石父（是他想出的膽大妄為的大鬧劇）千兩黃金，這也許是歷史上最貴的一笑！同樣是買笑，麗娟僅以百金即博得漢武帝終日歡笑，可要比周幽王高明高尚太多了。

玫瑰在希臘神話中是愛與美的象徵，一般都知道美神就是維納斯（Venus），她誕生時就有玫瑰花的裝飾，後來維納斯愛上了英俊的少年阿多尼斯（Adonis）。這個英俊的少年喜歡打獵，有一次在打獵中受重傷，維納斯急忙趕到現場，然而心愛的人已經回天乏術，令她傷心欲絕，淚灑郊野。哪知她在奔跑途中被路邊帶刺的玫瑰刺傷流出鮮紅的血滴，把一片原本白色的玫瑰花，染得紅艷奪目。所以紅色玫瑰就代表愛情極致的熱情與勇氣。台灣諺語：「愛到卡慘死」，一旦愛上了，叫你去追，你就去追，墓仔埔也敢去，不是嗎？維納斯為了救阿多尼斯，不管玫瑰叢中遍佈荊棘尖刺，不顧一切往前衝，這是極致的熱情與勇氣。未婚的讀者，想得到愛情，沒有熱情與勇氣萬萬不行，加油吧！

張愛玲是三十、四十年代的小說家，〈紅玫瑰與白玫瑰〉是她一九四四年創作的短篇小說，由她的小說改編成的同名電影《紅玫瑰與白玫瑰》裡說到：「一個女人，不管她有多麼的風華絕代，才華出眾，如果沒有愛情，那也不過是一朵等待枯萎的玫瑰而已。」藉此，她鼓勵女人應該好好追求愛情，活出精彩的自己。英國大文豪莎士比亞則說：「玫瑰是美，但更美的是它所包含的香味。」又講「名字有什麼關係呢？玫瑰不叫玫瑰，仍芳香如故。」由此可知，大文豪是多麼看重玫瑰的芬芳之氣，這也暗示內涵比外表重要，有了內涵自然散發智慧的芬芳，而玫瑰香艷兼具，令人神往。

玫瑰花下的秘密（under the rose）是什麼？這三個英文字大家都認得，個別意思也都懂，但組合起來就未必知道是代表何意。話說美神維納斯勇於追求愛情，跟戰神阿瑞斯（Ares）偷情，生下了愛神丘比特（Cupido），維納斯又有一次按捺不住跟情人幽會，結果被沉默之神哈伯克拉底（Harpocrates）撞見，丘比特為了維護媽媽的聲譽，就送了一朵玫瑰花給哈伯克拉底，拜託他不要傳出去，收了玫瑰花之後，哈伯克拉底緘默不語，他就因為信守承諾保守秘密而成了沉默之神。羅馬人也因此就將玫瑰花當作沉默或保守秘密的象徵，西方社會因此發展出 under the rose 這個成語，說明這是你我之間的最高機密，不可為外人道也。直到現在，到歐洲國家的宴會廳、會議室、或者酒店的餐廳的天花板上常刻有玫瑰花，就是用來提醒與會者守口如瓶，嚴守秘密，勿再傳播。所以若去西方國家，看了餐廳有玫瑰，我們最好入境隨俗，避免誤觸禁忌而貽笑大方。

講到玫瑰花，就得談談玫瑰精油，如果讀者用過玫瑰精油，那可不是一般的昂貴。玫瑰精油怎麼發現的呢？據傳在古代有一位蒙古皇帝要迎娶波斯帝國的公主，為了討公主的歡心，婚禮前夕把皇宮的運河灑滿玫瑰花瓣，渠道成了玫瑰河。隔天在溫熱的陽光照射之下，河面浮出了一層香氣襲人的油脂，從此發現了玫瑰精油。全世界最頂級製作的玫瑰精油的玫瑰花品種叫大馬士革，大馬士革是敘利亞的首都，但它也是一個玫瑰花的品種。大馬士革玫瑰花也稱為突厥玫瑰花，約在西元七世紀中期，唐朝滅了西域邊患東西二大突厥帝國後，西突厥西遷逐漸到了土耳其、敘利亞等地區，之後，隨著十字軍東征傳到歐洲、保加利亞。目前世界上可用於提煉玫瑰精油的主流玫瑰品種就是大馬士革品種。保加利亞是世界上玫瑰精油的最大產地，它的國花就是玫瑰花，卡贊勒克谷地（Kazanlak）

為大馬士革玫瑰提供了獨特的生長環境，自十六世紀以來就成為保加利亞玫瑰的故鄉，又稱為「玫瑰谷」。玫瑰精油的出油率很低，約略只有〇・〇二%到〇・〇三%，所以生產一公斤的玫瑰精油要用到三千到五千公斤的花瓣，這也是玫瑰精油又叫黃金液（the liquid gold）的原因。

玫瑰花茶也是西餐廳常提供的飲品之一，它具有芳香迷人的口感，富含營養價值。在冬天時，玫瑰花茶加入紅棗及枸杞，養顏美容兼養生；在夏天，很多人喜歡冷泡玫瑰花茶，並加入檸檬或蜂蜜，除了退火更有感順暢。據說武則天、慈禧太后，朝飲玫瑰露，夜敷玫瑰花瓣，年過花甲而面若桃花，得以永駐青春，有為者亦若是，讀者何妨一試？

玫瑰有很多種，其中有一種相當危險甚至致人於死，大家聽過「越南玫瑰」嗎？「越南玫瑰」就是在一九五五至一九七五年越戰期間，北越訓練大量女特務的代名詞，利用大量女特務吸引美方軍事人員，探取情報，甚至從事暗殺顛覆，造成美軍相當大的損失，許多人就因而死於「越南玫瑰」的手下。中國自古流傳「牡丹花下死，做鬼也風流。」那死於北越女特務之手的，也有「玫瑰花下死，做鬼也風流」的浪漫嗎？

有了「越南玫瑰」，就有「西貢玫瑰」，這是性病梅毒的代稱。畢業於台大外文系的王禎和，是活躍於一九六〇至一九八〇年間的台灣鄉土文學作家，著名的小說集有《嫁妝一牛車》、《玫瑰玫瑰我愛你》等。在《玫瑰玫瑰我愛你》的場景裡，為了接待越戰期間前來花蓮渡假的美軍，上至市長議員安排大批的學生在港口列隊歡迎，下至民間公司趕著搭蓋豪華的臨時酒吧，並在市區的教堂開設吧女速成班，吧女均經過精挑細選，不允許有任何性病的可能。因為對於老闆而言，吧女就是商品，美軍就是美金。然而再嚴密的防範，破口難免，「西貢玫瑰」還是在寶島落地繁衍。王禎和是花蓮人，對強勢文化改變傳統價值感受尤其深刻，這「玫瑰玫瑰我愛你」的諧音是「美國美國我愛你」，暗示吧女們可能因賣春染上惡疾而不自知，當時候地方士紳甚至知識分子熱烈招商，引進酒吧等特種行業，表面是創造觀光商業，無形中卻耗損國民健康與優質文化。《玫瑰玫瑰我愛你》也算得上愛鄉土、反映時勢，具有反省時代的作品啊！

「也許每一個男子全都有過這樣的兩個女人，至少兩個。娶了紅玫瑰，久而久之，紅的變了牆上的一抹蚊子血，白的還是『床前明月光』；娶了白玫瑰，白的便是衣服上沾的一粒飯黏子，紅的卻是心口上一粒硃砂痣。」這是張愛玲小說

〈紅玫瑰與白玫瑰〉的經典名句。傳神地說出尋常男女解不開的情鎖。配偶情侶之間未定之前再怎樣美好，也會因為每天相處，看到對方浮現的缺點，而開始嫌棄。這個故事，白玫瑰未得手時就像床前的明月光，每天巴望著何時能照進來。一朝得遂所願，娶了白玫瑰，久了卻成家常便飯，有如衣服沾上的一粒飯粒，無足輕重，心中老是想著紅的，這時紅的又變成是心口上的一顆朱砂痣，寶貝非常。簡單的說，得到東西後，就會認為自己得不到的最美啦！〈紅玫瑰與白玫瑰〉的說法真是簡單、直接，而富有哲理。

談完紅、白玫瑰，輪到黑玫瑰上場！〈黑玫瑰〉是方瑞娥唱紅的台語老歌，這首歌原來的歌名是〈多刺的玫瑰〉，是民國六十二年黃俊雄布袋戲《六合三俠傳》裡面，神秘女俠黑玫瑰的專屬出場歌曲，原唱者是以〈青蚵仔嫂〉成名的麗娜，這首歌播出之後，造成轟動，成為繼西卿〈苦海女神龍〉之後，另一首傳唱大街小巷的布袋戲女性歌曲。後來方瑞娥和李翊君翻唱的版本都將歌名改成〈黑玫瑰〉，也都再次唱紅這首歌曲，只是原歌名〈多刺的玫瑰〉就被世人遺忘了。黑玫瑰女俠，人如花語，艷麗、危險、帶有神秘色彩！從歌詞中不難看出，她或是誤入歧途，或被迫下海，曾經過著不堪的生活，但後來幡然醒悟，習得一身武藝，加入六合三俠群的陣容，與魔教惡勢力對抗，唱出了「反悔阮當初來墮落，才著受痛苦，跳出黑暗的江湖，不願耽誤好前程，安份守己願吃苦，行著光明路」的勵志之聲。

筆者在校園一隅種植玫瑰花，開始要栽種的時候，我跟老婆講說我要在高醫的校園裡種出一個玫瑰花園，她顯得相當茫然地說：「我沒聽錯吧！你不曾送我玫瑰花，卻要在校園裡搞個玫瑰園？你是在開玩笑嗎？」我說我是當真啊！她說：「你是個鄉下人，不羅曼蒂克，不曾送過我玫瑰，難道你的玫瑰花都送給別人嗎？你能種出什麼玫瑰園，我是不太相信，不過你竟然年紀大了反而開竅種起玫瑰花來，我就成人之美，以高醫校友的身分捐個兩萬元讓你上興一下吧！」就這樣我放手開始栽種，也不曉得要種幾株呢！心中有一個數字響起：「七十」，因為今年是高醫的七十周年校慶，不過另一個聲音在心中響起，高醫是我一輩子唯一服務的學校，今年已經進入第三十九個年頭，一路走來歷經不同行政職務到校長，深受歷屆長官的提攜栽培，總覺得「得之於人者太多，出之於己者太少」，若是想送花給學校，我想到一首歌曲「九百九十九朵玫瑰」，把一般人慣用的九九九長長久久唱進歌裡，我愛高醫長長久久，我衷心祝福高醫天長地久，就來個九十九株吧！這是心中的第二個數字，如果加一呢？那就愛你百分百也不錯，就這樣開始建立玫瑰園，數字從七十一路飆升到九十九，然後九十九加一，剛好是一百株。（老婆也很阿莎力，總計挹注了四萬元的經費。）

遇上花謝時節，花間落瓣要不要清理？我就說不能撿！不能撿！突然將「落紅不是無情物，化作春泥更護花」的詩句吟詠出來。這兩句詩句來自清末龔自珍《己亥雜詩．第五首》。龔自珍是清末詩人、文學家，他的著名詩作《己亥雜詩》共三百一十五首，他憂國憂民，主張去除鴉片與腐敗思想，但終歸曲高和寡，報國無效。這首詩是他從北京辭官回到故里杭州途中所寫：「浩蕩離愁白日斜，吟鞭東指即天涯。落紅不是無情物，化作春泥更護花。」意思是說離別的愁緒和返鄉的喜悅交織在一起，既有「浩蕩離愁」又有「吟邊東指」，既有白日西斜的晚景，又有揮鞭東指的迎向天涯。後面兩句更是經典傳世名句，原來龔自珍詩中的花是梅花，不是玫瑰花，他已辭去約略是教育部科長的職務，就要回杭州去從事幼教，培育國家幼苗，所以他有離愁，但他從未忘卻理想，所以落花不是無情，也不會沒有用途，讓它自然掉落堆積，時日漸久，便會化作肥分豐富的春泥，滋養花卉，使其繁華茂盛，他回去從事民間教育工作就是這樣的理想與心境，言為心聲，因此才寫出如此膾炙人口的詩句。我偶然與同仁們分享此詩，大家也頗能心領神會，覺得「落紅不是無情物，化作春泥更護花」用的真是好。

印度與英國有句諺語：「贈人玫瑰，手有餘香（The rose in her hand, the flavor in mine.）」，花要葉扶，人要有人幫，幫助別人哪怕是一件平凡微小的事情，如同贈人一支玫瑰般微不足道，但它帶來的溫馨，都會在贈花人和愛花人的心底慢慢升騰、瀰漫、覆蓋。贈人「玫瑰」定律告訴我們，有時給別人一個臺階下，是一朵無形的玫瑰，既能紓解他人的難處，也給自己留下芬芳。

於二〇二四年十一月一日

一枝紅「杏」出牆來

仲春二月，正是紅杏花開的時節，杏花便是二月當令的花卉。這時年節已結束了，正是農人下田耕種的時刻，「杏花開，種百穀」，自古以來，農人是根據杏花開放與否，來決定耕種的適當時機。歐陽修詞云：「二月春耕昌杏密，百花次第爭先出。」可見得二月杏花開，開始春耕的時節。

杏屬薔薇科，是李屬植物，花形與梅花相似，未開時色澤紅潤，盛開時紅中帶白色，至落花時則純白矣。杏的果實又稱杏子、杏實、杏桃（Capricot），其果實、果肉均可食用，中醫認為杏有潤肺定喘、祛痰止渴之用。杏是大陸北方和黃河流域的著名水果，由於大部分杏果都在當地小麥採收的五、六月間成熟，所以又稱為「麥黃杏」。我們平常在綜合堅果吃到杏仁果（Almond），它可不是杏仁哦！而是被稱作「扁桃仁」的堅果，是扁桃樹的種子，但市面上都翻譯成「杏仁」。扁桃仁和杏仁是二種不同植物的果實，但形狀、味道相似，所以經常混淆不清。杏仁茶、杏仁豆漿所使用的杏仁，是杏桃的種仁（杏仁）；杏仁片、烘焙用的杏仁粉都是杏仁堅果（扁桃仁）的種子，多來自美國。

杏在古代中國被稱為「五果之一」，宋人羅願《爾雅翼》說：「五果之義，春之果莫先于梅，夏之果莫先于杏，季夏之果莫先于李，秋之果莫先于桃，冬之果莫先于栗。五時之首，寢廟必有薦，而此五果適于其時，故特取之。」可見古人夏天是用杏果來祭祀的。我們現在祭神時，常聽到要用「四果」來拜拜，其實指的是四季的新鮮水果，不是四種水果哦！祭神時，水果種類以奇數種類為佳（一、三、五種），同一種水果的數量也是以三、五奇數（奇數為陽數）為一組為佳。當然，比較慎重者會準備五果，常見的是用香蕉、蘋果、梨子、葡萄及柑橘，這五種水果是聯合國農糧署統計之世界五大水果，剛好是五種不同顏色的水果。

筆者進入「杏壇」，獻身教育工作，忽焉三十八年已過，算是教育界的老兵。讀者知道為什麼稱「教育界」為「杏壇」嗎？「杏壇」字面上的意義就是「杏木製的聖壇」，這個典故出自《莊子・雜篇・漁父》：「孔子游乎緇帷之林，休坐乎杏壇之上。弟子讀書，孔子絃歌鼓琴。……」意思是說：孔子有一天帶領學生到緇帷公園戶外教學，學生們坐在草地上讀書，孔子獨坐在杏壇之上唱歌彈琴，後來人們就根據這則故事，稱孔子講學的地方為「杏壇」，演變至今，凡是講學的地方都叫做「杏壇」。山東曲阜是孔子的故鄉，那兒的孔廟大成殿前有築壇、建亭、書碑、植杏，取名「杏壇」。唐代很重視科舉考試，皇帝特意闢建「杏園」做為新科進士們遊宴的地方。這場遊宴非常隆重，皇帝會親自參加，與會者由皇帝欽點，宴會地點就在「杏園」曲江岸邊的曲江亭，所以也叫「杏園宴」。唐代詩人劉滄〈及第後宴曲江〉：「及第新春選勝遊，杏園初宴曲江頭。……」就是描寫金榜題名時遊杏園的情景。

一字之差，「杏林」與「杏壇」大不同，「杏壇」是教育界的代稱，「杏林」則是醫界的代稱。董奉是東漢末年三國時代的醫師，他與華佗、張仲景並稱為「建安三神醫」。以醫術高超聞名的傳奇名醫華佗，和著有中醫史上第一部經典《傷寒論》的張仲景，在醫界的事蹟，大家都很熟知，歷史上對董奉的醫術記載較少，但他醫病醫出一片「杏林」的故事，很偉大，應該頒給他一個「醫療奉獻獎」。董奉替人看病從不收費，只要病人在病癒後，在其家後院種植杏樹即可，重症者植五棵，輕症者植一棵，數年後，董奉家後院已有杏樹十餘萬株，蔚然成林，「杏」樹成「林」又稱「董奉杏林」。杏樹結果實後，若有人想買杏子，一擔穀子換一擔杏子（方法很特別），把穀子放進穀倉裡，董奉又把穀子用來救濟貧民。董奉因行善死後成仙，他的故事為後世所敬仰，故後人以「杏林春暖」來稱頌良醫美德，也稱「救世濟人」的醫界為「杏林」。

江南二月杏花開，在春寒料峭的春風裡，艷紅的杏花盛開在江南。我們先來品味一首大家蠻熟悉的絕句詩，這詩是宋僧志南寫的詩：「古木陰中繫短篷，杖藜扶我過橋東。沾衣欲濕杏花雨，吹面不寒楊柳風。」〈古木陰中繫短篷〉是僧人志南寫他在和風細雨的春日乘船出遊，途中一時興起，把小船繫在古木的濃蔭下，拄著拐杖，走過小橋，沿著溪而行。杏花時節，春雨絲絲，落在他的衣服上，感覺似濕未濕，濕而不沾，沾而不淋，楊柳新綠，春風吹在他的臉上，絲毫沒有任何寒意。這正是杏花綠柳盛開，杏花雨細柔，感覺不寒冷的春天，如詩如夢的境界。

由杏花雨就聯想到杏花村，由杏花村再聯想到酒店。有一首膾炙人口的〈清明〉詩：「清明時節雨紛紛，路上行人欲斷魂。借問酒家何處有，牧童遙指杏花村。」我們先來介紹詩人登場。這首詩是晚唐極負盛名的大詩人杜牧所寫，在唐代的詩壇上，有兩對「李杜」：一對是「大李杜」，是眾所皆知的李白、杜甫；另一對是「小李杜」，即晚唐著名詩人李商隱和杜牧。杜牧家世很好，祖父、堂哥都官至宰相，父親與叔父也都是朝廷官員，當時長安城有句順口溜：「城南杜家，去天尺五。」意思是說，位於城南的杜家，門第高貴，高到距天只有一尺半了。詩的大意是清明時節細雨紛紛，在淒風苦雨中羈旅在外的行人、遊子，心情格外哀傷，有失魂落魄的神情。問當地人，到哪兒去找一處酒家（旅店）借酒澆愁呢？一個牧童笑而不答，揮鞭指著遠處種有很多杏花的村莊。這首詩，境界優美，千百年來一直傳頌不衰。

有人因詞中「紅杏枝頭春意鬧」一句而名揚詞壇，這個人名叫宋祁，北宋仁宗時期，官至工部尚書。他名垂中國詩詞之作品是〈玉樓春〉：「春城漸覺春光好，縠皺波紋迎客棹。綠楊煙外曉寒輕，紅杏枝頭春意鬧。……」這首詞是宋祁於春月的大清早遊湖，漸覺春意濃，水面漾起縐紗般的波紋，彷彿在迎接遊人客船的到來。湖畔楊柳新綠，寒煙漫漫，紅艷的杏花在枝頭熱鬧綻放，到處洋溢著繽紛絢麗的春意。詞中的「鬧」字，不僅形容出紅杏的眾多與紛雜，而且，它把生機勃勃的大好春光全部點染出來了，「鬧」字不僅有色而且似乎有聲，清人王國維在《人間詞話》中說：「著一『鬧』字而境界全出。」後來宋祁拜訪張先，張先稱之為「紅杏枝頭春意鬧尚書」，簡稱為「紅杏尚書」。

宋祁這位北宋仁宗時期的文學家、史學家，大家比較不熟，筆者略作介紹。宋祁，字子京，安陸人，與兄宋庠齊名。兄弟倆一起參加進士考試，當時的主考官是桃李滿天下的晏殊。禮部擬定放榜名單第一名是宋祁，第三名是宋庠，榜單呈皇帝御批，垂簾聽政的劉太后一看前三名居然有兩位安陸人姓宋，便問晏殊：「宋祁和宋庠是親戚嗎？」晏殊回答說：「宋祁乃宋庠之弟。」太后說：「長幼有序，若是弟弟排名在前，哥哥的面子上不太好看。」最後將狀元定為宋庠，但不知有何考慮，宋祁一口氣降到第十名。兄弟倆同科及第，人們遂以「大宋」、「小宋」相分別，合稱「二宋」，時人號為「雙狀元」。宋祁雖然沒有被官方定為狀元，但他的才氣、名氣和在詩詞史上的地位超過兄長宋庠。宋祁後來與歐陽修奉詔編撰《新唐書》，官至工部尚書、翰林學士。

前面提過宋祁被稱為「紅杏枝頭春意鬧尚書」與張先有關，張先是誰呢？張先曾任安陸縣的知縣，宋祁也是安陸人，兩人頗有緣分。他是與柳永齊名的婉約派詞人。傳說張先年少時喜歡上一位貌美的小尼姑，並展開追求，結局當然是對初戀的情人懷念特別多，他填了一首〈一叢花令〉的詞來紀念這段感情，這首詞是寫一個女人思念丈夫的心情，最著名的就是最後一句：「沉恨細思，不如桃杏，猶解嫁東風。」意思是說丈夫一去不歸，女子懷著深深的怨恨，反覆思量，我的命運竟然不如桃花杏花，它們倒還能嫁給東風，至少每年春天還能相見，然後隨風而去。這詞將桃杏比作女子，將東風比作男子，張先將自己難忘的哀傷寄託於詞中。這個詞盛傳一時，歐陽修尤其喜愛，後來張先到歐陽修家拜訪，歐陽修說這是「桃杏嫁東風郎中」到訪（註：張先官至尚書都官郎中），這是張先的外號之一。

張先是風流才子，他在八十歲時走桃花運，納了個年紀十八歲的小妾，在喜宴上春風得意賦詩一首：「我年八十卿十八，卿是紅顏我是白髮。與卿顛倒本同庚，只隔中間一花甲。」六十二歲的年齡差距，超過一甲子了。席上的客人有張先的好朋友蘇軾，他也附和了一首詩：「十八新娘八十郎，蒼蒼白髮對紅妝。鴛鴦被裡成雙夜，一樹梨花壓海棠。」這千古名句「一樹梨花壓海棠」成了老少配的代名詞。讀者不要以為張先娶了這麼年輕的小妾，是白費人家的青春，據說這個小妾幫他生了兩男兩女。張先一生共育有十子兩女，年紀最大的兒子和年紀最小的女兒相差六十歲。大家也不要以為張先是年齡最大的新郎，一九五七年諾貝爾物理學獎得主楊振寧先生八十二歲高齡時還與二十八歲的翁帆女士結婚，由於年齡相差五十四歲，當時也引起社會大家熱議，不過楊先生與翁女士並沒有小孩。五年之後，張先又風流了一次，他在八十五高齡之際，居然又買了一位年輕女子回家做妾。這次蘇軾又寫了一首詩寄過去給張先娛樂一番：「詩人老去鶯鶯在，公子歸來燕燕忙。」張先看了以後，也回蘇軾一首詩，內有一句「愁似鰥魚知夜永，懶同蝴蝶為春忙」，為自己辯解說老夫痛失老伴，長夜漫漫孤寂難熬，娶妾只是為了排解寂寞，並不是真的風流成性。不知讀者相信否？

「春色滿園關不住，一枝紅杏出牆來」是膾炙人口的名句，出自南宋江湖派詩人葉紹翁的〈遊園不值〉：「應憐屐齒印蒼苔，小扣柴扉久不開。春色滿園關不住，一枝紅杏出牆來。」這首詩的詩題是「遊園不值」，就是詩人遊園卻不遇園主人。詩意是說作者有一天興致勃勃準備到友人家探訪，他輕輕敲了幾下門，卻無人應門，他未能遇見園主人開門而大失所望，也許是主人怕我的木屐踩壞園裡那愛惜的青苔吧！正準備離去時，卻不經意的看見花園一角，有一枝紅艷的杏花，已經探出牆頭來了。這首詩其實是說明媚的春色佔領大地，誰也沒辦法阻擋春天的到來，詩人領略到春花滿園，多到花枝伸出牆外的景致，也算不虛此行了。這首詩的「紅杏出牆」本來就沒有貶義，它只是形容春意盎然，詩句蘊含著衝破壓抑，脫穎而出的意味，意境深長，韻味深遠。但後來卻被用來形容已婚的婦女偷情，與他人發生不正常的男女關係，這恐非葉紹翁詩人原來的本意了。

在晚清畫家吳友如筆下，二月杏花的花神是楊玉環。她是中國歷史上的四大美女之一，天生麗質，善歌舞，善彈琵琶。天寶四年，被唐玄宗正式冊封為貴妃，集三千寵愛於一身。後來安祿山造反，玄宗出奔入蜀，至馬嵬坡時，軍士以貴妃和楊國忠誤國為由，不肯前進。玄宗不得已，乃殺楊國忠，並縊妃於路祠，亂平之後，玄宗派人取其屍骨準備移葬，卻遍尋不著，但見一片雪白的杏花迎風飛舞，後人為紀念此一感人的故事，便封楊玉環為二月杏花的花神。

附帶一提，葉紹翁最負盛名的代表作除〈遊園不值〉外，有《四朝見聞錄》，記載了南宋高宗、孝宗、光宗、寧宗的許多趣聞軼事，由於他曾在光宗及寧宗朝做官，許多當時的第一手資料均很有參考價值。舉一例與讀者分享。有一次秦檜的夫人王氏入宮拜望太后（宋高宗之母），太后隨口聊到一句：「老身很喜歡吃子魚，不過最近沒有吃到大尾一點的啦。」王氏趕緊回說：「妾身家倒是有大尾的子尾，明天派人給太后送一百尾來。」回到相府後，秦檜一聽大驚失色：「大尾的子魚，連皇上都搞不到，妳說得倒輕鬆，那來一百尾子魚？妳是要害死我吧？」隔天，秦檜趕緊請人送了一百尾青魚進宮去，太后一看忍不住大笑：「秦夫人是鄉巴佬，果不其然，連稀奇的子魚和普通的青魚都搞不清楚，哈哈！」就這樣，秦檜巧妙地避免了被皇帝、太后猜忌的下場（一百尾子魚可能是收受賄賂而來），秦檜的大智若愚裝傻充愣可見一般。

自古以來，一直以杏花象徵幸福，因為杏與「幸」諧音。一枝紅杏出牆來，讓人的確感受到春天到來，杏花盛開的生命活力。最後，筆者祝福從事百年樹人工作的教師，你們作育英才、誨人不倦的精神，終將使你們在杏壇流芳。也祝福杏林高手，仁術濟世，妙手回春，杏林春暖。大家「杏」福快樂，幸福滿滿！

於二〇二四年十一月五日

狡「兔」三窟

兔子是中國十二生肖之一，排名第四，是草食性動物。中國神話中有月兔的記載，相傳有月兔在月亮上搗藥，在嫦娥奔月後一直陪伴著她。歐陽修在〈白兔〉中寫道：「天冥冥，雲濛濛，白兔搗藥姮娥宮」。李白在〈古朗月行〉也寫到：「白兔擣藥成，問言與誰餐？」

兔子在人類眼中最初的定位是獵物，《詩經．周南．兔罝》有云：「肅肅兔罝，椓之丁丁。赳赳武夫，公侯干城。」兔罝是指捕捉兔子的籠子陷阱，意思是說狩獵的人正在準備精巧的捕兔網，佈網打樁聲聲響，這些狩獵的人都可成為雄壯威武的武夫，是公侯的好護衛。從詩裡看起來，兔子就是人們想方設法捕捉的獵物。中國古代的成語「兔死狗烹」（請參看〈虎父無「犬」子〉一文）所談的是兔子被捕盡，用來捕兔的獵狗就失去作用而要被烹煮，兔子在這成語裡也是被當作獵物來看待。兔子是家畜，但牠並未進入「六畜」之列，但兔子是野獸嗎？

牠是在野外生活，但「野」的不到位，因此牠總是成為各種猛禽、野獸、和人類的獵物。

兔子既然被當成獵物，那就表示兔肉可被食用，兔肉在某些地區是僅次於雞、鴨、豬、牛，常見的肉類食品。但兔子那麼可愛，不知讀者有沒有吃過兔肉的美味？《詩經・小雅・瓠葉》有一描寫普通人家以獵得野兔熱情招待客人的詩：「幡幡瓠葉，採之亨之。君子有酒，酌言嘗之（獻之、酢之、酬之）。有兔斯首，炮之燔之（炙之）。」大意是說採來瓠葉烹煮做菜，準備好酒，請客人品嚐。獵得白頭的小兔，抓來烤牠。斟滿酒杯，敬客人一杯酒。繼續烤燻白頭小兔，客人斟滿酒杯，回敬一杯酒。繼續煨烤白頭小兔，主人斟滿酒杯，又勸飲一杯酒。這首詩從頭到尾描述酒過三巡，唯一的美味佳餚就是「有兔斯首」，這是平民飲食。兔肉在古禮裡不在「六牲」之列，算是不登大雅之堂的，這首詩很有臨場感，在詩中我們彷彿看到或炮或燔或炙的烤肉情趣，也看到兔肉佳餚配美酒的情景，在觥籌交錯中，賓主盡歡，但好殘忍，因為兔子很可愛！

兔子若不被獵人獵殺，牠是性情溫馴、善良和生機的象徵。我們來看看《詩經・王風・兔爰》怎麼說兔子的特性：「有兔爰爰，雉離于羅。我生之初，尚無為；我生之後，逢此百罹。尚寐無吪！」意思是說兔子逍遙又自由自在的跳，野雞卻陷於落網。當我年幼，天下平安沒有災禍；長大之後，竟然處處都遭遇災禍。睡吧，我寧願睡著不起來，什麼也不說了。看來，兔子的個性總是歡快的跳躍，自由的奔跑，那種逍遙總是令人嚮往的。不過也因為太矯健太會跑，竟然驕傲起來嘲笑烏龜走得慢，「龜兔賽跑」的故事，家喻戶曉，這個《伊索寓言》故事除了告訴我們兔子太輕敵而失敗外，更應該談談烏龜為什麼會贏？在教育的現場，其實教導孩子如何面對挫敗，在逆境中如何自處、如何堅持，這是烏龜的精神，這才是值得思考的地方。培養小孩子挫折忍受力，培養小孩子的心理韌性（resilience），提高小孩子的心理素質，可說是當代教育的重要工作。

我們再來談談「狡兔三窟」的故事。這個故事出自《戰國策・齊策》，大意是：齊國有個叫馮諼的人，出身貧微，他是孟嘗君門下的食客，孟嘗君的管家看不起他，總是給他吃粗劣的食物。馮諼對自己的待遇很不滿意，就在庭院靠著柱子彈著他的長劍唱說：「長劍啊，咱們回去吧！吃飯沒有魚，出門沒車坐，沒辦法養家。」孟嘗君聽到後，總是交代管家要滿足馮諼的需求。有一次，馮諼幫孟嘗君到薛地去收債，孟嘗君吩咐收完債後，買些「府中缺少的東西」回來。馮諼到薛地後，把該還債的百姓集合前來核對債卷，核對完後，馮諼把債券全給燒了，百姓們歡呼萬歲。辦完事，馮諼很快就回來，孟嘗君得知馮諼已將債券燒掉了，非常不高興，馮諼說：「你吩咐買府中缺少的東西回來，你家裡缺少的東西就是『義』，所以我就把『義』買回來給你。」過了一年，孟嘗君從齊相下台，回到自己的封地薛邑，薛邑百姓為感念孟嘗君的恩德，夾道歡迎，孟嘗君這才體會到馮諼為他買回的「義」是何物。

於是孟嘗君又找馮諼，問他下一步該怎麼做。馮諼說：機靈狡猾的兔子有三個窩（洞窟），只能免兔一死罷了（避開掠食者）。現在你只有一窟（安身之地），還不能高枕無憂。請讓我為您再鑿兩個洞窟，「狡兔有三窟，僅得免其死耳。今君有一窟，未得高枕而臥也，請為君再鑿二窟」。馮諼為孟嘗君所挖的第二窟是他到魏國去遊說魏惠王，他對魏惠王說：誰能聘請到孟嘗君，誰就能國富兵強。於是魏王就空出宰相位置，重金禮聘孟嘗君到魏國當宰相，但孟嘗君堅持辭謝不去，這是第二窟（外國聲援）。馮諼再建議孟嘗君，向齊王爭取，將先王的祭器移到薛地，並在薛地建立宗廟（如此齊國就不會攻打薛地，以免殃及宗廟），這是第三窟。等宗廟完成，馮諼回報孟嘗君說：三個洞窟已經挖好了，你可以高枕無憂，享受安樂了，「三窟已就，君姑高枕為樂矣」。孟嘗君後來又在齊國做相國幾十年，沒有遭受絲毫災禍，都是馮諼的計謀成功。狡兔三窟，從字義上看是說兔子有三處藏身的洞穴，但這是穴兔藏身、居住、產子、育幼之所在，當然要有多處藏身，夠隱密的地方才是安全，這是牠生存必備的本能，兔子並沒有傷害其他的動物，只是為了保命建造了三個藏身的洞窟，就被稱為狡兔，其實牠並不狡詐，說牠是「狡」兔，筆者是有點困惑。不過前面的故事，馮諼倒是提點孟嘗君要有周密的多種避禍的準備，才不會陷入絕境。後來這成語也有引申為做事要有留餘地，進才可攻，退才可守。

「撲朔迷離」這個成語和兔子有關，讀者知道嗎？《木蘭詩》是南北朝時期的一首樂府詩，也是一首長篇敘事詩，作者已不可考。詩中敘述了一位叫木蘭的女孩，女扮男裝，代父從軍，征戰沙場的故事。在軍中，木蘭憑著堅忍不拔的精神，歷經十二年都沒有被發現是女兒身，她在戰場上建立不少豐功偉績，凱旋歸來後，她婉拒了高官厚祿，只求回家闔家團圓，過原本的生活。她回家後，脫下戎裝換回女兒裝，出來與同袍見面，大家都驚訝不已，這位在軍中一同出生入死的戰友，竟然是個女孩子，「同行十二年，不知木蘭是女郎」。《木蘭詩》最後以兔子來比喻這段男扮女裝的奇事。在平常的時候，雄兔和雌兔是很容易分別的，雄兔個性比較好動，腳會亂踢；雌兔較為安靜，眼睛喜歡瞇起來休息（據說提著兔子的耳朵，懸在半空中時，雄兔兩隻前腳會時時亂踢；雌兔兩隻眼睛會時時瞇著）。但如果兩隻兔子一起奔跑時，人們是很難分辨哪一隻是雄兔，哪一隻是雌兔呢？「雄兔腳撲朔，雌兔眼迷離，雙兔傍地走，安能辨我是雄雌。」「撲朔迷離」這個成語，就是由這裡演變而來，用來形容事務錯綜複雜，難以驟然明瞭真相。就像人們看連續劇一樣，劇情時常「撲朔迷離」，越來越精彩，引人入迷，人們不得已，只好每天準時觀賞。

前面提到狡兔有三窟，所以要抓到兔子也不是那麼輕而易舉。那怎麼會有人「守株待兔」呢？有個寓言故事：據說宋國有一個農民，他的田地中有個樹樁（露出地面的樹根），「宋人有耕田者，田中有株」，有一天，一隻兔子突然從洞裡竄了出來，結果碰到樹樁，折斷了脖頸死掉了，「兔走觸株，折頸而死」。這個農民輕而易舉就撿到了一隻兔子，他乾脆就放下農具，每天日夜守在大樹旁邊，等著兔子跑出來撞樹，他就可以再撿到兔子，「因釋其耒而守株，冀復得兔」。日子一天一天的過，然而再也沒有兔子來撞樹，終究一無所獲，農人的行為成了宋國的笑柄。這個故事出自《韓非子・五蠹》，淺顯易懂而生動。其實，這隻兔子可能是沒有看到農人，從洞裡竄出來的時候突然看到農人，驚慌之際才撞到大樹碰死了，這是非常偶然的事，它並不意味著別的兔子也會被這棵大樹撞死，也許從韓非子寫過到現在，都沒有再發生過。這農人竟然把偶然當作必然，把僥倖、不勞而獲的收穫當作成功的經驗，他的失敗也就不可避免了。這個成語現在用來比喻拘泥守成、不知變通、妄想不勞而獲或等著目標自己送上門。

筆者大一時，有位同寢室的理學院大四學長在寢室裡養了一隻兔子（養在小兔籠裡），兔子乖巧溫順，不出異聲，亦無異味，所以也沒室友有異議，這位學長週末就會帶兔子到宿舍前的廣場放出籠外，讓兔子活動活動，兔子一出籠，不動聲色就逃脫出去，動作十分敏捷（牠還是得回來，才有得吃），讓學長措手不及。前文提到狗的表皮沒有汗腺分布，因此只能借助舌頭及呼吸來散發體內的熱，兔子也一樣，牠不會流汗，因為沒有汗腺，所以用那一對招風耳來散熱。兔的排尿機制屬濃縮性，因此對水的需求量只要靠青草上的些微露水，或從蔬菜中攝取的一些水分就足夠，這也難怪我從沒看過學長給兔子餵水喝。筆者雖然沒養過寵物兔，但有與兔子生活在一起的經驗，也觀察到「動如脫兔」的經驗。順道一提，這位學長還養了一隻大烏龜。大烏龜會在夜間爬行，有時半夜裡從他的床鋪（上鋪）掉落下來，砰的一聲，在深夜裡感覺特別大聲，驚醒室友。假日時，龜兔是被一起帶出門放風的（go out for fun），只差沒有來一場龜兔賽跑而已。這是四十多年前筆者大一住在學生宿舍時的真實趣聞軼事，往事總是讓人回味無窮。

「靜如處子，動如脫兔」是司馬遷在《史記・田單列傳》中稱讚田單的話，我們來看看精彩的故事。田單是戰國時代齊國大將軍，他是挽救齊國於危亡之際的重要人物。簡單的說，田單先用反間計讓燕王換掉大將軍樂毅，然後散佈消息說：他最擔心燕軍將俘虜的齊兵割去鼻子，再讓他們列於陣前；他也擔心燕軍挖掘城外齊人祖先的墳墓，侮辱祖先的屍骨。燕軍大將騎劫果然中計照做，令齊軍悲憤交集（激發軍民同仇敵愾），都想和燕軍決一死戰。他又獻重金給騎劫，假意投降，燕軍果然放鬆防備。然後，田單夜問以火牛陣發動奇襲，擊潰燕軍。司馬遷稱讚田單說：「兵以正合，以奇勝。善之者，出奇無窮。奇正還相生，如環之無端。夫始如處女，適人開戶；後如脫兔，適不及距。」意思是說：作戰當然要靠正面交鋒，但要取勝，則非出奇不可。善於作戰的人，他的奇計是變化無窮的，用奇和用正交錯使用，相互變化，就像圓環一樣無頭無尾。開始時要裝得像未出嫁的處女那樣沉靜，使敵人放鬆戒備；一有行動後就要像脫網的兔子那樣敏捷，一跳而出，使敵人來不及防備。這就是田單的寫照吧！後來這句成語用來比喻善於把握時機、出奇制勝的謀略。

兔子和狗是死對頭，古時一見兔子即可放出獵犬，獵犬是打獵的工具，德國有句諺語說：「狗多兔必死」，意思是說野兔碰到許多獵犬，就死定了。不過兔子都被獵殺完了，狗也完蛋了，「兔死狗烹」。我們再來看看獵犬逐狡兔的寓言故事。這個故事出自《戰國策・齊策》，大意是說：齊國想攻打衛國，淳于髡對齊王說：韓子盧是天下跑得最快的獵犬，東郭逡是海內最聞名的狡兔，韓子盧追趕東郭逡（獵犬追狡兔），繞著山追了三圈，翻過山追了五趟，兔子在前面耗盡了力氣，狗也在後面累得要死，「兔極於前，犬廢於後」，犬與兔都精疲力竭，結果都各自死在那裡，「犬兔俱疲，各死其處」。有個農夫看到了，沒有費一點勞苦，就獨得其利，「田父見之，無勞倦之苦，而擅其功」。當時齊國、魏國長久相持不下，士兵勞苦，民眾疲困，淳于髡勸阻齊王伐魏，因為魏國一定拼死抵抗，他跟齊王說：我很擔心強大的秦國和楚國等在後面毫不費力地從中取利，就像那個農夫一樣，「臣恐強秦大楚承其後，有田父之功」。齊王聽了就停止軍事行動。這個成語就稱為「韓盧逐逡」或「韓盧狡兔」，用來比喻為爭強好勝，兩敗俱傷。有個讀者耳熟能詳的成語「鷸蚌相爭」與這個成語性質相近，它出自《戰國策・燕策》，不過「韓盧狡兔」是犬兔兩強相爭，「鷸蚌相爭」是兩者不肯相捨，這是兩者不同的地方。

「兔死狐悲」望文生義就是兔子死了，狐感到悲傷，為什麼呢？其實狐與兔都是被獵人獵殺的對象，所以「兔」死「狐」會是下一個被獵殺的對象，那狐就會擔憂自己的危險處境，就會對死去的「兔」感到同情，所以成語叫「兔死狐悲」，現在用來比喻因同類死亡或不幸遭遇而感到悲傷，也感到處境危險。兔子真是冤枉，連「冤」字都和兔字有關，根據許慎《說文解字》：「冤，屈也。從兔從冖，兔在冖不得走，益屈折也。」「冖就是覆蓋的意思，簡單的說，冤的本意就是被罩住的兔子，不能自由奔走、自由行動，兔子找不到出路，如冤情不能得到伸張。

兔子機靈、溫順又可愛，牠一生的遭遇非常值得同情，宋朝司馬光替牠發聲了。他的《窮兔謠・其二》詩云：「兔營三窟定何在，棘間塹底高丘嶺。卻行百步方躍入，未免餘蹤留雪田。少年何為無惻隱，解鷹縱犬薰以煙。人言兔狡非兔狡，窘急偷生真可憐。」意思是說，兔子把三窟營造在荊棘叢裡、坑窪底及高山頂，返家時用倒退的方式一百步才跳進洞窟，只怕在雪田裡留下足跡。年輕的獵人，你為什麼沒有惻隱之心呢？你除了射箭、還放鷹、縱犬、甚至用火薰燒，非置兔於死地才肯罷休呢？大家都說「兔狡」，但是兔子不曾傷害過其它動物，牠只為了保命營造三個洞窟藏身而已，牠並不「狡」，反而過著「窘急偷生」的可憐生活呢！這「窘急偷生」用來形容兔子一生的生活寫照，實在很貼切。兔子呀！兔子呀！你一生冤屈也夠大的了，你什麼時候才能洗刷「冤」屈，時來運轉，過著揚眉「兔」氣、鴻「兔」大展的新生活呢？

於二〇二四年十一月八日

縱「虎」歸山

虎，俗稱老虎，中國生肖排名第三位，牠是屬於貓科動物之一，貓科是哺乳綱食肉目的一科。老虎前肢有五趾，後肢有四趾，趾端具備銳利彎曲的爪，爪能伸縮，以伏擊的方式獵捕其它動物。人們俗稱習慣在夜間工作或活動的人為「夜貓子」，為什麼叫「夜貓子」呢？跟貓有關係嗎？原來是因為貓科的動物，包括老虎、貓等都能在夜間活動，牠們的瞳孔在黑暗處，會變成黑色的大圓圈，老虎的夜間視力是人類的六倍，牠通常潛伏在森林裡，是夜間活動的肉食性動物，看見獵物時才忽然出來，以前脚抓住獵物，然後咬死對方。老虎被看作是勇猛的象徵，因此形容兇猛的女人叫「母老虎」，孔子形容統治者的暴政比老虎更可怕叫「苛政猛於虎」。老虎和貓同屬貓科，有共同的特徵，因此俗話說：「老虎不發威，當牠是病貓」，點出了虎貓同科的親緣關係。

《周易・乾卦》有云：「雲從龍，風從虎，聖人作而萬物睹。」「龍虎風雲」

這個成語由此衍生而來，比喻英雄豪傑，憑藉著自身的實力，際遇得時、乘勢而起。現在用來形容表現特出，深具知名度及影響力的人為風雲人物，比喻豪邁壯烈為叱吒風雲；同類相感而際遇得時，各路人馬群集，我們稱為風雲際會。科舉時代的榜單稱為「龍虎榜」，現在用來表示傑出人才的榮譽榜。老虎自古以來也被用來象徵勇敢和堅強的軍人，「虎賁」一詞就是指如猛虎一般的勇士，在周朝時期，軍隊中設立有「虎賁」，主要作為王室的衛隊，軍中也有虎賁中郎將、虎將、虎臣等之稱謂，《尚書‧牧誓》有云：「武王戎車三百兩，虎賁三百人，與商戰於牧野。」《三國志》正史中，作者陳壽將蜀漢將領關羽、張飛、馬超、黃忠和趙龍五人武將合稱為「五虎大將軍」或「五虎將」；《三國演義》則稱為「五虎上將」。調兵遣將的兵符上面也刻有猛虎，稱為「虎符」。虎符屬軍事專用，每支軍隊都有相對應的虎符，取得虎符即等於取得了軍隊的調兵遣將之權。虎符一般為銅質，歷朝虎符材質有不同變化，南宋時虎符與金牌並用，金牌跟兵符有一樣的作用，像召回岳飛用的就是十二道金牌。

讀者知道南京為什麼是「六朝古都」嗎？根據晉朝張勃《吳錄》的記載，東漢末年劉備曾派諸葛亮到金陵（今南京），諸葛亮到了南京之後，看到那裡的地勢，東邊有座像巨龍盤曲的鍾山，西邊是像猛虎蹲坐的石頭城，地勢雄偉險要，他稱讚南京是：「鍾山龍盤，石頭虎踞，此帝王之宅。」所以後世用「龍蟠虎踞」這句成語來形容地勢雄偉險要。後來許多朝代所以定都南京，都因為南京龍蟠虎踞，形勢險要之故，南京又有「六朝古都」之稱，六朝是指東吳、東晉、南朝宋、齊、梁、陳。

「虎嘯龍吟」或「龍吟虎嘯」，如上所言，龍吟雲出，「虎嘯風生」，是指同類之事物相互強烈感應的現象。顧名思義「龍吟虎嘯」就是指龍虎的吼叫聲。這則成語後來用來比喻聲音嘹亮，氣勢驚人。活生生的龍，人們沒看過，活的老虎都在動物園，人們何時看過「生龍活虎」的場面，那是怎麼回事？望文生義，那是指很有生氣的蛟龍和富有活力的猛虎，這個成語的典故出自南宋理學家朱熹的《朱文語類》。這本書記載他與門人弟子間的對話。有一天，朱熹和學生討論「定性」的問題，他告訴學生，所謂定性就是將心定下來，心若有紛擾，任何方法都無法學得好，這就是《大學》裡所說的「知止而後有定」。不然，有像龍虎般的活力，更是難以掌握，「只見得他如生龍活虎相似；便把抓不得」。後來「生龍活虎」就被用來比喻活潑勇猛，生氣勃勃，精力充沛。

老虎是猛獸，因為牠會吃人，所以人們總是談虎色變。老虎不會爬樹，不會飛翔，只在地面行走、蹦蹦跳跳，只有這樣的行動力，已威猛稱霸於陸地，如果牠還加上翅膀，那還得了？那人們怎麼會常常聽到「如虎添翼」這句成語呢？這個成語典故出自大名鼎鼎諸葛亮所撰寫的兵書《將苑》一書的首篇〈兵權〉，這篇主要是談論將領掌握兵權的重要性。所謂兵權，就是將帥的實際權力，軍隊中的將領若能掌管兵權，才能依自己的意志指揮軍隊，使軍力發揮到極限，如此統兵馭將，將如猛虎插上雙翅，可以翱翔於天下各方，無論遇到什麼狀況，才能即時靈活因應。反之，則如魚、龍離開了江河湖海，再也無法遨遊嬉戲於浪濤之上，「譬如猛虎，加之羽翼，而翱翔四海，隨所遇而施之。若將失權，不操其勢，亦如魚龍脫於江湖，欲求海洋之勢，奔濤戲浪，何可得也」。所以「如虎添翼」或「如虎生翼」的成語即是由此演變而來，用來比喻強有力者又增添生力軍，使之更強。《三國演義・第三十九回》就說：「今玄德得諸葛亮為輔，如虎生翼矣。」

「助紂為虐」讀者都知曉是指協助紂王施行暴政，後來引申為協助壞人做壞事。「為虎作倀」也是比喻幫助惡人做壞事，那怎麼會跟老虎扯上關係呢？故事典故出自北宋李昉《太平廣記》有一則「為虎作倀」的故事。據說有一隻猛虎住在山洞裡，有一天餓得發昏，正好碰到一個讀書人路過，就餓虎撲狼似的把那讀書人活活吃掉。老虎吃了那人的肉，仍貪心不足，緊抓那人的鬼魂不放，老虎說：你若想讓我不再煩你，你就再找一個人來讓我享用。那人想：若是遲遲不去陰間報到，恐怕誤了轉世投胎的時間，只得幫老虎找個替死鬼。那人給老虎當嚮導，看見了人，就趕緊向老虎報告，老虎猛撲上去，將人一口咬死。那人鬼魂見人入虎口，還上前去幫那人寬衣解帶，好讓老虎更方便享用。這個幫助老虎吃人的鬼魂，真是傷天害理，背叛全人類啊！於是人們為他取了個惡名，叫「倀鬼」。所以「倀」是「倀鬼」的意思，「為虎作倀」是指被老虎咬死的人，靈魂化為鬼，又供老虎使喚。人性的良知泯滅，為虎作倀之人，定有惡報，只是時機未到，且讓我們等著瞧吧！俄國文豪托爾斯泰曾說過：「上天有眼，暫時不語而已！」

老虎兇猛，所以和兇猛的老虎搏鬥，就應該用器械（戈），要渡過大河，本來就應該借舟船而渡，有人為了顯現自己的勇猛，丟開器械和老虎搏鬥，為了顯現自己的厲害，丟開舟船，涉水渡河，這都是顯而易見的危險行為，所以《詩經・小雅・小旻》就說「不敢暴虎，不敢馮河」，意思是說知道危險的行為還要去做，那是有勇無謀的行為（愚勇），即為「暴虎馮河」一語的典故由來，比喻人做事有勇無謀。有一天子路問孔子說：老師，如果有一天，你統率三軍去打仗，你要帶誰去？「子行三軍，則誰與？」孔子回答說：赤手空拳打老虎，不乘船卻徒步涉水的人，看起來很勇猛，死了卻不後悔，這種人我是不會跟他同行的，我不願與一個有勇無謀的人一起上戰場！「暴虎馮河，死而無悔，吾不與也。」孔子接著又說：做一個統率的修養，一定要找一個遇事能小心謹慎處理，事前考慮周詳，詳細謀劃，到了事情終於來了，則「好謀而成」，用智慧促其成功，我要找這種有成功把握的人一起前往，「必也臨事而懼，好謀而成者也」。子路本以為以他的驍勇善戰，孔子會帶他一起上戰場，沒想到孔子說不與一個有勇無謀的人一起上戰場。無獨有偶，司馬遷對項羽的評價是他是個不尚智謀的霸王而已，司馬遷在《史記・項羽本紀》批評他：誇耀自己的戰功，只知道一意孤行而不吸取古代的歷史經驗，只想著用武力征伐經營天下，「自矜功伐，奮其私智而不師古，謂霸王之業，欲以力征經營天下」。項羽在臨死的時候還不知悔悟，還不知道責備自己的過失，還說什麼老天爺要滅亡我，不是我不會打仗，

「天亡我也，非用兵之罪也」。這不就太荒謬了嗎？

楚漢相爭，項羽得知劉邦已攻破咸陽，立即率軍入關，與劉邦對峙，戰爭初期，項羽佔優勢，後來劉邦逐漸轉敗為勝。於是項羽和劉邦完成和談約定，以鴻溝為界，以西為漢地，以東為楚地，項羽於是引兵東歸，劉邦也準備向西撤軍，回歸漢地。這時劉邦的謀士張良和陳平勸阻劉邦說：漢已擁有天下大半土地，而且諸侯也都心向我們，楚軍已兵疲且缺乏糧草，這是上天要亡楚的大好時機，不如趁此機會一鼓作氣澈底消滅他，「楚兵罷食盡，此天亡楚之時也，不如因其機而遂取之」。如果今天放楚軍回去而不攻擊，就好像養了一隻老虎，日後一定會成為我們的禍患，「今釋弗擊，此所謂『養虎自遺患』也」。飼養老虎，最後為自己帶來災禍，我們稱為「養虎遺患」，語出《史記・項羽本紀》。後來比喻為不除去仇敵、惡人，將給自己留下後患，所謂對敵人仁慈，就是對自己殘忍，就等於是「養虎遺患」，最後遭殃的是自己。和「養虎遺患」很相似的一句成語叫做「縱虎歸山」。養老虎會傷人，捉獲之後，應該好好處理，免得留下禍根，若放牠回歸山林，是縱容牠在熟悉的環境再稱霸為惡。後來比喻將敵人放回，後患無窮。《三國演義・二十一回》：程昱是曹操的謀士，他覺得應該把劉備殺掉。

他認為劉備有英雄氣概，不把他殺掉，將來一定後患無窮。可是另一謀士郭嘉卻認為此時此刻，正是用人之際，若把劉備殺死，會背上害賢的惡名，那天下的賢人就不會來投奔曹操了。曹操覺得郭嘉講的有道理，就暫且留劉備一命。不久，袁術打算投奔袁紹，二人準備合起來對抗曹操，劉備看見這個機會很不錯，就請求帶兵打袁術，曹操很高興，給劉備五萬人馬，去攻打袁術。謀士郭嘉、程昱聽到劉備走了，都說不該放他走，程昱說：你（曹操）這麼做，等於把蛟龍放回大海，把猛虎放歸山林啊！等他羽毛豐滿的時候，再想治他，就難了！「今日又與之兵，此放龍入海，縱虎歸山也。後欲治之，其可得乎？」歷史上養虎遺患的例子，不勝枚舉，句踐復國的故事，大家耳熟能詳，吳王夫差已將句踐圍困在會稽山上，後來卻又放回句踐，最終弄得自己身死國亡。不過這個例子比較像「縱虎歸山」，因為老虎已關在籠子裡，卻還放牠回山，比起項羽因缺糧而不得不和談，夫差「縱虎歸山」比項羽「養虎遺患」更糊塗。前者側重於把敵人放走，還不防備老虎反撲，後者則側重於縱容敵人。

我們來想像兩隻老虎相爭的場面，一定慘不忍睹！兩雄爭霸相爭，雙方一定會使盡全力，拼個不是你死就是我活，但最後很可能是兩敗俱傷，對雙方都沒有好處，所以俗諺說：「兩虎相爭（鬥），必有一傷。」但這種情形在野生動物中很少發生，因為自認不是對手的一方會很識相地離去，因此「兩虎相鬥」通常只是試探性的比劃比劃，甚少拼個你死我活。「兩虎相鬥」的故事出自《史記‧張儀列傳》，故事的大意是說卞莊子（以搏殺老虎聞名）有一次遇到兩隻老虎，正想動手刺老虎，他的僕從建議他說：這兩隻老虎都正想要吃味美的牛肉，兩虎一定相爭而互鬥，結果會是弱小的那隻必死，強大的那隻必傷，你等牠們一死一傷後，再去刺殺那隻受傷的老虎，這是一舉而殺兩虎，你也會獲得殺雙虎的好名聲，「爭則必鬥，鬥則大者傷，小者死，從傷而刺之，一舉必有雙虎之名」。卞莊子認同僕從的看法。這則寓言故事，隱喻要取得勝利，不能「暴虎馮河」，而是要善於運用智慧，這樣才可能用較小的代價，獲得更大的收穫，事半功倍是也！兩隻老虎若不相鬥，就不會一死一傷，「坐山觀虎鬥」的人，也就不可能漁翁得利。

日常生活中，人們常把外表看起來和善但內心卻陰狠毒辣的人，稱作「笑面虎」。笑面虎有二大特徵：一是嘴甜，所謂「口蜜腹劍」；二是愛笑，所謂「笑裡藏刀」，這種人最容易使人失去警覺，然後在最後關鍵的時刻，在背地裡捅你一刀，讓你怎麼死的都不知道。這個俗語出自北宋龐元英的《談藪》。故事是這樣的：王公袞家的祖墳被守墓的人，不知什麼原因給掘開了，事發後，王公袞向官府告狀，守墓的人被官府處以杖刑。守墓的人杖刑後，前往王家認罪，王家擺席相待，席間王公袞拔劍把守墓人給砍了。一時王公袞孝名傳天下，可是同郡的人都知道王公袞平時性格和善，待人接物總是笑嘻嘻的，人人都稱他為「笑面虎」。

舉個歷史上有名的「笑面虎」供讀者參考。唐玄宗時有個著名的奸相名叫李林甫，他收買嬪妃和宦官，隨時打聽玄宗的動向，迎合玄宗的好惡，因此深獲玄宗的信任。他生性狡猾，對於他的政敵，經常以甜言蜜語引誘對方上當，再暗中陷害對方。天寶年間，玄宗起用李適之為宰相，李林甫便想了個方法打算除掉李適之。有一天，李林甫對李適之說：我剛剛得到一個消息，在華山發現了金礦，如果加以開採，就可以解決國家財政困境。這個消息，皇上還不知道，請李丞相趕緊上奏皇上，建議開採。李適之不疑有他，立刻奏請玄宗開採華山的金礦。玄宗看了奏章，想要立刻批准。沒想到建議李適之提出這個建議的李林甫卻阻止玄宗，他說：起奏皇上，華山金礦的事情，我早就知道了，可是我卻遲遲未上奏，因為華山的風水是王氣所在，如果加以開採，那對皇上及大唐相當不利。玄宗聽信了李林甫的話，認為李適之治國欠缺周詳，不久即罷免其相職。李林甫為人陰險，與人打交道，表面上甜言蜜語，說得很動聽，背地裡卻妒賢嫉能，他靠類似的方法除掉了許多政敵，他為相十九年，把唐朝盛世帶往衰敗之路，因此時人稱他「口有蜜、腹有劍」，這就是「口蜜腹劍」這個成語的由來，典故出自《資治通鑒・唐紀》。用來比喻一個人嘴上說得好聽，事實上內心陰惡，處處想要陷害別人，很多的偽君子都是這種類型的人，不可深交，否則吃虧上當，後悔莫及。

於二〇二四年十一月十四日

調「虎」離山

明代有一部偉大的長篇章回小說《水滸傳》誕生，作者是施耐庵，主要篇章是寫一百零八條英雄好漢如何因為官逼民反被「逼上梁山」並走上反抗的道路，其中有一則〈武松打虎〉的故事，是歷來傳誦的好文章，筆者高二時讀過本文。施耐庵通過寫老虎一撲、一掀、一剪三般本事，以及老虎聲震景陽崗，令人毛骨悚然的吼聲（虎嘯生風），一隻活生生的老虎就躍然紙上。幾經搏鬥，老虎威風漸減，最後寫牠如何被武松按住，又如何掙扎，如何被打死，寫得活靈活現，逼真傳神，這樣膾炙人口的描繪，讓人讀來感到特別痛快，也更突出了武松的英雄氣概。《水滸傳》是中國四大古典文學名著（《三國演義》、《水滸傳》、《西遊記》、《紅樓夢》）之一，也是清朝金聖歎所評定的六大才子書之一，六大才子書是指莊子所著之《莊子》、屈原所著之《離騷》、司馬遷所著之《史記》、杜甫的詩作《杜詩》、施耐庵所著之《水滸傳》及王實甫所編之《西廂記》。《水滸傳》自明代以來廣受各階層讀者歡迎，良有以也，喜愛文學的讀者，可以買一本回家，品味品味這本家喻戶曉流傳廣泛的古典文學名著。

老虎那麼兇猛會咬死人，怎麼有人敢騎到老虎的背上，能下來嗎？不怕被吃掉嗎？這個故事出處是《晉書・溫嶠傳》。永嘉之亂後，西晉滅亡，晉王室南遷，琅玡王司馬睿在建康即位，即晉元帝，史稱東晉。自元帝開始，即內亂頻生，到了晉成帝，由外戚庾亮任大司馬輔政。當時蘇峻與祖約起兵造反，庾亮與大臣溫嶠發兵討伐，並推舉陶侃為首領，發動對叛軍的討伐。兩軍對峙，陶侃無法取勝，他認為準備不足並產生了畏懼的心理，想退兵等待時機再反攻。溫嶠告訴陶侃說：戰勝叛軍的關鍵在於團結一致，當年劉秀、曹操能以寡敵眾，就是因為他們所代表的是正義的軍隊。現在皇上蒙難，國家處於危急存亡之際，現在的形勢，已經沒有迴旋的餘地了，我們怎能半途而廢呢？現在您就好像騎在猛虎背上，不將猛虎打死，怎麼能下來？「今之事勢，義無旋踵，騎虎之勢，可得下乎」。如果您現在撤軍，一定影響全軍士氣。陶侃覺得溫嶠說的有道理，就留下來繼續與叛軍作戰，終於打敗蘇峻之亂。後來「騎虎難下」這個成語就用來比喻事情迫於情勢，不應中止，只好繼續做下去。

老虎生育後會好好照顧幼虎，要抓到老虎的幼崽子，當然要到老虎的巢穴去抓，那談何容易？我們來談談「不入虎穴，焉得虎子」的故事。班超是班固（漢書的作者）之弟，其父為班彪，三人合稱「三班」。東漢明帝派班超出使西域，來到了鄯善國，鄯善國國王本來對班超一行人十分禮遇，隔了幾天，卻突然冷淡起來，班超感到不解，暗中打聽結果，原來是匈奴國也派了使者前來籠絡鄯善國國王。班超立刻召集部屬三十六人開會，趁部屬酒酣耳熱之際，刺激他們說：不進入老虎的巢穴裡，就不能捕獲小老虎，當今之計，就是趁夜裡火攻匈奴使者，讓對方措手不及，摸不清楚我方虛實，他們一定感到震驚與惶恐，如此一來，我們就可以把對方殲滅，鄯善國國王才會害怕，我們也可以建立事功，「不入虎穴，焉得虎子。當今之計，獨有因夜以火攻虜，使彼不知我多少，必大驚怖，可殄盡也」。當晚，班超率領部屬，展開行動，把匈奴的使者都給殺了，鄯善國國王也嚇死了，終於歸順漢朝。這個成語故事出自《後漢書・班超傳》，比喻想要得到目標，就要深入冒險，不歷艱險，就不能取得成功的果實。

施耐庵在《水滸傳》的自序中說：「人生三十而未娶，不應更娶。……。何以言之，用違其時，事易盡也。」他為什麼這麼說呢？大家都知道古時候十六歲左右就娶妻生子，如果三十歲未娶妻，那就可能娶不到了，因為女孩也是十幾歲就嫁出去了，所以很難再找到對象。再者，古代平均壽命不過四、五十歲而已，不像現在可以活到八、九十歲，如果三十以後再娶，很有可能老來得子而父老子幼。施耐庵的意思應該是要人們凡事要及時而為，在什麼時候就該做什麼事，如果錯過了時候，還要做那個時候該做的事，便會事倍功半，或者未竟其功就到了盡頭，「用違其時，事易盡也」。《笑林廣記》裡也有一則〈老娶〉的笑話，搏讀者一笑。有一老人欲娶，新娘見他鬍鬚盡白，不肯嫁他。那老人就賄賂媒人說：還她夜夜有事，如一夜落空，願責五板。新娘點頭同意。過門初夜，勉為一度，次夜就不能動彈。新娘將老翁推倒，責過五下。老翁伏地不起，新娘問何故？老翁陪笑曰：「求娘子索性打上整百，往後一起好算帳。」

老虎凶猛無比，其他動物包括人類對老虎都有畏懼的心理，杜甫的詩句：「月明遊子靜，畏虎不得語。」陸游的詩句：「行人畏虎少晨起，舟子捕魚多夜歸。」這都是反映人們對老虎的畏懼心理。因此人們常常以「畏虎」來比喻那些可畏之事，如前面有提到的「苛政猛於虎」。南宋詩人歐陽鈇的詩句〈句〉：「愛山如愛酒，畏暑如畏虎。」這是以「畏虎」來比喻「畏暑」；宋朝詩人呂本中〈符離阻雨〉的詩句：「七年此端居，畏病如畏虎。」這是以「畏虎」來比喻「畏病」。另外，人們常說的「畏寒」又是怎麼來的呢？南宋詩人許棐〈迓張宰〉的詩句：「倦骨畏寒如畏虎，可曾一步出柴扉。」這是以「畏虎」來比喻「畏寒」。

老虎本性凶惡，有沒有可能改過遷善呢？要請誰才可能勸得了牠呢？明朝馮夢龍所著《古今譚概》（又名《古今笑史》）中有則〈勸虎行善〉的寓言故事。大意是說菩薩過去世時曾身為雀王，慈悲為懷，要普濟眾生，有隻老虎在吃野獸時，不小心一塊骨頭卡進了牠的牙縫裡，劇痛到不能吃東西，快要餓死了。雀王飛進老虎的口裡，啄那塊骨頭，天天啄，終於把骨頭啄了出來，這下子牠又像生龍活虎了。雀王飛到樹上，對老虎講佛經說：殺生是凶殘的行為，沒有比殺生更大的罪惡了。老虎聽到雀王的告誡，勃然大怒說：你剛剛從我的口裡出來，就敢多嘴！雀王一聽就飛走了。這個故事菩薩是想幫助凶惡的傢伙，解救災難，但是沒有達到目的，因為牠本性難移，不僅不會行善，甚至還會恩將仇報呢！

劉伯溫所著之《郁離子》一書中也有一篇〈道士救虎〉的寓言故事，故事的大意是有一位道士在山上奉佛修行，一日山洪爆發，沖下的房屋塞滿水面，災民呼救聲不斷。道士備了一條船，披蓑戴笠，站在水邊，督促會游泳的人，拿著繩索等候，一遇有漂流下來的災民，把他們救上岸。隔天早上，發現一隻野獸，載浮載沉，僅頭部露出水面，左顧右盼，像是向人求救。道士說：這也是一條生命，一定要趕快把牠救上岸。船上的人應聲前往，救起來的是一隻老虎。起初老虎兩眼迷糊昏頭昏腦，坐在地上舔牠身上的毛，等上了岸，就睜著眼睛盯著道士，突然就把道士撲倒在地，船上的人急忙前去相救，道士才免於一死，但受了重傷。劉基評論說：可悲啊！這也是道士的過錯呀！明知牠不是人，卻還去救牠，難道不是道士的錯嗎？但儘管如此，孔子說：考察一個人所犯的過錯，就能夠知道他是屬於哪一類的的人，「觀過，斯知仁矣」，由此看來，道士是有仁愛之心的。其實，這則寓言故事告訴我們對於邪惡之徒講仁慈，結果往往被惡人所害，善良的人應當切記！《伊索寓言》有一則〈農夫和蛇〉的故事，與〈道士救虎〉的故事如出一轍，有異曲同工之妙。故事這樣說：一個寒冷的冬日，農夫準備前往田裡工作，走到半路，他突然發現路旁有一條凍僵的蛇。農夫心生憐憫，把蛇放進自己的胸口，打算用身體的溫度救活牠。果然，蛇在農夫的懷裡甦醒了。但牠一醒來，便朝農夫的胸口咬去。農夫臨死之際，不禁嘆道，我怎麼那麼傻，傻到去可憐一隻邪惡的蛇。寓言啟發人們：行善需要有一定的限度，慈悲需有智慧，否則可能會害慘自己。

前面我們說到「縱虎歸山」，有一個與這則成語相映成趣的成語是「調虎離山」，顧名思義就是引誘老虎離開對牠有利的山頭形勢。老虎之所以厲害，是因為老虎盤踞山頭，在山中為王，老虎離開深山後，就失去山的掩護優勢，容易被捕獲，甚至狗也能欺負牠，所謂的「虎落平陽被犬欺」就是這個意思。調虎離山這個成語精妙之處，在於「調」字，要把老虎引出，離開牠堅固的根據地「山」，談何容易！「調」要做得巧妙、靈活，既要讓虎離山，又不致弄假成真，讓虎反咬一口，所以「調虎離山」是兵法《三十六計》中的第十五計，此計原文是：「待天以困之，用人以誘之，往蹇來連。」意思是說：如果敵人強大，又佔據有利地形，有如「如虎添翼」，一定要等到自然條件對敵人不利時，再去圍困它。然後用人為的假象去誘騙它，將敵人調離有利陣地，敵人就會由強轉弱。若向前進攻有危險，那麼就想辦法讓敵人反過來攻我，所以此計看似狡猾權謀，但不失為務實的妙計。試想：若不顧條件硬碰硬，讓對方佔盡地利之便，自己必定處於被動，或挨打的局面，遑論致勝。「調虎離山」現在用來比喻用計謀使對方離開他的據點，以便趁機行事，達成目的。同樣的，「調虎離山」之計一有閃失，反被虎傷的機率也是有的，用此計時不可不慎。明朝吳承恩《西遊記‧第五十三回》有這麼一句：「我是個調虎離山計，哄你出來爭戰。」老虎一生「虎虎生威」、「作威作虎」，欺凌別人，供自己享受，但牠也有糊塗、被欺騙上當的時候。有一天，老虎肚子餓了，跑到森林裡碰到一隻狐狸，準備將狐狸當做一頓美餐。狐狸知道自己逃跑已來不及，便故做鎮定狀，就乾脆站在那裡動也不動，然後故作驚訝的對老虎說：「我是天帝派到森林的百獸之王，你如果吃掉我，這是違反天帝的命令，天帝會懲罰你。」老虎看狐狸又瘦又小，左看右看都不是百獸之王，根本不相信狐狸的話。狐狸見老虎不上當，就又急忙地對老虎說：「如果你不相信，就跟我到森林走一趟，我走在前面，你跟在我後面，你看看眾野獸見到我，有敢不逃走的嗎？」老虎聽了，覺得狐狸的話很有道理，就同意了。於是狐狸就大模大樣地走在前面，老虎緊跟其後。森林中的野獸看到裝模作樣的狐狸，都覺得很可笑，可是看到牠身後露出凶光的老虎，嚇得驚慌而逃。老虎一時糊塗，不知道野獸害怕的是自己，還以為牠們真是害怕狐狸呢！這個「狐假虎威」的故事出自《戰國策‧楚策》，簡單扼要的說就是狐狸與老虎同行，借老虎的威風嚇走百獸，使老虎誤信百獸是畏懼狐狸而逃走。狐狸是自己巧妙地騙過了老虎，不由狡黠地笑了，不愧是「老狐狸」。

這個故事是在這種情況下出現在《戰國策・楚策》：昭奚恤是楚宣王的猛將，為各國諸侯所畏懼。楚宣王問群臣說：「聽說北方各諸侯對昭奚恤都很害怕，是怎麼回事？」有位叫江一的大臣，平時對昭奚恤懷恨在心，一心想否定他的影響，就打個比方講了這個「狐假虎威」的故事。江一實際上把楚宣王比喻為老虎，把昭奚恤比喻為狐狸，他說：「大王，你據地五千里，擁百萬雄兵，你將這些都交給昭奚恤來掌管。其實他們哪是怕昭奚恤，他們真正怕的是你的軍隊，就像森林中的野獸害怕的是老虎一樣呀！」「北方之畏奚恤也，其實畏王之甲兵也，猶百獸之畏虎也。」楚宣王對江一的看法點頭表示同意。狐狸欺騙了老虎，暗示昭奚恤在愚弄楚王，只是話說的含蓄隱蔽一點而已。後來「狐假虎威」用來比喻憑仗有權者的威勢，欺壓他人，作威作虎。但現在使用這成語時，似乎內涵稍有變化，現在用來表現奴才們怎樣有恃無恐的依仗主子的勢力來為非作歹，老虎不再是被愚弄的對象，牠變成了權勢的代表，狐狸成了凶悍的爪牙形象。

明末隨著鄭成功來台，陸續有許多閩南、客家人移民來台。早期的移民，宗教信仰所祭拜的神明都供奉在民宅，有的更簡單，像土地公，可能就是幾塊石頭堆疊而成的。後來才有廟宇的築建，但也因經濟因素，多以簡單為主，不像現在的廟宇建築都金壁輝煌、雕樑畫棟。當時最節省的方法就是在廟宇的牆壁上彩繪神「仙」來裝飾，台灣話「話仙」意思是閒聊，其實是指在廟宇內牆壁「畫仙」的諧音。畫什麼最容易，畫鬼最容易，因為沒有人看過，所以無論怎麼畫都可以（請參見《毓馨文集》，頁二一一）。那畫什麼最難？老虎最難畫，因為老虎不可能當模特兒，人們看到老虎早就逃之夭夭，根本畫不成，所以畫虎最困難，畫虎難！因為「畫虎難」閩南語發音，許多人傳出口誤，變成了「畫虎爛」，這真是差之毫釐，失之千里，是「畫虎難」才正確。不過，在閩南語中「爛」是方言「卵」的國語音譯，「卵」就是蛋蛋，是指雄性生殖器官。老虎是凶猛的野獸，人一靠近就可能被吃掉，沒有人可以虎口餘生，因此根本沒有人看過老虎的陽物長成什麼樣子，所以如果有人說他會畫老虎的陽物，那一定是假的，一定是在吹牛胡說八道，在說誇大不實的話。「話虎爛」或「畫虎爛」是相同的台灣俗語話，只是寫法不同，都是用來形容一個人很會吹牛與誇大事實，很會講一些浮誇不實的事。

有些人做事總是認認真真、小心翼翼，但有人做事卻是粗心大意、隨隨便便、敷衍了事，「馬馬虎虎」，怎麼用「馬馬虎虎」來形容呢？相傳宋朝時有一位畫家，有一次，他正在畫一隻虎，剛把虎頭畫好，恰好有一位買畫的人來請他畫馬，他就隨手把虎頭後面畫上馬身，買畫的人問他：你到底畫馬還是畫虎？畫家回答說：馬馬虎虎。買畫的人不要，畫家就把它掛在牆壁上。大兒子見了，問父親畫的是什麼？他說是虎；小兒子問了，卻說是馬。不久，大兒子外出打獵時，看到一隻馬，以為牠是虎，把人家的馬給當虎給射死了，畫家不得不給馬主人賠錢了事。又一天，小兒子外出在野外碰上一隻老虎，

卻以為是一匹馬，想上前去騎牠，結果被老虎咬死了。畫家悲嘆萬分，非常自責，寫了一首詩：「馬虎圖，馬虎圖，似馬又似虎，長子依圖射死馬，次子依圖餵了虎。草堂焚毀馬虎圖，奉勸諸君莫學吾。」這教訓太深刻了，從此「馬馬虎虎」這個詞就傳開了。

老虎的故事實在太多了，筆者只能擇精揀要寫來，不敢「馬馬虎虎」，也不敢「虎頭蛇尾」，更不敢在讀者眼前隨便「虎爛」一番，用「九牛二虎」之力，務使「虎虎生威」的形象似「生龍活虎」般呈現於讀者的面前，意猶未盡，受限篇幅，實感「騎虎難下」，只得言盡於此。有望於讀者不做「狐假虎威」、「為虎作倀」之輩，否則有朝一日「虎落平陽」，可就被群犬欺，只能說咎由自取。

於二〇二四年十一月二十日

「桃」李滿天下

三月桃花當令，因此古人亦將三月稱為桃月。桃花為薔薇科李屬植物，原產於中國，漢朝通西域以後，由波斯傳入西方各國。在中國神話中，西王母（又稱瑤池金母）在瑤池設宴，分賞蟠桃，食之者得道成仙，稱為「蟠桃盛會」。《西遊記》故事中，孫悟空奉玉帝的旨意，看管西王母在天界的蟠桃園，裡頭栽植三千六百株桃樹，蟠桃需三千年才會開花結果，故稱蟠桃（又稱扁桃）為仙桃。西漢東方朔《神異經》則說：「東方村有樹，高五十丈，名曰桃，和核羹食，令人增壽。」可見古人一直以來相信桃子是一種延年益壽的水果，所以古畫裡仙翁的手中常捧了一個仙桃。

由於桃在傳統文化中有象徵吉祥和長壽的寓意，因此在祝壽或慶生的場合（特別是老人）。依照台灣民俗傳統，五十歲以上生日才可以稱為「壽」，通常子孫輩會準備壽桃祝賀，並於壽宴當天分送給賓客，壽桃的數量通常按照長輩的年齡再加上六或十二的吉祥數字，為長輩添壽。祝賀女性壽誕的賀詞用「果獻蟠桃」，意指延年益壽，長生不老，蟠桃是指仙桃，典故如前所述。有個脫出窠臼，令人叫絕的「蟠桃獻壽」祝壽詩提供讀者莞爾一笑。話說清人幽默大師紀曉嵐有一天受邀參加王翰林太夫人八十歲壽宴，席間主人請紀曉嵐撰寫祝壽詩助興，紀曉嵐也不推辭，即席寫了一首祝壽詩，朗誦道：「這個婆娘不是人，」語驚四座，老太夫人及主人十分尷尬，曉嵐馬上唸出了第二句：「九天仙女下凡塵；」全場讚不絕口，老太夫人及主人喜上眉梢。他又唸了第三句：「兒孫個個都是賊，」主人傻了眼，賓客鴉雀無聲，曉嵐又慢吞吞的唸了第四句：「偷得蟠桃獻慈親。」語畢，眾賓客拍案叫絕，為其詼諧幽默的才華所折服。

三月正是桃花盛開的季節，杜甫大詩人在成都浣花溪畔漫步時，看見桃花盛開，色彩繽紛、絢爛的景象，寫下了「桃花一簇開無主，可愛深紅愛淺紅」的詩句，美麗的景致，杜甫多麼喜歡、欣悅。春臨大地，也正是戀愛結婚的季節。《詩經・周南・桃夭》第一章說：「桃之夭夭，灼灼其華。之子于歸，宜其室家。」正是形容茂盛的桃花樹，開著嫣紅艷麗的花朵，這位美麗的女子要出嫁了，多麼適合她的對象（喜氣洋洋）。詩的第二章說「桃之夭夭，其蕡其實」，形容桃花開後，自然結果，而且果實累累，象徵早生貴子，子孫興旺。詩的第三章說「桃之夭夭，其葉蓁蓁」，形容枝葉茂密，綠葉成蔭，象徵婚後生活美滿，庇蔭一家人。這首詩透過三個樂章來描述女子出嫁獲得圓滿歸宿的情景。

桃木有驅邪避鬼的功用，自古以來在桃木上刻字，然後懸掛在門上，俗稱「桃符」，後來演變成現在的春聯，每年農曆新年，人們把舊春聯取下，貼上新的春聯，稱為「桃符換舊」，就是除舊布新的意思。桃花色艷，又在暮春三月開放，總讓人想起艷麗的美女，中國文化上，稱人們「有（走）桃花運」是指男女之間互相愛戀的事，俗稱「犯桃花」，就是戀愛上的幸運，命運裡出現異性緣佳的情形。不過「犯桃花」有兩類，一類是正桃花，會得到良好的感情互動，甚至修成正果，共結連理。另一類是爛桃花，那就有可能發生外遇，或與他人爭風吃醋，或是遇到亂搞男女關係的對象，甚至出現「桃色糾紛」，又稱「桃花劫」或「桃花煞」。走桃花運是有異性緣，那男同性戀跟桃子也有關係，讀者聽過這個故事嗎？相傳春秋時代，衛靈公寵愛幸臣彌子瑕（男寵），有一天，彌子瑕陪衛靈公遊果園，摘食桃子，他咬了一口，覺得桃子很甜，就把剩下的給衛靈公吃（他咬過呢，真大膽！），衛靈公甚為開心，讚美彌子瑕說：「愛我哉，忘其口味，以啗寡人。」意思是說你愛我，以至忘了口中的美味，把桃子分給寡人吃！跟戀人分享食物，原本是常常有的事，這個故事出自《韓非子・說難》，「分桃」在後世就成了男同性戀的代名詞。男同性戀當然還有許多其它的別稱，「龍陽之癖」讀者聽過嗎？相傳戰國時代的魏王喜歡龍陽君，有次兩人同船釣魚，龍陽君釣到了十幾條魚之後突然哭了起來，魏王問他何事傷心，他說先釣到了小魚也很開心，可是後來釣到大魚，就不要先前的小魚了。現在自己雖蒙君王寵愛，終有一天也會像先釣的小魚被遺棄啊！魏王聽完，立刻下令：不得再進獻美女。龍陽君的忸怩作態，魏王的體貼肉麻，這個笑談傳開來，「龍陽之癖」也成了男同戀的代稱。再舉一例，西漢哀帝很喜歡董賢，總是把董賢帶在身邊。有一天，他倆白天相擁而眠，哀帝先醒來，正要起身下床，發現董賢壓住了自己龍袍的袖子，他不忍心驚醒愛人董賢，就喚來內侍，用剪刀把龍袍的袖子剪斷了再下床，這份體貼也成為中國同性戀史上膾炙人口的故事，「斷袖之癖」也成了同性戀的代名詞。其它還有許多別稱，不屬本文討論範圍。

《本草綱目》有記載：「桃性早花易植，而子繁，故字從木兆。十億曰兆，言其多也。」由於多果實，所以後人常以桃李表示門生眾多，劉禹錫的詩：「一日聲名遍天下，滿城桃李屬春官。」像筆者已服務杏壇近四十年，到處都有自己的學生，也可算桃李滿天下。那「桃李」和老師有什麼關係呢？韓嬰的《韓詩外傳》有個故事：春秋時代魏文侯時，有個臣子叫子質，他得罪了魏文侯，不得不逃亡至北方，在那兒遇到了簡主，便向簡主抱怨說：我以後再也不要培育人才了，我培養了那麼多朝廷的公卿大夫，卻沒有一個幫我講話助我。簡主回答說：春天時若種下桃李，夏天便可以在樹蔭下乘涼，秋天到了還有果食可以吃。但如果春天種的是蒺藜，夏天非但沒有葉子可乘涼，秋天更無果實可採，而且還可能被刺到呢，「夫春樹桃李，夏得陰其下，秋得食其食。春樹蒺藜，夏不可採其葉，秋得其刺焉」。所以不是培育英才沒有用，而是你沒看清楚，栽培的人都不是正直的人，是你提拔錯人了，「由此觀之，所在樹也。今子所樹，非其人也」。後來人們就把「桃李」比喻老師所栽培的學生或培養的後輩，「桃李春風」就是沐浴在老師的教導之下，「芳騰桃李」是指其人深受莘莘學子的愛戴。

「木之多子者」為李，自古以來桃李並稱，兩者均是結實多的果樹。中國人自古以來便有禮尚往來的習慣，「投我以木瓜，報之以瓊瑤」是《詩經・衛風》中描述男女之間的定情儀式。《詩經・大雅》中則有「投我以桃，報之以李」的詩句，這詩相傳為春秋衛武公所作的一篇自我勉勵的詩，大意是說：人民都要效法你的德性，所以你要使自己的行為又善良又美好。你要行為謹慎，不失於禮儀，不逾越本分，那麼就很少有人不以你作為楷模了，因為人家送給我桃子，我回報他李子，「投我以桃，報之以李」，這是很合理的。這句「投桃報李」的成語現在用來比喻朋友之間的友好往來、相互贈答、或表示感恩的行為。禮尚往來，這是從古到今都不變的，所以「投桃報李」本來就是應該的，如果往而不來或來而不往都是沒有禮貌的。

筆者要帶讀者去尋幽訪勝找尋一個心目中理想的世外桃源。陶淵明是東晉時期的詩人，他寫過一篇〈桃花源記〉，裡面有個漁夫，捕魚時迷了路，他沿溪而行，突然遇到一片桃花林，兩岸全是桃花，飄香滿林，桃花落英繽芬，美麗無比。沿著桃林前進，發現桃林的盡頭有座小山，他下船從小山中穿過，發現山那邊另有一個村莊，村莊裡屋舍儼然，有良田、美池、桑竹之屬，雞犬相聞，人民自由自在的生活在那裡。他的到來，驚動村莊裡的人，咸來問訊，邀請他到家裡作客，設酒、殺雞、作食。漁夫得知，村民的祖先在秦末避難到這個地方，生活在這個與世隔絕的地方。漁夫停留幾天後，告辭離開，村民叮嚀漁夫：「不足為外人道也。」漁夫離開的時候，在路上做標記，回家後把這個情況報告了太守，太守派人去尋找那個村莊，但是再也找不到了。這真是個遠離塵囂與現實隔絕，生活安詳和樂的美好世界。大詩人李白對桃花源這種人間樂土非常嚮往，他隱居山中曾作有〈山中問答〉詩：「問余何意棲碧山，笑而不答心自閑。桃花流水窅然去，別有天地非人間。」這詩描繪了桃花落下來的花瓣，隨著流水緩緩流向遠方，而那裡是個與世隔絕的世外桃源秘境，不是凡俗人間可以比擬的，神往之情，躍然紙上。相信每個人心中都有個理想的世外桃源，只是不知到那裡去找尋？不知你心目中的桃花源可是已找到？

桃樹李樹不會說話，怎麼會被人們在樹下走出一條路來呢？「桃李不言，下自成蹊」的故事出自司馬遷的《史記・李將軍傳》。李廣是西漢的名將，他從漢文帝、漢景帝到漢武帝，每一次抵禦匈奴的戰役，他無役不與。當時，匈奴南下侵擾西漢邊境，匈奴都很害怕騎射高手的李廣，匈奴稱他為「飛將軍」。他帶兵打仗，總是身先士卒，得到的賞賜總是分給部下。他立下了赫赫戰功，可說戰功彪炳。他最後一次出征時，已六十多歲，出征時的統率是衛青、霍去病，這次李廣運氣不佳迷路了，誤了大軍的集結，他不願面對軍法審判，自刎而死。司馬遷在《李將軍傳》結尾評論說：「余睹李將軍，悛悛如鄙人，口不能道辭。及死之日，天下知與不知，皆為盡哀。彼其忠實心誠信於士大夫也？諺曰：『桃李不言，下自成蹊。』此言雖小，可以諭大也。」意思是說，看李將軍謙恭誠實像個鄉下人，口才不是很好。可是到他死的時候，普天下不論是認識他還是不認識他的人，都為他深深哀悼。這難道不是他那一顆忠誠的心感動了大家嗎？俗話說：「桃樹李樹雖然不會說話，但它們的本質吸引人，樹下都被人們踩出了一條路來。」這句話雖然講的是一件小事情，但卻可以說明一個大道理。桃李花朵美艷，果實可口，人們紛紛去摘取，自然而然便在樹下踩出一條路來，現在用來比喻真誠篤實，自然能感召人心。

警察辦案，有時一時疏忽，以致犯案大哥找小弟頂罪，發生所謂「李代桃僵」的情形。「李代桃僵」這個成語出自《樂府古辭・雞鳴》：「桃生露井上，李樹生桃傍。蟲來齧桃根，李樹代桃僵。樹木身相代，兄弟還相忘。」大意是說桃樹生在露井旁，而李樹生在桃樹旁邊。有蟲來咬桃樹根，結果李樹代替桃樹受蟲咬而枯死。樹木尚且能以自身代替同伴枯死，患難與共，為什麼同胞兄弟卻不能像桃樹李樹一樣，顧念手足之情？這故事其實是借由李樹代替桃樹死這件事，諷刺兄弟間不能互助互愛。後來這句成語用來比喻以此代彼或代人受過。「李代桃僵」也是兵法《三十六計》的第十一計，原文為「勢必有損，損陰則陽益」。意思是當戰局發展必要有損失時，要捨得局部的損失，以換取全局的勝利，即所謂「棄車保帥」。

二個桃子可也可以殺三個人，讀者相信嗎？晏子是春秋時齊國的政治家，當時齊國有三個戰功彪炳的猛將：公孫接、田開疆及古冶子。晏子擔心三人會忠於貴族田氏，成為國家的危害，因此與齊景公共謀除之。有一天，三人陪伴齊景公款待魯國國君，晏子獻上六個桃子，兩個國君各吃一個，晏子和魯國大臣各吃一個，剩下兩個。由於三人無法平分桃子，晏子提出論功行賞，功勞大者得一桃。公孫接與田開疆認為他們功勞最大，先後報出他們的功勞，於是兩人各得一桃，這時候古冶子卻說他功勞最大，可是桃子已經沒有了。公孫接及田開疆聽完後自愧不如，羞愧自殺。古冶子也因自己自吹捧，羞辱別人，讓別人為自己犧牲而更加慚愧，也隨之自殺。這就是著名的「二桃殺三士」的故事，晏子未動一兵一卒，除掉了可能成為隱患的齊國三傑。這是權謀的勝利，但是如果一個國家總是用這種方法來對待天下的精英，也太毒了吧！這個故事出自《晏子春秋》，後來演變成成語，表示用計謀殺人。

古代的帝王，後宮佳麗太多，不知道挑誰來伴寢伴眠，花招千奇百怪，相傳元朝順帝時，在春天桃花開時，在宮中舉辦「碧桃之宴」，把皇后嬪妃召集在宮苑裡辦舞會，等大家酒酣耳熱之際，元順帝會去摘一朵桃花，然後把身上的汗巾繫在上面，並命令樂人擊鼓，皇后貴妃便隨鼓起舞，混亂中，順帝將繫有汗巾的碧桃一拋，誰接到了有如繡球的碧桃，便可在當晚陪伴順帝。艷麗的桃花總讓人想起艷麗的美女，而桃花總也是和女人結下了不解之緣。唐明皇的御花園裡植有桃樹，每當春天時，他會帶著楊貴妃宴遊賞桃花，花開得太艷了，唐明皇說：「此花尤能助嬌態也。」唐明皇親自摘一朵桃花插在楊貴妃的髮簪上又說：「此花亦能銷恨。」在五代人王仁裕的「開元天寶遺事」裡有這段記載，增添了桃花些許浪漫的氣息。唐玄宗挑選侍寢的方式，是放飛一隻他抓來的蝴蝶，看蝴蝶停在哪個宮女鬢邊簪的鮮花上（唐朝流行鮮花插鬢的裝飾），那晚就由那個宮女侍寢，這種玩法當時在宮中被稱為「蝶幸」，就是「隨蝶所幸」的意思，唐玄宗的宮中韻事，還真是有詩意呢！

於二〇二四年十一月二十五日

「桃」花依舊笑春風

崔護是中唐詩人，有一年他赴京科考，結果落榜了，清明時節，他到長安城郊南庄遊玩，一路走到口渴，經過一戶農家，看見門旁盛開的桃花，崔護敲門想要口水喝，一位漂亮的姑娘出來應門，奉上茶水，兩人互相留下美好的印象。第二年清明時節，崔護舊地重遊，只見門庭如舊，但院門緊閉，不知伊人何處去？只有桃花迎著春風盛開，美景依舊，崔護惆悵之餘，提筆寫下了千古傳誦的〈題都城南庄〉這首詩：「去年今日此門中，人面桃花相映紅。人面不知何處去，桃花依舊笑春風。」這個過程活像「緣起、邂逅、愛妳在心口難開、緣滅」。有緣相識，彼此投緣，卻沒有進一步行動，也許佳人已經奉父母之命、媒妁之言，嫁作人婦了。桃花下物是人非，真是一種無奈。

有一個很相似的歷史故事，男主角是人稱「小杜」的杜牧，他在宣州當幕僚時，有次到湖州旅遊，湖州刺史在船上設宴款待他。有位婦人帶個十來歲的青春美少女在岸邊看熱鬧，這姑娘天生麗質美人胚子一個，突然間吸引了小杜的目光，杜牧隨即派隨從請這對母女到船上來，要和人家商談嫁娶事宜，婦人當然推說女兒年紀尚小，還不能婚配，杜牧胸有成竹的說：「您的千金年紀尚小，我當然不能馬上娶她。但請少女務必等我，請您給我十年的時間，十年後，若我不來湖州擔任刺史，她另可從人。」婦人點頭同意。自此一刻，杜牧的人生理想就是當上湖州刺史，以便迎娶美嬌娘。唐宣宗大中四年，小杜四十七歲時，終於如願以償當上夢寐以求的職位。此時離當初立約已過了十四年，杜牧一到湖州，即刻派人接來那對母女，不料女子已嫁作人婦，已經生了兩個孩子。杜牧質問婦人，為何違背諾言，婦人回答說：「我們原來約定以十年為期，現在十四年過去了，大人你沒依約前來，我才將女兒嫁人的，背信的可是你啊！」杜牧回想十四年期待成空，想起這段錯過的姻緣，感嘆其事，寫下了這首〈嘆花〉詩：「自恨尋芳到已遲，往年曾見未開時。如今風擺花狼藉，綠葉成蔭子滿枝。」意思是說：都怪自己尋訪春色太晚，以前曾經見過的含苞待放的花兒，如今大風把盛開的花兒吹的凋零而滿地狼藉，現在已是綠葉繁茂、果實累累的收穫季節。杜牧最終雖未能與自己的意中人結為連理，但杜牧能安於天定之緣份而不以官欺民，為難母女，也是值得肯定的。真是姻緣天註定，半點不由人。

前面有寫到蘇軾因「烏台詩案」而被貶為黃州團練副使。唐朝詩人劉禹錫則因「桃花詩案」而被貶官，讀者知道這個故事嗎？劉禹錫二十一歲即考中進士，與柳宗元同榜及第，兩人都參加永貞革新，革新運動失敗後，兩人都被貶，劉禹錫被貶為朗州司馬，十年後才回到長安。比起十年前的長安城，已有許多變化，至少道觀玄都觀裡栽種了上千株桃樹。回到長安後，當年春天劉禹錫跑去玄都觀遊覽盛開的桃花，劉禹錫回來後寫了一首〈玄都觀桃花〉的詩：「紫面紅塵拂面來，無人不道看花回。玄都觀裡桃千樹，盡是劉郎去後栽。」意思是說，京城的大街上，人們川流不息，塵土飛揚，每個人都說自己剛從玄都觀賞花回來。玄都觀裡有上千株桃樹，其實都是我劉禹錫離開京城後種的。這詩的原意表面上看起來是在描寫看桃花的盛況，其實是藉著去國十年，後栽的桃樹都已長大開花結果，暗指朝廷裡那麼多如桃花般顯要的高官，都是我走之後，登上這個位置的吧！也嘲笑十年以來，由於逢迎取巧而在朝中愈來愈得意的朝廷新貴。任何時代的暴發戶都不願別人說自己的發達是近幾年來的事，這首詩指桑罵槐的意味相當濃厚，結果劉禹錫因語涉譏諷，再度被貶到比朗州更遙遠的播州（貴州遵義），這就是當時轟動一時的「桃花詩案」。

十四年後，劉禹錫被調回長安，回到京城的他，舊地重遊，又去玄都觀走了一回，此時的玄都觀已經沒有桃花樹，原來的桃園已荒蕪。劉禹錫又寫了一首首〈再遊玄都觀〉：「百畝庭中半是苔，桃花淨盡菜花開。種桃道士歸何處？前度劉郎今又來。」意指玄都觀廣大的庭院大半長滿了青苔，原本盛開的桃花，已蕩然無存，只剩下菜花開放。先前種那些桃樹的道士，如今去了哪裡呢？當初被貶謫的我，再度回到長安來。前後兩首詩連在一起相比，有強烈的對比，劉禹錫因桃花詩賈禍，耿耿於懷，因此重遊舊地，再詩一首，景物已變，人事全非，言下頗有世事滄桑無窮的感慨，儘管劉禹錫一生被貶的時間長達二十幾年，但他並沒有屈服，而是樂觀的繼續奮鬥，值得我們敬佩！

晚清學者俞曲園《十二月花神議》裡，以息夫人為桃花的女花神。息夫人是誰？讀者比較陌生。她姓媯，是春秋時代息國息侯的夫人。楚文王發兵消滅了息國，俘虜了息侯夫婦，把息侯編為楚國都城的門卒，他看到息侯夫人的美貌，就把息夫人佔為己有。媯氏雖為楚文王生了兩個男孩，但楚文王不管對她如何百依百順，她從來不開口跟楚文王說話（無言的抗議）。有一天，楚文王問媯氏，為何不說話，嬀氏說：我是一個婦人，一生卻嫁了兩位丈夫，既然不能守節而死，又有什麼話好說的呢？嬀氏忍辱不死，全是為了息侯。有一年秋天，楚文王外出打獵，嬀氏趁機會逃出宮，逃跑到城門處找息侯，她對息侯說：與其活受罪，不如一死了之的好。妾在楚國宮中忍辱偷生，只想見大王最後一面，如今心願已了，死也瞑目！說完便自盡而死。嬀氏深情，息侯大慟，也選擇到黃泉底下再做夫妻。楚王打獵回來，聽完這個消息，大為感動，便以諸侯之禮將息侯及其夫人合葬於城外的桃花山上。當時正是春暖花開的三月，後人也在桃花山上替息夫人建了一座「桃花夫人廟」，嬀氏也被稱為「桃花夫人」，也就是桃花的女花神。

類似的故事，在唐朝也發生了，故事的男主角是唐玄宗李隆基的大哥寧王李憲，李憲看上了賣燒餅為生之人的妻子（《金瓶梅》中的武大郎也是賣燒餅為生，他的艷妻是潘金蓮），把人家搶了過來當小妾。這位女子進了寧王府後，也是終日悶悶不樂，不發一語（跟息夫人一樣）。有一次，寧王舉辦宴會，冠蓋雲集，詩佛王維也受邀參加，這姑娘在宴會中也是愁眉苦臉，沒有一絲笑容，寧王還故意給她難堪，對她說：妳那賣燒餅的丈夫，恐怕早就另結新歡，把妳給忘了，我現在就派人叫他把燒餅送過來，看看他還要妳回去嗎？過不多久，那男子把燒餅送到宴會廳，那姑娘看到自己的丈夫，痛哭失聲，做丈夫的，看到被搶的妻子還這樣被羞辱，眼淚也奪眶而出，兩人相對無言，淚如雨下。在場的賓客，無不為之動容，都忍不住掩面唏噓。王維見此情此景，藉者酒興吟出一首詩〈息夫人〉：「莫以今時寵，能忘舊日恩。看花滿眼淚，不共楚王言。」意為不要以為今天的寵愛，就能忘掉昔日的恩情。儘管面對良辰美景，但是滿面愁容、淚水不斷，始終也不願意和楚王講一句話。寧王聽完，自知理虧，只好當眾對賣燒餅的夫妻說：她是手下的人去抓來的，本王並不知道她是有夫之婦，現在你們夫妻還這麼恩愛，本王就成全你們，你們可以走了。看來，桃花女神借助王維的那一枝筆，暗中幫助了賣燒餅的這對貧賤夫妻，改變了他們的命運。當然，寧王良心未泯，他的氣量也得記上一筆。

有句成語「桃花薄命」，意指薄命的女人。薄命不是短命的意思，這裡是比喻女孩子容貌美麗，命運不好，命運坎坷，人們習慣（俗）用「紅顏薄命」來形容。其實不是紅顏，也有很多薄命的，只是大家不太注意而已。為什麼用桃花來比喻「紅顏薄命」呢？明末清初的文學家李漁曾說：花色最為嬌媚的莫過於桃花，而花期最為短促的也莫過於桃花，紅顏薄命說的就是桃花啊！劉禹錫的《竹枝詞九首》：「山桃紅花滿上頭，蜀江春北拍山流。」描寫的就是桃花再怎麼美，終究要凋落，桃花易凋、容顏易老。美色易衰早已是許多與桃花有關的詩歌的主題。

「自古紅顏多薄命」，古代四大美女（請參見《毓馨文集》，頁五五至五六）的結局都很淒涼。西施為了越王句踐復仇，被進獻給吳王夫差；王昭君則是因和親政策被嫁到匈奴單于國；貂蟬被司徒王允同時贈於呂布和董卓，讓他們自相殘殺反目成仇；楊玉環在安史之亂期間，被唐玄宗在馬嵬坡賜死。歐陽修曾借寫王昭君的遭遇，抒發古來紅顏多薄命的喟嘆：「紅顏勝人多薄命，莫怨春風當自嗟。」意思是說世界上擁有出眾美貌的女子，大都命運坎坷，經常遭受各種磨難，但也不要埋怨春風無情，只能嗟嘆命運多舛，造化弄人。

古往今來，男人終究還是很在意女性的容貌，但凡男人都很容易受到貌美的女子所吸引，甚至因而做出違背理性原則的事情，但是這種吸引力有可能非常的危險，所以叫做「致命的吸引力」。古希臘哲學家，亞歷山大的老師，亞里士多德說：「美麗比一封介紹信更有推薦力。」擁有美貌是老天的垂愛，當然很好，但西方有句諺語說：「Beauty is only skin deep」，意指美貌其實是膚淺的，《孔子家語》也有：「入芝蘭之室，久而不聞其香；入鮑魚之肆，久而不聞其臭。」的說法，表示人的感覺很容易疲乏，美女帥哥一旦相處日久，吸引力逐漸遞減，便不覺得其美了。

尤其，美女自小容易受到眾人的寵愛，長期受人呵護備至，若沒有輔以良好的教養，很容易恃寵而驕，對人頤指氣使，當年華逝去，風華不再，姿色衰老，愛情褪色，很容易失去寵愛，當男人又喜新厭舊時，就會恩斷情絕，這也許是薄命的開始，也是接受命運考驗的開始。《漢書・孝武李夫人傳》裡記載有個傾城傾國的美女，面對年老色衰境遇的故事：話說漢武帝的李夫人，美麗又會跳舞，本是以歌女出身入宮的。她的哥哥就是懂音律的宮廷樂師李延年，李延年作詞的歌唱道：「北方有佳人，絕世而獨立，一顧傾人城，再顧傾人國，……。」漢武帝聽後問：世間哪有那樣的美人呢？平陽公主因此說：李延年就有這樣的妹妹。漢武帝就召見了她，果然長得很貌美，國色天香，此後就得到漢武帝的寵幸。後來李夫人病重，漢武帝要去看望，她蒙著被辭謝。她說：妾長期臥病，容顏憔悴，不可見皇上。武帝說：夫人病重，恐將不癒，見我一面，再託後事。但李夫人仍堅持容貌不整理修飾好，不見皇上。武帝說：見我一面，加贈千金的賞賜，並提高你兄弟的官位。夫人說：提不提高官位在於皇上，不在於見我一面。李夫人至死都未讓漢武帝見一面，她的姊妹都責怪她為何不見皇上一面，好囑託兄弟的未來啊！

李夫人說：我是靠著容貌的美麗，才從卑微的地位受到皇帝寵幸的。凡是用容顏侍奉別人的人，失去寵愛就會恩斷情絕，「夫以色事人者，色衰而愛弛，愛弛則恩絕」。皇上所以愛戀顧念我是因為我平生容貌美麗。現在我容貌枯槁，不如從前好看，必定會厭惡拋棄我，怎麼還肯追念舊情，憐憫任用我的兄弟呢？後來，皇帝任用李夫人的哥哥李廣利為貳師將軍，封海西侯，任命李延年為協律都尉。李夫人是智慧的女人，她在漢武帝心中是傾國傾城，她過世後，漢武帝還追念她不已，並用皇后的禮節安葬了她。漢武帝逝世後，首輔大臣霍光追封李夫人為孝武皇后，她的靈位與武帝一起享受祭祀。但有多少佳麗有像李夫人這樣的智慧與幸運呢？

在命理學上來說，桃花代表人際關係，桃花過旺代表人際關係複雜，尤其是有艷麗姿色與外貌的美女（紅顏），自然會吸引一堆蒼蠅蚊子，但也可能讓真命天子避而遠之，因此會令人難以抉擇，更容易造成錯誤的選擇，挑來選去，最後還是挑了一個不理想的人，就是台灣俗語說的：「揀啊揀，揀著一個賣龍眼。」自然造成命運的坎坷，這也是台灣俗話說的「婧人無婧命」。

唐朝詩人劉希夷有一首〈代悲白頭翁〉的詩，詩裡有一句膾炙人口的話：「年年歲歲花相似，歲歲年年人不同」，顧名思義，每年的花還是那些花，但是人卻不是原來的那些人，那些人或已飛黃騰達，或已走入歷史，或已人老珠黃，或已變成白頭翁，或已不在人世，讀者只要想想今年在你周遭所發生的一切，你就會印證這句話的深刻涵義。花開花落，是大自然的變化，誰也做不了主！這也難怪大詩人李白會說：浮生若夢，為歡幾何？

於二〇二四年十一月二十八日

「大雪」紛紛何所似

「大雪」是冬天的第三個節氣，也是二十四節氣中的第二十一個節氣，每年大約在國曆十二月六日、七日或八日，過完大雪節氣，下一個節氣就是冬至了。古代曆書記載：「時積陰為雪，至此栗烈而大（形容嚴寒），過於小雪，故名『大雪』」。《月令七十二候集解》：「大雪，十一月節，大者盛也，至此而雪盛也。」小雪則是冬天的第二個節氣，《群芳譜》說：「小雪氣寒而將雪矣，地寒未甚而雪未大也。」二十四節氣中和降水有關的節氣有四個：雨水、穀雨、小雪與大雪，大雪與小雪都是反應氣溫與降水變化趨勢的節氣，由雨而雪只是降水相態的變化而已，但是大雪節氣不是天氣預報，未必一定就意味著在這期間天上一定會大雪，這只不過是古人從大雪當日之後的十五天內總結的一個可能的氣候狀態。換句話說，節氣只是反應節氣期間的氣候特徵而已，節氣的「小雪」與「大雪」與天氣中的降小雪、大雪沒有必然的關聯。

大雪節氣，如果來一場厚厚的名副其實的大雪，那才叫應景，窗外大雪紛飛，屋內圍爐夜話，看窗外一片白茫茫的雪景，是一種閒情逸致。《世說新語・言語》有一則東晉著名宰相謝安溫馨的家庭聚會，兒女輩喻說大雪紛飛的景象。話說謝安在一個大雪紛飛的日子裡，舉行一個家庭聚會，和兒女、子侄輩們談論文章義理。不久，雪下得很急，謝安高興地說：白雪紛紛飄下來，你們看像什麼呢？「白雪紛紛何所似？」謝安兄長的兒子說：把鹽撒在空中，差不多就可以相比了，「撒鹽空中差可擬」。而謝安兄長的女兒則說：不如比作柳絮受風而飄起啊！「未若柳絮因風起」。謝安聽了，感到非常高興。這位才女就是謝安大哥的女兒謝道韞，後來嫁給左將軍王凝之為妻（註：王凝之是王羲之的二公子，王羲之的伯父是王導，他和謝安是東晉的兩位宰相，「舊時王謝堂前燕」說的就是曾經如日中天的這兩大家庭）。謝道韞以柳絮比喻白雪，因為一句「未若柳絮因風起」讓她留名青史，後世遂以「詠絮之才」來稱讚有文才的女性。

顧名思義，大雪節氣就是雪量變大，表示降大雪的起始時間和雪量的增加程度，到了這個時候，天氣會更寒冷了，雪往往下得大一些，當大雪紛飛時，範圍比之前更深也更廣，大地像鋪了白色的地氈，所以叫做「大雪」。雖然台灣處於亞熱帶氣候，不會看到大雪紛飛的景象，不過可以明顯地感受到小雪節氣過後氣溫帶來的明顯變化。大雪紛飛若變成雪災，往往路滑、甚至封路、封山、封機場，造成人們出行的諸多不便。但是降雪基本上對農民是有很多益處的。地面積滿厚厚的白雪，可以清淨空氣，可以凍死農田病蟲害。大雪覆蓋大地時，會使地面溫度不會因為寒流的侵襲而下降過低，會為生物創造良好的過冬環境；當積雪融化時，雪水中的氮化物含量比雨水還高，這是很好的天然氮肥，再者，雪水可以增加土壤中的水分含量，春耕時可供給植物生長所需的水分。所以有句俗諺說：「大雪兆豐年，無雪要遭殃。」

在大雪紛飛的季節，冬眠動物早就鑽進洞穴裡，不見蹤影了，其它的飛禽走獸也紛紛找避寒避雪的地方。大雪節氣的三候是：一候鶡鴠不鳴；二候虎始交；三候荔挺出。鶡鴠也叫寒號鳥，是一種從夜晚鳴叫到天明的鳥類，因為天寒地凍時，這種鳥類的食物也就變得越來越少，為了能夠省下一些體力來過冬，它們此時也不再鳴叫，說明大雪期間，即使是原本能夠在冬季活動的鳥類，都要適時保持沉默了；二候虎始交，是指出沒於森林深處的老虎，在大雪節氣期間開始交配；三候「荔」挺出，「荔」為似蒲的馬蘭草，它有極強的生命力，當所有的生物被雪所覆蓋的時候，只有馬蘭草在大雪節氣時抽出新芽，不得不令人覺得生命其實未消失，仍能夠繼續頑強的萌發。根據古人的觀察，如果大雪節氣物候異常，往往是不祥之兆，如果寒號鳥還在鳴叫，代表妖言惑眾；老虎不開始交配，代表軍隊裡的將帥不睦；馬蘭草不抽出新芽，可能發生官員專權的現象。

大雪節氣，氣溫驟降的寒冷，雪花紛紛從天上飄落下來，正是詩人飲酒賦詩作詞的好時候，詩人白居易細膩的感覺神經會發作，將夜裡悄然降下的一場大雪寫得真實而生動，他的〈夜雪〉：「已訝衾枕冷，復見窗戶明。夜深知雪重，時聞折竹聲。」詩意是天氣寒冷，被子枕頭冰冷已經令人驚訝，又看見窗戶因為雪的關係顯得通明透亮。夜深了才知道下了厚厚的一場雪，滿是積雪，因此時常會聽到竹枝被大雪壓折（斷）的聲音。短短二十字，白居易表達了他謫居中雪夜裡的冷清與孤寂。這首詩，詩人的感覺神經敏銳：觸覺（被子冷）、視覺（窗外明亮）、知覺（夜深雪重）及聽覺（折竹聲），四覺一齊感應，把夜雪描寫得趣味又傳神，是一篇詠雪的名詩。

在雪花漫天飛舞的大雪節氣裡，還有什麼東西比一杯酒更能溫暖人心呢？此時舉杯團聚，正是朋友之間的溫馨時刻。白居易〈問劉十九〉的詩說：「綠螘新醅酒，紅泥小火爐。晚來天欲雪，能飲一杯無？」這詩是白居易邀約友人飲酒賞雪之作，詩意是我新釀的米酒，還沒有過濾，表面上飄浮著綠蟻般的泡沫，溫酒用的小火爐已準備好，是用紅泥燒製成的。入夜後，夜色陰沉看樣子大雪將下，你能來我這裡共飲一杯酒嗎？在寒夜欲雪的寒夜裡，讀者能拒絕這樣充滿誘惑的飲酒邀約嗎？在這寒冷的雪夜裡，朋友的情意令人感到無限的溫暖。此時與朋友圍爐對酒，促膝對話，讀者應也不難想像見面後的快樂場景了。這首詩讀來有酒意、有情意、有詩意，令人悠然神往。

只有飲酒還不夠盡興，古代中國人便發明了行酒令，以文字詩句或俚語俗言連綴成令，合式則酒友鼓掌稱讚，不合式則舉杯受罰，這樣不但可以展現個人文采巧思，也使酒席間平添不少樂趣。明朝中葉時，刑部尚書王世貞有回大宴賓客，席間，王世貞忍不住放了一個響屁，眾賓客全聽到了，都偷偷笑了起來。王世貞有點不好意思，他靈機一動，就出了個酒令，要每個人舉四書五經中有「譬」字的一句話，說完，他自己先舉了「能近舉譬」（《論語・雍也篇》）作例子。有客人舉「譬如北辰」（《論語・為政篇》），有人舉「譬如為山」（《論語・子罕篇》），有人舉「譬之宮牆」（《論語・子張篇》）……。王世貞聽了，說他們都不合酒令要求，各罰一杯。眾客不服氣，王世貞說：「我的譬在下，你們的譬都在上，豈有此理？」

有一句台灣諺語：「小雪小到，大雪大到。」意指烏魚群到了小雪節氣的前後來到台灣海峽，而到了大雪節氣的時候，大批烏魚群會湧進台灣海峽，這是捕海烏魚的旺季。由於烏魚南下的時間從不缺席，故又名「信魚」。烏魚的學名叫做鯔魚，我們只知有烏而不知有鯔，牠是一種洄游性魚類，盛產於台灣，主要是因為每年冬季，日本及中國沿海的烏魚會洄游南下至台灣西南沿海產卵，經過台灣海峽，交配後折返，烏魚貼近台灣海峽期間，其卵巢正值交配前後最成熟的階段，漁民捕獲烏魚後，將雌烏魚剖肚後取出其卵巢及魚卵，將其鹽漬去腥，曝曬至乾燥，即為烏魚子，所以台灣產的烏魚子特別肥大。烏魚子堪稱魚卵中的極品，每尾母烏魚僅有一副卵巢可做成烏魚子，是華人年節時的特有美味，也是年節送禮常見的高貴禮品，日本人更是喜愛至極。烏魚全身都有經濟價值，除了烏魚殼（即魚體）外，還有大家常說的「烏魚三寶」：烏魚子、烏魚膘（即雄烏魚的精囊）和烏魚胗（胃囊）。這三道都是極具價值的食材。因此每當烏魚一來，等同為漁民帶來豐富的年終獎金，使烏魚成為台灣漁民的「烏金」。早年烏魚主要來自海洋捕撈，素有「海上烏金」之稱，也是台灣西南沿海的主要漁獲物，但是隨著漁業資源枯竭及全球氣候變遷影響，海烏魚的捕獲量大量減少，野生的「海生烏魚子」形成物以稀為貴的現象。逐漸的，國內養殖烏魚產量已逐年超過野生烏魚了。

柳宗元，字子厚，唐宋古文八大家之一，他有一首詩〈江雪〉：「千山鳥飛絕，萬徑人蹤滅。孤舟蓑笠翁，獨釣寒江雪。」這首詩讀者小時候就讀過，還可以朗誦得出來嗎？詩意是天地間一片白雪，千山無鳥，萬徑無人，萬籟俱寂，只有孤獨的漁翁垂釣於寒江。筆者以前讀這首詩，只覺得畫面只有「絕」字可言，那個境界是「清絕」（空曠寂寥）、「寒絕」（冰雪嚴寒）及「獨絕」（孤舟獨釣）。前文提到柳宗元與劉禹錫是好友，劉禹錫因「桃花詩案」後被貶到遙遠荒蠻的播州當刺史，柳宗元被貶為柳州刺史。柳宗元想到劉禹錫有年邁高堂老母，不禁大哭，他冒死上書朝廷，甘願用自己的柳州刺史和劉禹錫的播州刺史對換，即使因此獲罪，死也無憾。後來宰相裴度也仗義說情，不過皇帝沒有同意這個對換的提議，最後將劉禹錫改調連州刺史，柳宗元還是到柳州擔任刺史（註：柳宗元在柳州政績顯著，但積勞成疾，在柳州病逝，享年四十七歲，因此後人又稱他為「柳柳州」）。

上路那天，他倆還結伴同行，臨別時還互相贈詩，柳宗元希望將來告老還鄉能夠和劉禹錫比鄰而居，「皇恩若許歸田去，晚歲當為鄰舍翁」，劉禹錫則希望柳州的桂江水能流到連州山下，讓自己可以和摯友「相望長吟有所思」。但沒想到，這一別變成了永訣。這個「以柳易播」的故事出自韓愈為已故知己好友柳宗元所寫的《柳子厚墓誌銘》，這個成語後來用來形容朋友間深厚的友誼。柳宗元和劉禹錫這種生死契合，同進同退，相濡以沫，終生不渝的友誼，是中國文學史上世代傳播的佳話。

瞭解了柳宗元這段援手救友的歷史故事，那位在寒江獨釣的蓑笠翁，就把他想像成柳宗元本人吧！他品格高潔如雪，急人所難，拔流絕俗，在大雪節氣的寒天裡，有如一股熱氣透衣而出，令人肅然起敬。生長在四季如春的寶島，冬天也難得見到雪，看一看作家筆下描寫的雪景，或許可以平添些許在「大雪」節氣的寒意吧！此刻也正是家人、朋友之間的溫馨時刻，想喝酒了，想唱歌了，就約好朋友一起度過大雪節氣，舉杯團聚，而今共唱新詞飲！

於二〇二四年十二月三日

沐「猴」而冠

馬戲團時常利用猴子作秀娛人，在那個表演場所，可以看到「衣冠沐猴」，說牠可愛也好，說牠滑稽也好，人們很少給牠負面的評價。因為動物就是動物，人就是人，雖然如此，當牠們的行徑和人有些相似之處，人們總是投以會心的一笑。不過話又說回來，活潑好動的猴子，雖然智商高而有靈性，具有一定程度的學習能力，討人喜歡，但人若被比喻成猴子，可就不好玩了。

話說唐玄宗時，有一位牙將叫做劉文樹，口才很好，應對又得體，玄宗多次在群臣面前稱讚他。但他的臉「雜草叢生」長滿了髭鬚，外貌看起來很像一隻猿猴，於是有人就幫他取了個綽號叫「猿猴」，他覺得這是一種恥辱，聽了火冒三丈。有一天唐玄宗心血來潮，命令一個叫黃幡綽的伶人（宮中表演的藝人）寫一首詩，要用來戲弄嘲諷劉文樹，說他不是人，而是和猿猴同類。劉文樹得知此一消息，就帶着金銀財寶去賄賂黃幡綽，他好話說盡，希望黃幡綽高抬貴手、筆下留情，不要把他像猿猴的相貌寫出來，以免天下人都知道他劉文樹長得像猴子。黃幡綽拗不過他的再三懇求，收下禮物答應了他。但是皇帝的聖旨又不能違背，最後寫下了這首詩：「可憐好個劉文樹，髯鬚共頰頤別住。文樹面孔不似猢猻，猢猻面孔強似文樹。」唐玄宗聽到第四句，笑歪了腰。劉文樹聽了氣憤難忍，跑到黃幡綽家裡興師問罪，責罵他收了錢，又寫了這樣的詩。黃幡綽不急不徐的回答說：我只寫猴子像你，可沒說你像猴子，請看清楚好嗎？明知他狡辯，劉文樹也莫可奈何，只好自認倒楣。其實劉文樹也不必太在乎外表像猢猻，現在有些男人，還巴不得長出髯鬚，甚至留個落腮鬍，以顯出男性的表徵與性格，沒長鬍鬚的男人，有可能還求之不可得呢！

猴子戴上了人的帽子，像人不像人？話說項羽帶兵進入咸陽，大肆燒殺虜掠，他殺了已經投降的秦三世子嬰，燒毀秦朝皇宮，席捲秦朝一切財寶，準備離去。當時有人建議他：關中地區土地肥沃富饒，又有高山大河可做為屏障，可以在這裡建都稱霸。項羽看到秦朝宮殿已燒成瓦礫，他又十分思念故鄉，便說：富貴了，如果不回故鄉，就好比穿著錦繡的衣裳在夜間走路，誰能看得見呀！「富貴不歸故鄉，如衣繡夜行，誰知之者！」那個勸說項羽的人，感嘆地說：人家說楚國的人，目光短淺，就一隻彌猴，即使牠戴上了人的帽子，也始終成不了人，辦不成人的事，看來真是如此！「人言楚人沐猴而冠耳，果然。」項羽聽到了這話，把勸他的人，抓起來給烹了（太殘忍了吧！）。這個故事出自《史記・項羽本紀》。

「沐猴而冠」後來用來形容人虛有其表，不脫粗鄙的本質；又彌猴生性急躁，不能像人久著冠帶，因此有時也用來比喻人性情急（浮）躁而沒有耐心，講俗氣一點的話就叫「猴急」，我們處理事情要穩重，不要太急躁，如果太過猴急，很容易把好端端的事情給搞砸了。也因著猴子有這個習性，台灣話開玩笑時常使用的「著猴」意思就是指人不正經、輕佻，如猴子般的動作太快太急，講重一點的話就是罵人「瘋瘋癲癲」。附帶一提，小孩子靈巧頑皮搗蛋，人們都戲謔他們說這孩子「著猴」或「猴死囡仔」啊！

有個「像人不像人」的故事，博君一笑。相傳有位剛上任的知府，第一次升堂就命差役去抓拿「像人不像人」來歸案，差役不知嫌犯是誰，回家後把苦衷告訴妻子，妻子靈機一動說：你就把猴子戴上帽子，穿好衣服，就說「像人不像人」嫌犯帶到。差役照做，就把一隻猴子打扮好，帶去見知府，知府十分高興，就把水果給猴子吃，又叫人擺起了酒席，知府倒了一杯酒給猴子喝，猴子喝了酒，就把帽子丟在地上，把衣服撕碎，亂跳亂叫的，知府就叫差役把猴子抓住，說：你這不講理的東西，吃果子的時候還像人，喝了酒可就不像人了。

有一隻猴子死後去見閻羅王，請求閻羅王讓牠來世轉生為人。閻羅王同意了猴子的請求，說：「可以，不過你既然想做人，就必須把身上的毛統統拔掉。」猴子也同意了。閻羅王隨即請了一個夜叉（地獄中的鬼役）來給猴子拔毛。剛剛拔了一根毛，猴子就痛得哇哇亂叫：「痛死了、痛死了！」閻羅王笑著說：「看你如此『一毛不拔』，如何配做人，還是做你的猴子去吧！」現在我們都常稱生活過分節省為吝嗇；如果是小氣、捨不得花費、一毛不拔的人為吝嗇鬼。吝嗇之輩讓人覺得他們又可笑、又可憐。《笑林廣記》有一則故事說：某富翁生性慳吝，因捨不得吃，營養不良而得了癆疾。醫生診視後說：「脈氣虛弱，宜用人參培補。」富翁說：「我力量棉薄，買不起人參，只好聽天由命了。」醫生說：「不用人參，用地黃也可以，地黃便宜多了。」富翁搖搖頭說：「還是太貴，只有等死了。」醫生知道這富翁是個吝嗇鬼，騙他說：「另有一方，用乾狗屎調十文錢的黑糖服下，也可以補元氣。」富翁一聽，坐起來問道：「不知光吃狗屎有沒有效。」

楊朱是戰國時代的人，他算是道家的人物，戰國末期的時候，一般的思想，不走楊朱的路線，就是走墨子的路線，所以孟子說：「天下之言，不歸於楊則歸於墨。」墨是指墨子，他的學說主張「兼愛」、「非攻」、「和平」。楊朱的學說主張「貴己」與「為我」。楊朱的學說與墨子的學說都是治世的主張，各有擅長，剛好成強烈對比，但是楊朱的立論，因為孟子的反對而聲望很高。孟子為什麼反對他呢？《孟子・盡心篇》：「楊子取為我，拔一毛而利天下，不為也。墨子兼愛，摩頂放踵利天下，為之。」孟子的意思是說：「楊子主張為我，一切都站在自己的立場打算，即使是拔一根毫毛那樣微小的東西而對天下有利，也不肯做。然而墨子的兼愛主張，卻是一種平等的愛，縱使是摩禿了頭，走破了腳後跟，只要是有利於天下的事，他便會奮不顧身地去做。」後來「一毛不拔」這句成語，就是從原文中的「拔一毛而利天下，不為也」演變而來。楊朱的哲學是，我不能損失一根毛來利人，但是也不要拔你一毛來利我，每人如果都是自尊、自我到極點，天下就太平了。儒家反對個人主義，因為絕對自私是做不到的，人不可能絕對自私。至於墨子的思想「天下為公」，犧牲自己，救世救人，只有少數人可以，大多數人也做不到。所以儒家在楊朱的「自我」與墨子「為公」之間，成為思想的主流。

說到猴子就常會想到齊天大聖美猴王，也就是孫悟空，相信任何一隻猴子都沒有牠出名。講到孫悟空就得提到《西遊記》這本古典小說，作者是明朝吳承恩，《西遊記》是中國四大名著小說之一，小說的主體是唐僧取經的故事，是由歷史上真人真事發展演化而來，它雖然是一部神話小說，卻深受人們的喜愛，小說塑造了孫悟空的神話英雄形象，「孫悟空大鬧天宮」、「孫悟空智取芭蕉扇」都是相當激動人心的故事。台灣有句俗諺：「猴死，豬哥也著沒命。」這句話也是從《西遊記》來的。「猴」指的是孫悟空，「豬哥」指的是猪八戒。孫悟空、豬八戒與沙悟淨是要一起保護唐三藏到西方去取經，偏偏孫悟空和豬八戒一直處不來，豬八戒一直想害孫悟空，時常在三藏面前說他的壞話，猪八戒本身貪生怕死，能臨陣脫逃，就逃之夭夭，在往西方的這條路上，都是靠着孫悟空一次又一次的以他的神通廣大武藝高強來降妖伏魔。假使孫悟空被豬八戒害死了，豬八戒能扛得起重任嗎？他大概也將性命不保了吧！所以說：「猴死，豬哥也著沒命。」相同的道理，如果豬八戒死了，孫悟空也免不了要增加不少麻煩，畢竟豬八戒也幫孫悟空不少忙，這也是「合則蒙其利，不合則受其害」的道理。

如果樹倒了，原來棲息在樹上的猴子會跑去那裡？有句諺語叫「樹倒猢猻散」，是指大樹倒了，原本棲息在上面的猴子也四散。比喻有權勢的人，一旦失勢垮台，原先隨從依附的人，也會立即一哄而散。這個俗諺是有典故的：南宋時，與岳飛同時代的曹詠，他依附當時權勢最大的秦檜，而飛黃騰達做了大官。家鄉的人都來巴結他，唯獨他的大舅子厲德新不拍他馬屁奉承他。曹詠非常憎恨他，當時厲德新在家鄉當里長，曹詠就利用權勢要他的長官刁難厲德新，但厲德新非常有骨氣，仍然不肯屈服。後來秦檜死了，依附他的黨羽，也都失勢離散，厲德新寫了一篇〈樹倒猢猻散〉的賦派人送給曹詠。果真不久，曹詠就被貶到南方的偏遠地區，最後客死他鄉。從生態環境的理論來看，樹倒猢猻散是事實，可是猴子為了生存，會再去找另一棵大樹依附，必然也會改變猴子原來的社會結構，所以官倒嘍囉散，表面上看是不知去向，但其實是各奔東西，各尋其主依附。

劉基的《郁離子》一書裡有一篇〈僰人養猴〉的寓言故事，大意是：有個僰人養了一群猴子，他給猴子穿上衣服並教牠們跳舞，舞蹈的動作都相當符合要求。當地的一位兒童看了非常嫉妒，為自己不如猴子而感到羞愧，心裡就在想辦法讓僰人當眾出醜。於是，他在衣袖裡藏了一些茅栗前去觀賞。筵席擺開後猴子都出場了，眾賓客都凝神注視，猴子忽左忽右，照著音樂的節拍起舞，這個兒童不動聲色地揮動衣袖，將藏在衣袖裡的茅栗灑落滿地，眾猴子見狀都脫去衣服去搶茅栗，碰翻了酒壺，把桌子也都推倒了，僰人也無法阻止，非常沮喪。劉基結語評論說：如今，以那些不服從指揮的軍隊去打仗，就像一群集聚在一起的螞蟻，看到食物就爭先恐後的搶奪，這和猴子有什麼區別呢！

猴子畢竟是猴子，幾粒茅栗就能使牠們群起爭奪，原形畢露，置主人的指令於不顧，這是動物的天性使然，〈僰人養猴〉的故事暗示封建制度下的軍隊不聽號令，掠奪成性，與一群猴子無異，烏合之眾，如何打仗？無獨有偶，《伊索寓言》有一篇〈猴子跳舞〉的故事與〈僰人養猴〉的故事有異曲同工之妙。故事大意是說：王子養了幾隻猴子，牠們被訓練得很會跳舞，模仿人類的動作維妙維肖；尤其是穿著華服、戴上面具後，跳舞的模樣跟高貴的人類沒什麼兩樣。有一回王子舉辦宴會，他讓猴子在台上跳舞助興，有個大臣故意把核桃扔上舞台，猴子瞧見了，全部忘記跳舞而在舞台上搶起核桃來。賓客們看見猴子丟掉面具，扯破衣服的滑稽模樣，全部大笑不止。這個故事其實在諷刺外表打扮得光鮮亮麗，內心卻毫無成長，究竟還是俗物一個。

猿猴的聲音，讀者可聽過？李白大詩人聽過，寫在〈早發白帝城〉這首詩裡：「朝辭白帝彩雲間，千里江陵一日還。兩岸猿聲啼不住，輕舟已過萬重山。」詩意是早上辭別白帝城在彩雲間，千里外的江陵一天就能回還。只聽得兩岸猿猴不住地啼叫，輕快的小舟已過了萬重雲山。李白五十九歲高齡時被判流放夜郎（今之貴州），次年春，行至巫山時，遇赦北歸（都還沒到達目的地呢！），這首詩即作於此時。李白以舟行輕快來形容他獲得自由後的愉快心情。《水經注・江水》有言：「……高猿長嘯，屬引淒異，空谷傳響，哀轉久絕……。」由此可知，猿猴啼聲本是淒厲哀切，會引起遊子的愁思，猿鳴三聲淚沾裳。但大詩人舟行既快，心情又輕鬆，未及細聽猿聲，舟已遠去，詩人的歡悅之情，讀者應該有同感吧！

「輕舟已過萬重山」是筆者講授統計學時必講的話語。筆者講到抽象的重覆抽樣的概念時，一定提醒同學要聚精會神，務必要把這階段的觀念徹底地瞭解，我會告訴同學，如果這個階段障礙與困難能克服，往後的統計學邏輯與觀念是相通的，學起來就很容易，有如「輕舟已過萬重山」。這個經典名句，表面上看是船隻在航行中克服重重困難，穿越了眾多高山，實際上是形容人在生活中面對種種挫折與挑戰，但通過不屈不撓的努力和堅毅不拔的意志，最後終能成功地克服困難而漸入佳境！

跨領域學習是近年來高等教育相當流行的辭彙，各校弄出許多跨領域微學程，讓學生來選讀，導致不少的學生面臨許多困難與取捨，這讓我想起一則「猴子摘玉米」的故事：有一隻猴子下山覓食，一下了山，就發現了一片玉米田，猴子就很高興進入玉米田，採摘很多玉米背在肩膀上，準備回山上享用。沿路回家的路上，猴子又看見了一片桃林，長滿了紅桃，猴子就把玉米丟掉（牠搬不了那麼多）去採摘桃子，牠抱著滿滿的桃子，準備回山上享用。途中，猴子又發現有一片西瓜田，西瓜長的又大又圓，猴子又把桃子丟掉，捧著一個大西瓜準備回山上。走著走著，猴子又遇見了一隻野兔子，牠看兔子蹦跳又可愛，於是牠就把西瓜放一旁，追趕兔子去了，結果，兔子跑進森林不見了。最後，猴子只好雙手空空回家。這則寓言，在高等教育的現場也常發現有類似的情形，不少學生沒有衡量自己的能力，總是好高騖遠，什麼都想要，什麼都想學，有的見異思遷，有的盲目跟從，迷失自我。其實最重要的是要評估自身的能力，下基本功，專心一致的好好學習自己有興趣的專業，行有餘力，再來考慮跨領域的學習，以免到頭來像猴子的下場一樣：一場空。《孟子・告子篇》：「學問之道無它，求其放心而已矣！」「放心」最簡單的解釋，筆者認為就是找回放失的心，學習就是要專心一致聚精會神，不可心有旁騖，如此而已。

於二〇二四年十二月九日

「梅」花撲鼻香

正月梅花當令。梅花是一年最早開花的花卉。它傲寒而開，不畏霜凍，越冷越開花，所以自古以來就給人一種高潔、堅貞的形象。在傳統文化上，梅與蘭、竹與菊一起列為「四君子」，也與松、竹並稱為「歲寒三友」。《詩經》中有一篇〈摽有梅〉以「摽梅」來比喻女子的青春，一如梅樹的生長過程，有其時序，實不容蹉跎，「摽梅之感」即用來形容女孩子晚而未婚的焦慮心情（請參見《毓馨文集》，頁一六八至一六九）。

梅花是中華民國的國花，前幾天肺癌逝世的劉家昌先生曾作詞譜曲一首愛國歌曲〈梅花〉，歌曲的第一段是「梅花梅花滿天下，愈冷它愈開花，梅花堅忍象徵我們巍巍的大中華」，此首歌曲借梅花堅韌不屈的性格，稱頌我們的民族精神。梅花通常在晚冬至初春開放，故稱「冬梅」和「春梅」，因整個花期可歷冬春兩季而有二度梅之稱。現在人們形容同一件事做第二次為「梅開二度」，如在勢均力敵的足球比賽中，同一名球員能踢進第二球，那可是相當難得，人們常以「梅開二度」作比喻，這是一種讚美之語，稱讚該球員表現不俗。不過「梅開二度」現今通用在離婚或喪偶後的再婚。

「梅開二度」有個感人的故事，典故來自傳統的戲曲劇目《二度梅》，取材自同名故事古典小說《二度梅》又名《忠孝節義二度梅全傳》。故事敘說唐德宗在位期間，忠臣梅伯高一家人被奸相盧杞陷害，滿門抄斬，只有兒子梅良玉化名為王喜臺，掩人耳目，成功逃走，飢寒交迫之際，幸得被已辭官的陳日升收留當園丁。陳日升是梅伯高的好友，當時他被盧杞迫害的時候，幸好是梅伯高救了他。不過也因此讓梅伯高與盧杞結下樑子，最後全家被抄斬。陳日升非常悲憤，最後辭官，舉家隱居。陳日升有女名叫陳杏元，有非常美麗的容貌，梅良玉到陳家後，二人一見鍾情。在一個梅花盛開的日子，剛好也是梅伯高的忌辰，陳日升與家人在家的梅花園裡悼念救命恩人亡友梅伯高，突然天色大變，大風雪將梅花毀壞，陳日升感慨自己能逃出，卻救不了梅家的後人，認為這是上天對他的警示，他發誓除非梅花再次開花，證明梅家的後人還在世，否則他就遁入空門，削髮為僧。他的女兒聽到後，上香祈求上天命令梅花重開，她的真誠感動了上天，梅花園裡的梅花都再次開花。後來陳日升知道喜臺就是梅良玉，就把女兒許配給他，這就是「梅開二度」故事的由來。

歷史上愛梅成痴、愛梅成癖的人很多，宋朝林逋（字和靖）「梅妻鶴子」的故事極為膾炙人口（請參見《毓馨文集》，頁二三五）。南北朝時梁人何遜也是愛梅成癖的人，他原來在揚州作官，宿舍邊有一棵古梅樹，每當梅花盛開時，他便在梅樹下吟詩賞玩，久久不離去。後來他升官赴洛陽，當梅花開花的季節時，他不禁又思念起揚州的那棵梅樹，於是他請調回揚州。何遜從洛陽回到揚州當日，昔日那株老梅樹正盛開著梅花，他立即邀好友來梅樹下賞玩梅花，鎮日戀戀不忘，何遜愛梅成癖，寧可降官也不願離開心愛的梅樹，這也難怪俞曲園的《十二月花神議》裡將何遜封為梅花的男花神。至於梅花的女花神則是南朝宋武帝劉裕之女壽陽公主（請參見《毓馨文集》，頁二三四至二三五）。唐玄宗的寵妃江采蘋也酷愛梅花，她是浙江莆田人，因太監高力士的拔擢而入宮，不久就成為玄宗最寵愛的嬪妃。江采蘋生性喜愛梅花，在自己所居宮院的亭台樓閣間遍植梅樹，每當瑞雪紛飛之際，宮中一片香雪花海，江采蘋便在樹下賦詩玩賞，常至三更半夜仍留連忘返。唐玄宗看她如此痴戀梅花，非常憐愛她就封她為「梅妃」。唐人愛牡丹甚於梅花，到了宋朝時，梅花的地位才高居群芳之首，宋人盧海坡的兩首〈雪梅〉詩，以雪和梅相提並論，相當精彩而有新意。其一：「梅雪爭春未肯降，騷人擱筆費評章。梅須遜雪三分白，雪卻輸梅一段香。」詩意是梅花和雪花在春天裡爭豔，不肯相讓，使詩人停筆苦思，為了寫那評論梅花和雪花高下的文章費盡心。如將梅雪來比較，梅花不及雪花白，雪花卻沒有梅花的芬芳。其二：「有梅無雪不精神，有雪無詩俗了人。日暮詩成天又雪，與梅並作十分春。」詩意是沒有雪花來映托的梅花顯得不夠有神采，如果有了雪花的烘托而沒有詩，依然令人感到俗不可耐。黃昏時梅花詩也寫好了，天又下起大雪來，於是詩、雪和梅花合成了一個完美無憾的春天。

有一首詠雪的詩，詩題也是〈詠雪〉：「一片二片三四片，五六七八九十片。千片萬片無數片，飛入梅花都不見。」這首詩表面上看似寫雪，整篇都沒有出現「雪」字，全詩以數字入詩，非常精妙。前三句寫千萬雪花飄下的情景，到最後筆鋒卻轉寫梅花，把前面的千萬雪片一掃而空。梅花不會被雪所打倒，反而傲雪盛開，這是它獨一無二的特質，也是其它生命做不到的，因此廣為世人讚揚。這首詩的作者是鄭板橋，原名鄭燮，號板橋，清代書畫家、文學家，他是康熙時秀才，雍正時舉人，乾隆時進士。他的詩、書、畫世稱「三絕」，擅畫蘭、竹，為揚州八怪之一。這首詩據說是鄭板橋在揚州時所作。那時他生活困苦，以賣畫維生，有一天冒雪外出，路上遇見一群讀書人在吟詩，他們見鄭燮身著粗布衣服，瞧不起他，以為他不會作詩，哪知人家不動聲色吟出了這首詩。這首詩讀起來朗朗上口，背誦起來，也是輕而易舉，說它是史上最容易背誦的一首詩也不為過，不相信讀者試背看看。順便一提，鄭板橋擅畫蘭竹，他的書法融合了隸、楷、行三體而自成一格，因此他的墨寶很值錢，人人都以能夠擁有他的「字」為榮，可是鄭板橋有一個怪癖，有錢人求畫不給，反而給一些談吐不俗的老百姓。有一回，某名鹽商慕名求字，不只盛筵款待鄭板橋，還在席上先以二百兩紋銀作為筆潤（寫字的報酬），鄭板橋一見拂袖而去，弄得鹽商很是尷尬。他的僕人向主人說：不要跟這個怪人生氣，求字的事，小的來想辦法。此後，這位僕人每天都到鄭板橋門口撒二泡尿，日久尿騷味飄入鄭家，鄭板橋非常生氣，立即在紙上寫了「不可隨處小便」六個大字貼在門牆上。僕人恭候已久，等鄭板橋回屋後，立即把紙條揭下來，剪開重新裱褙呈給主人。主人一看，條幅上寫著：「小處不可隨便。」這真是個很幽默的趣聞呀！

你剛剛從咱們的家鄉來，想必知道咱們家鄉的事情。你來時，我家窗前的那株梅樹是否已經開花了？「君自故鄉來，應知故鄉事。來日綺窗前，寒梅著花未？」這首詩讀者小學就朗誦過，是離鄉在外的王維偶遇同鄉人，熱切地向對方打探詢問家鄉相關的事物，本詩為王維《雜詩三首・之二》，特地拈出窗前「寒梅」來詢問，使人感到非常親切有味，王維對家鄉有非常深情的思念。寫懷念家鄉的唐詩很多，舉幾首詩讓讀者回顧一下：李白的〈靜夜詩〉：「床前明月光，疑是地上霜。舉頭望明月，低頭思故鄉。」賀知章的〈回鄉偶書〉：「少小離家老大回，鄉音無改鬢毛衰。兒童相見不相識，笑問客從何處來。」白居易的〈邯鄲冬至夜思家〉：「邯鄲驛裡逢冬至，抱膝燈前影半身。想得家中夜深坐，還應說著遠行人。」

有一首快樂童年時的兒歌〈踏雪尋梅〉，不知道讀者還記得歌詞嗎？「雪霽天晴朗　臘梅處處香　騎驢把橋過　鈴兒響叮噹　響叮噹　響叮噹　響叮噹　響叮噹好……花採得瓶供養　伴我書聲琴韻　共度好時光……」這首非常輕快的兒歌，原主唱人是鄧麗君。「踏雪尋梅」的本意是在雪地中，順著臘梅的香氣尋找梅樹的蹤跡，是指文人雅士賞愛風景賞心作詩的情致，後來也用於雪季外出遊玩之雅興。

王維有個好朋友孟浩然，兩人並稱「王孟」，都是盛唐山水田園詩的代表人物。王維在宮中任職的時候，曾邀請孟浩然到宮中交流寫詩的心得，兩位詩人因詩風相近所以惺惺相惜，當談得興致正濃的時候，突然唐玄宗有事來找王維，他便順道介紹襄陽來的故交孟浩然給玄宗認識，玄宗也有聽聞過孟浩然的詩名，就要孟浩然吟詩，孟浩然略加思索吟出他自認得意之作〈歲暮歸南山〉：「北闕休上書，南山歸敝廬。不才明主棄，多病故人疏。白髮催年老，青陽逼歲除。水懷愁不寐，松月夜窗虛。」這首詩中的「不才明主棄，多病故人疏」意思是說自己沒什麼才能，所以被英明的皇上拋棄，又因為多病，所以遭到當權朋友疏遠。這句話表面上是謙虛的話，但實際上有譏諷皇上不識千里馬，把我孟浩然給埋沒了。唐玄宗當然聽出玄外之音，當即很不高興的說：「你自己不求仕進，我什麼時候遺棄過你，『不才明主棄』豈不是對朕的不滿？」孟浩然不小心得罪了天子，自知這輩子仕途無望，只好離京返鄉，歸隱山林，從此只能寄情於山水之間。

有一年，王維從長安來到襄陽，孟浩然喜出望外，兩人一見如故，孟浩然為王維接風，邀襄陽名流賦詩，借酒助興。孟浩然先賦了自認得意的二句佳句：「千瓣梅花傲霜雪，春筍遇雨日三尺。」王維接著出口：「積雨空林煙火遲，蒸藜炊黍餉東菑。」（詩意是連日雨後，樹木稀疏的村莊裡，炊煙冉冉升起，燒的粗茶淡飯是要送給村東耕耘的人。）在坐的名流讚不絕口，請教王維作詩的技巧，王維說道：「萬千字詞任其用，詩之精靈在四周。」孟浩然聽了深受啟發。由於孟浩然深愛梅花，但苦於寫不出自己滿意的詩句，聽了王維的一席話，他才意識到真正看到盛開的梅花，才能體察到臘梅的特質，於是他決定到山林中去看看真正的臘梅，這就是「踏雪尋梅」故事的由來。孟浩然最為婦孺皆知的作品就是讀者從小就背誦的那篇〈春曉〉：「春眠不覺曉，處處聞啼鳥。夜來風雨聲，花落知多少。」真是千古名句。

想到梅子，讀者會流口水嗎？歷史上真的有「望梅止渴」的典故（請參見《毓馨文集》，頁一六七至一六八）。酸梅是人們喜歡吃的零食之一，梅子未處理前即帶有酸澀甘甜的味道，可食用是為青梅。目前市面上常見的梅蜜餞可再區分為乾酸梅（包括話梅、奶梅）和醃漬梅（脆梅、茶梅、烏梅、紫蘇梅），各種蜜餞口味不一樣，是調味料和作法不同所產生的變化。酸梅湯更是夏季高人氣的飲料，除了清涼消暑、生津解渴外，還可舒緩身心呢！來一杯吧！梅果還可做成梅酒，這是一種日本的代表性利口酒，一般酒精含量約為百分之八到十五，味帶酸甜，很好入口，對筆者這種不嗜酒的人而言，我喜歡梅酒勝於啤酒。南臺灣賞梅最著名的景點是台南市楠西區的梅嶺風景區，梅嶺舊名是香蕉山，以前是以整個山頭種香蕉而得名，日據時期改種梅樹，隨著香蕉價值降低，梅樹漸漸取代了香蕉，直至山頭染成大片雪白，才將香蕉山改名為梅嶺。目前大約有二十萬株，為南台灣最大梅子產區，風景區內有許多步道，各步道都種有梅樹，讀者可利用十二月至一月去賞梅花。風景區裡各餐廳用梅子入菜，特別是梅子雞湯，總是讓遊客口齒留香留下深刻印象。梅花季即將到來，讓我們相約賞梅去吧！

順道一提，「梅干扣肉」是客家特色菜餚，這道菜與客家小炒及大腸炒薑絲齊名，被視為客家的招牌菜之一。但是「梅干」可與「梅」沒什麼關係。「梅干」是梅乾（干）菜（鹹菜乾），它是由芥菜的莖葉用鹽醃製風乾而成，是流行很廣的客家料理食材，簡單的說，只用鹽醃不風乾的為酸菜，風乾至半乾的為福菜，全乾的叫梅乾菜。芥菜對客家老一輩的長者來說，是年少外出為家庭、前途打拼奮鬥，等待農曆過年與家人團圓時才能吃一次的蔬菜，它生長的速度緩慢，與長工漫長的工作有異曲同工之妙。因此，客家人將「芥菜」統稱為「長年菜」，意即長工在外長年工作，同時因為回鄉團聚，長年菜又稱為闔家團圓菜。從這裡也可勾勒回憶當時的農村生活。

「不經一番寒徹骨，焉得梅花撲鼻香」這個千古經典名句，出自唐朝黃檗禪師的〈上堂開示頌〉，是他鼓勵弟子鑽研學問和追求精神境界時，必須下一番功夫，才能修成正果的詩句。梅花是一種品種特殊的植物，它傲雪迎霜，獨立耐寒，禪師用梅花象徵一種精神，勉勵人克服困難。梅花之所以有「撲鼻」之香，是因為它經過了「寒徹骨」的磨練，其實不只修道如此，要成就一番大事業也是一樣的道理，天下沒有不勞而獲的事情。俗諺說：「吃得苦中苦，方為人上人。」胡適先生曾說過：「要怎麼收穫，先要怎麼栽！」孟子也說：「天將降大任於是人也，必先苦其心志，勞其筋苦，餓其體膚，空乏其身。」這些道理都是相通的：沒有艱苦的耕耘，怎會有豐盛的果實？

於二〇二四年十二月十二日

順手牽「羊」

中國自古以來就把不同的綿羊（sheep）和山羊（goat）統稱為羊，羊是最早被人類馴養的家畜之一，中國人說六畜興旺，指的是六種與農業社會息息相關的牲畜，羊是其中之一。綿羊和山羊有很接近的親屬關係，都是牛科、山羊亞科的動物，但隸屬於不同屬，形態上有明顯的差異，綿羊頭上的角向前方呈螺旋狀彎曲，山羊的角則向後方直狀伸長。山羊尾較短，行動較綿羊活潑，生性好奇，喜歡爬到高處，行動緩慢的綿羊就沒有這個本事。綿羊的主要食物是草，山羊卻較喜歡樹葉和灌木的細枝，所以在青草無法生長的地方，山羊也能生存。

綿羊是世界上數量最多的羊種，在一些國家如澳大利亞、紐西蘭及中南美洲的烏拉圭和阿根廷，牧羊畜牧是重要的產業之一，占有相當重要的經濟地位，因此澳大利亞被稱為「騎在羊背上的國家」。綿羊有毛用羊（細毛羊），皮用羊以及肉用羊（粗毛羊）之分，蒙古高原、青海及新疆的羊種主要是粗毛羊。山羊肉常被叫做羊肉，台灣最常見的山羊是以羊肉用為主。

羊是中國文化中吉祥的動物，《說文解字》對「羊」的解釋是：「羊，祥也。」因此古人把羊和祥通用，大吉羊即為大吉祥。用羊作裝飾的圖案中就有吉利、祥瑞的意義，吉祥寓意三陽開泰。羊是十二生肖中排名第八，在迷信中，屬羊的人比較害羞、內向、有創造性。小羊每次吃奶都是跪著，牠知道是媽媽用奶水餵大牠的，跪著吃奶是感激媽媽的哺乳之恩，這是「羔羊跪乳」的典故，語出《增廣賢文》：「羊有跪乳之恩，烏鴉有反哺之義。」羔羊的跪乳被人們賦予了「至孝」的意涵。羊這動物，跑也跑不快，打又打不贏（溫順），還成群結隊的，因此捕捉起來非常方便，簡直天生就是上帝賜給人類的美味佳肴。最原始的辦法就是把羊架在大火上燒烤一烤全羊。羊的智商算是比較低的，習性喜歡成群又盲從，因此只要你裝成牠的樣子，牠也不辨真假，就傻乎乎地跟着你走。據說以前的獵人便是頭戴羊角身披羊皮，裝作羊兒混入羊群（這是最早的羊人），將其一舉捕獲或誘入某地，所以至今我們還把偽裝稱之為「佯裝」，羊人就是「裝佯」，把假裝攻擊稱之為「佯攻」。

羊不只是民生重要的牲畜，還是祭祀時的尊貴祭品。古時候君主祭祀上天是非常重要的祭典之一，叫做「告朔」。每個月初一為朔，十五為望。每月的初一，君王要代表國家向上天、祖宗，稟告所作所為，這就是所謂的「告朔」。所以告朔很重要，好像有一個看不到的力量在監視，所以告朔這件事在古代都很莊嚴也很鄭重其事。古時候告朔時一定要殺羊，春秋時期子貢不忍心看到活羊被宰殺成為祭祀品，因此有心想去掉每月初一舉行的告朔時候用的餼羊之禮，「子貢欲去告朔之餼羊」。餼羊是蒸過了的，等於現在拜拜時殺了猪羊，還沒有炊熟就放在供桌上，稍微蒸一下免得腐臭。君王祭祀以活全牛稱為「太牢」，諸侯則以活全羊稱為「少牢」。孔子告訴子貢說，為了經濟上的節省而不用羊，你的主張也對，不過我不主張去掉，不是為了這隻羊要不要省，而是它代表了一種精神，「賜也，爾愛其羊，我愛其禮」。《論語・八佾》記載了子貢與孔子關於要不要去除告朔之禮的對話，孔子固然主張不用象徵性的東西，只要內心誠懇就可以，但有時一件象徵性的東西，才可以維繫得住禮儀和它的精神內涵，因此若隨意廢除「告朔」之禮，它可能引發的後果難以想像。

筆者講授統計學，期中考總有同學或準備不周或不求甚解，很憂心學期成績不及格，我總是鼓勵同學，期中考考不好不要緊，只要同學現在及時亡羊補牢，期末考考好就好了。「亡羊補牢」這個成語的故事，出自《戰國策‧楚策》，故事是：戰國時期，楚襄王登基後，吃喝玩樂，不顧國事，大臣莊辛就勸諫楚襄王，告訴他這樣下去，國家必然危險，早晚會亡國。襄王聽不進去，莊辛請求讓他到趙國去暫避一段時間，留在那裡靜觀楚國的變化。莊辛離開楚國五個月後，秦國果然逐步攻下了國都郢，襄王流亡到城陽後，派人把莊辛找回來，襄王說：事已到了這個地步，該怎麼辦呢？莊辛向楚襄王講個故事：有個人養了一圈羊，一天早晨，發現少了一隻，仔細察看，原來是羊圈破了個窟窿，夜晚有狼鑽進來叼走了一隻。鄰居勸他說，趕快把羊圈修一修，那人不聽勸告，說羊都已經丟了，修羊圈又有什麼用？第二天早上，他發現又少了一隻羊，原來狼又從大洞鑽進來，叼走了一隻羊。他很後悔自己沒有聽從鄰居的意見，便趕快把大洞補好，從此狼再也無法鑽進羊圈了。莊辛透過這個故事勸楚襄王說：看見兔子，才放出獵犬，還不算晚；羊跑掉了，趕快修補羊圈還不算晚，「見兔而顧犬，未為晚也；亡羊補牢，未為遲也」。現在「亡羊補牢」用來比喻事情雖然出現差錯，進行及時補救還不算晚。

隨著天氣逐漸寒冷，特別是寒流來襲，讀者們想必紛紛吃起火鍋或熱湯，想要滋補去寒，羊肉爐、涮羊肉或當歸羊肉湯更是首選。羊肉爐據說起源於蒙古帝國，相傳元世祖忽必烈率軍南下遠征，由於激戰，人困馬疲，突然想起家鄉味的羊肉，便下令伙夫準備，不料探兵突然稟告敵軍人馬即將來襲，伙夫便急中生智，立即把羊肉切成薄片，將切好的薄片羊肉放入滾燙的熱水中涮一涮，等肉色一變便撈入碗中，送給忽必烈吃，忽必烈吃完，即刻上馬率大軍迎敵，獲得大勝，凱旋而歸。慶功宴上，忽必烈指名要吃出征前那種特殊口味的羊肉，並分給將士們吃，大家讚不絕口，並稱之所以大勝一定是吃了「涮」羊肉的原因，並要忽必烈賜名，後來御賜「涮羊肉」，後人也有稱「忽必烈鍋」。不過忽必烈吃的涮羊肉可是沒有什麼佐料的，我們現在吃的羊肉爐或涮羊肉可是非常講究佐料的配製呢。

有個羊披虎皮的動物故事：有一天，一隻山羊撿到了一張虎皮，牠把老虎皮披在身上，然後學著老虎走路的樣子。山羊走到青草地，低下頭大口大口的吃起青草來，正在這時候，一隻狼從樹林跑出來，牠見到老虎低頭在吃草，覺得很奇怪，便慢慢地向草地走過去，山羊抬頭看到了狼，嚇得全身發抖，拔腿就跑，跑到連身上披的那張老虎皮也掉下來，這時候山羊早就忘記自己是大老虎了。結論是：外表披了老虎皮，本身還是羊，真是虛有其表，成語「羊質虎皮」就是這個意思。揚雄是西漢時期著名的思想家、文學家，著有《法言》、《方言》等書，在其《法言》一書裡有這樣的記載：有人問揚雄說：有一個自稱姓孔，字仲尼的人，到了孔子家裡，趴在孔子的桌上休息，穿著孔子的衣服，那個人可以說是孔子嗎？揚雄回答說：他雖然外表模仿孔子，但本質不能算是孔子。那人又問揚雄：什麼叫做本質？揚雄回答說：就像一隻羊披上老虎的皮，牠雖然裝作老虎，但本質還是羊，改不了羊的本性，看到草還是高興，看到豺狼一樣會害怕的全身發抖，究竟還是一隻披著虎皮的假老虎而已。其實內心懦弱的人，即便披上了虎皮，也改變不了懦弱的本性。

羊常常是一副弱者的模樣，在《伊索寓言》及許多童話故事裡，牠被狼欺侮得慘兮兮，那麼羊如果接近虎，情形不是必死無疑嗎？秦朝末年，天下大亂，人們紛紛起義，反對暴政，劉邦也帶領自己的人馬參加起義。後來，劉邦打算攻打首都咸陽，當劉邦的軍隊攻入陳留縣的時候，有個叫酈食其的人來勸說：將軍的人馬不足十萬，訓練又不夠，如果現在去攻打咸陽，好比將羊送到老虎嘴裡，一定會戰敗的。酈食其建議不如先拿下陳留縣，然後再招兵買馬，等訓練精實後再攻打咸陽，劉邦接受了他的建議。這是「羊入虎口」的故事，這成語後來人們用來比喻置身於危險的境地，難有生存的希望，後果堪憂。

羊雖然看起來溫順，但有時嫉妒心太重，反而害了自己，《伊索寓言》裡有一個〈山羊與驢子〉的故事：山羊看見驢子有很多食物可以吃，心裡非常嫉妒，於是對驢子說：主人待你真是苛刻呀！每天不但要在磨坊裡推磨，還要運載沉重的貨物。你怎麼不故意摔倒，讓自己休息一陣子呢？驢子覺得有道理，便在運貨的途中讓自己摔傷。主人請獸醫來家裡醫治驢子，獸醫說：找副山羊的胃將之敷在傷口，很快就會好了。因此山羊即將成為刀下魂時，牠後悔地流下了眼淚，但一切已經後悔莫及了。這個故事給人的智慧就是：嫉妒心過盛會讓人失去理智，行事未經思考的結果，往往害人也害己。《伊索寓言》中還有一則為〈狼和牧羊人〉的故事。大意是狼跟在一群羊的後頭，牧羊人緊緊盯著牠，深怕羊兒被狼吃了。走了好長一段路，狼並沒有要吃羊兒的意圖，牧羊人於是放鬆戒心，他想：有隻狼跟著也不錯，這麼一來其它野獸就不敢靠近羊群了。日子一天天過去，牧羊人把狼當作看守羊群的牧羊犬。有天，他有事要進城，於是把羊群託付給狼看管。傍晚，牧羊人回到牧場，發現羊兒幾乎都被狼吃掉了，這才後悔不已地說：

我怎麼糊塗到去相信一隻狼呢？其實，披著羊皮的野狼處處皆是，外表假惺惺裝可憐，裝作慈善的偽君子，但是內心狠毒無比，但願世上這種人愈少愈好，從另一個角度看，與人相處也應適當的保持距離，這也是處世的生存法則。

我們常說「代罪羔羊」，指的是代罪的犧牲者，在西方國家，這個說法主要源於《舊約聖經》。猶太人在新年過後的第十天，有個重要的節日叫贖罪日，在這一天，猶太人會舉行祭祀儀式，教徒會準備一隻山羊，祭祀時會獻祭一頭公羊，做為贖罪祭品，祈求上帝赦免他們過去所犯的罪過；而大祭司則將雙手按在另一頭羊的頭上，宣稱猶太民族在一年中所犯下的罪過已經轉嫁到這頭羊身上了，然後將這頭羊放逐曠野，這隻「替罪羊」將象徵性地帶走人們的罪孽，從此「代罪羔羊」的說法就在西方世界傳開來。

無獨有偶，中國文化也有「代（替）罪羔羊」的故事，出自《孟子•梁惠王上》。有一天，齊宣王坐在廟堂之上，有個人牽了一頭牛從堂下經過，齊宣王問那人要把牛牽去哪裡，那人回答說：準備牽去殺了取血祭鐘（古代鑄鐘要用畜牲的血去塗祭），齊宣王聽了之後，就下令把那頭牛放了，他說：我不忍心看見牛害怕發抖的樣子，這像一個沒有犯罪而被送去殺頭的人，十分可憐。那人又問：

不殺牛，那鐘要不要祭祀呢？齊宣王回答說：用羊來代替牛就好了。這是中國文化中「替罪羔羊」的由來。孟子聽了這段故事，就說從這件事可以看出齊宣王的仁心，孟子為了要齊宣王接受他所提的意見及施行王道的仁政，孟子就接着說：「君子之於禽獸也，見其生，不忍見其死；聞其聲，不忍食其肉。是以君子遠庖廚也。」意思是說君子應該要有仁德之心，只願意看到禽獸活生生的樣子，不忍心看到牠被殺的慘叫聲。所以說君子遠離庖廚，就是這個道理呀！這裡的「遠庖廚」是指一種不忍心殺生的狀態，但都被後代人扭曲了，近代的年輕人，當太太要他到廚房裡幫忙的時候，都引用孟子這句話當擋箭牌，說我要做君子，不能下廚房！這真是扭曲自肥的笑話！切莫把名句曲解了。

「羊毛出在羊身上」本來就是個事實，怎麼會有這個俗語呢？有一個有趣的寓言故事：從前有個牧羊人養了一群羊，靠剪羊毛為生，一開始，每年只在春天剪一次毛，收入還算不錯，而羊隻的毛剪掉後，度夏也涼爽。後來牧羊人改為春秋兩季剪毛，而羊隻的毛在冬季寒冷之前也可長齊禦寒。到後來牧羊人想要春夏秋冬都剪，一年要剪四次毛，羊群起抗議：寧死也不讓剪四次。牧羊人就安慰羊說：為了讓你們可以溫暖過冬，每隻羊發一件羊毛坎肩。一向溫順的羊隻，不但接受了這項贈予，還對牧羊人表示感謝。坎肩是羊毛織的，羊毛是從羊身上剪下來的，這句俗語就是從這個寓言故事來的。現在用來比喻表面上給人家好處，但實際上這好處已附加在人家付出的代價裡，或者說所獲得的利益，實際上是來自本身。

《禮記・曲禮上》有談到古代進獻的規矩。進獻几杖（古代敬老者的禮物，指憑几與手杖）的時候，要先拂去灰塵，擦拭乾淨；進獻馬和羊的時候，因為牠們性情比較溫馴，可以用右手牽著；但要進獻狗的時候，則要用左手牽著，因為狗的習性較急躁、不溫和，右手要空著，以便必要時加以制伏，「進几杖者，拂之。效馬、效羊者，右牽之；效犬者，左牽之」。這是成語「順手牽羊」的出處。但不知什麼原因，後來轉變成字面上的意思，指順手把別人的羊給牽走，後來又引申為趁人不察、趁便趁勢，取走他人財物。

羊是溫和而善良的動物，「善」的上面就是「羊」，人們把羊視為吉祥美好的動物，「美」是由「羊」和「大」字組成。羊對人類是有貢獻的，羊毛可製成毛筆、毛衣、毛氈；羊乳是人類的營養品；羊肉供人食用，牠甚至還替人做「代罪羔羊」。筆者「洋洋灑灑」引經據典細數了羊相關的故事，內容也算「洋洋大觀」，願大家看完後都「喜氣洋洋」，祝讀者來年吉「祥」如意、「三陽開泰」。

於二〇二四年十二月二十三日

「荷」風送香

夏日最具代表性的花卉非荷花莫屬（lotus），荷花是六月盛開的當令花，荷花也叫蓮花，古稱芙蓉、菡萏，是屬於蓮科蓮屬多年生草本出水植物。荷花生長在淺水中，花與葉會長出長柄，挺出水面隨風搖曳，地下走莖稱作蓮藕，橫臥池塘的泥土中；葉大而圓，波浪狀、無缺口，葉表面具有超疏水性，平滑有毛不沾水，常可見水滴在荷葉上滾動，水滴在葉片表面上就如水銀一般，而且還可帶走小昆蟲及污染物，雖然蓮花生長在污泥的濕地，但其葉子和花仍保持乾淨，這就是蓮葉的自然潔淨（自淨）的效果，也是所謂的「荷葉效應」。荷花之花色多為白色或粉紅色，在東方文化裡，蓮花是純淨的象徵。有多重花瓣，中心可以看到由花托和雌蕊發育而成的果托，稱為蓮蓬，內包覆的種子即蓮子，蓮子是其果實去皮後的種子，可供食用。

附帶一提，睡蓮和蓮的外觀相似，但卻是不同屬的植物，睡蓮是睡蓮屬，睡蓮也不是蓮花的亞種，因此花葉的形態也有差異，睡蓮葉子貼在水面，葉有深裂縫，睡蓮不會長蓮藕和蓮子，荷花的葉子和花則是挺出水面。睡蓮（water lily）又稱子午蓮，晚上開花，午後閉合的睡蓮稱為「子時蓮」（子時是夜晚十一時至凌晨一時）；白天開花，晚上閉合稱為「午時蓮」（午時指中午十一時到一時）。睡蓮的花朵較小，顏色較鮮豔。傳說中釋迦牟尼出生時走了七步，每一步都生出一朵睡蓮，《妙法蓮華經》中以睡蓮象徵佛法的純淨。

《群芳譜》是明代王象晉所輯，專門介紹栽培植物的著作。書中說：「凡物先華而後實。獨此華實齊生。百節疏通萬竅玲瓏，亭亭物華出於淤泥而不染，乃花中之君子也。」大意是指大部分的植物先開花再結果，只有荷花開花與結果同時一起來。出淤泥而不染的特性，清秀脫俗的形態與花姿，是為花中之君子。周敦頤的〈愛蓮說〉更是對荷花讚譽的淋漓盡致（請參見《毓馨文集》，頁一五七至一五九）。荷花在六月開，愛荷花的人更造了六月二十四日作為荷花的生日，稱這天為「觀蓮節」。晚清學者俞曲園的《十二月花神議》裡以唐人晁采為荷花女花神。晁采是唐代宗大歷年間人，小字試鶯。她小時候曾與鄰生文茂私訂終身，長大後，文茂時常寄詩表達情意，晁采則以蓮子回贈（蓮諧音憐，有憐惜之意，中國古代青年男女常以送蓮子表示相愛）；文茂把蓮子種於盆裡，結果蓮開並蒂（一枝莖上盛開著兩朵蓮花），文茂寫信向晁采傳達喜訊，晁采喜不勝收，她暗想：並蒂蓮開，這一定是好兆頭。晁母聽到事發經過，以為是「才子佳人，本應成雙」，便把晁采嫁給文茂。這個「並蒂蓮開」浪漫愛情故事為後世所傳頌，俞曲園因而封她為蓮花的女花神。

炎夏盛暑，熱氣逼人，荷花盛開。唐朝孟浩然〈夏日南亭懷辛大〉詩：「山光忽西落，池月漸東上。散髮乘夕涼，開軒臥閑敞。荷風送香氣，竹露滴清響。……」詩意是山上夕陽慢慢西落，池塘上的月亮逐漸東昇。散著頭髮在夜間乘涼，打開窗戶悠閒的躺着。荷塘上的微風送來荷花清香怡人的香氣，竹葉上的露珠滴落，發出清脆的聲響。孟浩然敘述了夏天在庭園納涼時的幽然自得，鼻子撲來風吹荷花的清新芳香，耳邊傳來竹露滴落的悅耳聲響，將夏日寧靜又閒適的風情，刻畫入微，讓人如親聞荷花清香，另人心嚮往之。

晚唐有一位詩人，以寫「無題」著名，他的許多詩都以〈無題〉為題目，也有很多詩以第一句的第一個詞為題，其實也可算作無題詩。在《唐詩三百首》中，他的詩作佔二十二首，數量名列第四（前三名是杜甫、王維、李白），他就是李商隱，字義山，與杜牧合稱「小李杜」。「相見時難別亦難，東風無力百花殘。春蠶到死絲方盡，蠟炬成灰淚始乾」，這四句膾炙人口的詩句，出自他的一首〈無題〉詩，詩意是春天的蠶到臨死前還在吐絲，蠟燭燒成灰的時候蠟淚才會流乾。李商隱在詩中藉蠶絲的「絲」與相思的「思」及蠟燭燃燒時所滴下的蠟淚暗喻相思的「淚」，來形容對忠誠堅貞的愛情執著而無悔，死而後止。若說唐朝最會寫情詩的詩人，大概非李商隱莫屬。「直道相思了無益，未妨惆悵是輕狂」，這首〈無題〉詩描寫一名女子在歷經情感上的挫敗後，仍衷心渴望真愛的到來，明明知道相思是一件沒有益處的事，不妨把滿懷的愁緒，以灑脫的態度來面對感情的難題。「此情可待成追憶，只是當時已惘然」，是李商隱〈錦瑟〉的詩句，他回憶逝去的戀情，認為當初自己早已陷入茫然的情境，他對過往戀情的念念不忘及深深遺恨，在詩裡表露無遺。以上都是傳誦千古的情詩名句。

李商隱是涇原節度使王茂元的乘龍快婿，他在新婚期間寫了一首〈贈荷詩〉給夫人王晏媄：「世間花葉不相倫，花入金盆葉作塵。唯有綠荷紅菡萏，卷舒開合任天真。此花此葉長相映，翠減紅衰愁殺人。」詩意是：世間的花與葉是不能比較的，二種是截然不同的命運，花千嬌百媚，被人們移入金盆觀賞，而葉子則落入塵土無人問津。只有荷花紅花綠葉襯托得那麼自然，荷葉有卷縮有伸展，荷花有開有合，風姿天然相配。荷花與荷葉長期互襯長相映，即便是到了深秋，荷花凋殘綠葉飄落時，也是令人惋惜。這首詩看起來句句寫荷花，將荷花荷葉寫得相互輝映，天生自然美。但其實句句寫人，期望自己和夫人王氏婚後能長相廝守，永不分離。這首詩寫得美，願望也很美，真是絕美的愛情告白，李商隱不愧是唐代最擅長寫情詩的詩人。也許曾經談過戀愛的青年都曾引用過李商隱的詩句，表達自己的情感，他的詩確實文句很美，格調雅致。

李商隱自己承認的初戀情人名叫柳枝，他對柳枝念念不忘，多年後寫了一組詩《柳枝五首》，特別寫了序言，說了柳枝的故事。也有傳說他在與王晏媄結婚前，曾有小名「荷花」的戀人，兩人十分恩愛，可惜的是在他赴京科考前，「荷花」突染重病，李商隱陪她度過最後時光，這段戀情對他打擊很大，以後的詩中，他常以荷花為題，這也是他對舊情的眷戀。我們再來品味他的另一首跟荷花有關的詩，話說有個秋天的夜晚，李商隱夜宿一位駱姓人家的亭館裡，因思念遠方的兩位友人崔雍、崔袞而作，此詩：「秋陰不散霜飛晚，留得枯荷聽雨聲。」詩意是：秋空的陰雲一片迷濛連日不散，霜期也來得晚，留下滿地枯殘的荷葉，夜裡只聽到淅瀝小雨，雨打在枯荷上。好一句「留得枯荷聽雨聲」含蓄的寫出因懷念故友而難以入眠，靜聽雨打枯荷之聲，也道盡隻身在外的淒寥心境。在《紅樓夢》第四十回中，賈母率眾人坐船遊園時，寶玉見大觀裡一派奢華富貴，便商量要把「殘荷」拔了去，林黛玉只輕聲說了句：我最不喜歡李義山的詩，只喜歡這一句「留得殘荷聽雨聲」，偏偏你們又不留著殘荷了。「殘荷」就是「枯荷」，林黛玉的多愁善感在此也算盡顯無遺。曹雪芹在《紅樓夢》中將「枯荷」改為「殘荷」果然更富韻味。

人們通常用「舌粲蓮花」來形容口才很好，能言善道，很會說話。這和蓮花有關係嗎？我們先來談談舌頭，舌頭是說話的主要器官，長約三寸，所以古人多用「三寸舌」或「三寸之舌」來表示口才，「三寸不爛之舌」也是形容口才極佳，能言善道。根據《開元天寶遺事》之記載：李白每次和人說話議論時，文辭語意皆段落得宜，就像春天的花朵，美麗的水草，鮮豔地綻放在齒牙之下，「李白有天才俊逸之譽，每與人談論，皆成句讀，如春葩麗藻，粲於齒牙下」。因此李白被稱讚為「粲花之論」，代表李白優美絕妙的言論。「舌粲蓮花」成語的典故出自《高僧傳》及《晉書・藝術傳・佛圖澄》，根據記載：南北朝時後趙國主石勒在襄國召見高僧佛圖澄，想試驗他的道行。佛圖澄即取來缽盂，盛滿水，燒香持咒，不多久，缽中竟生出青蓮花，光華熠目，令人欣喜，於是後人便引用「舌粲蓮花」來比喻能言善道，說話的文采有如蓮花的美妙，也引申為能將佛理闡明清晰，讓聽者法喜充滿。嘴巴可以吐出蓮花嗎？「口吐蓮花」是指讚美的話，鼓勵的話，也表示口出妙語，說話有文采，說好話有如蓮花般美妙，讓人欣喜。附帶一提，「啞巴吃黃連」，有苦說不出，這個成語中的「黃連」是一種中藥，味道很苦，不是蓮子，所以不可寫成蓮。就是因為啞巴吃了黃連，雖然很苦，可是不能說話，再苦也說不出來。後來用來比喻那種苦楚，只有自己知道，而不能用言語表達出來。那啞巴怎麼談情說愛呢？那叫「一切盡在不言中」。

我們都知道「借花獻佛」是用來比喻借用他人的物品待客或送禮，那為什麼和「佛」有關呢？《佛本行集經》中記載：以前有一婆羅門弟子，名叫善慧，於四方參訪途中至蓮花城時，聽聞燃燈佛將前來蓮花城說法，善慧想要以鮮花供養燃燈佛，但是國王早已準備將全城鮮花供養燃燈佛，善慧尋遍全城，不得一花。後來善慧在路邊碰到一位婢女，手捧一瓶，瓶內藏有七莖優缽羅花（即睡蓮），善慧就向她懇切求花。善慧說：「我為成就一切種智，度脫無量眾生，我願以五百錢購取五支蓮花。」婢女聽了頗為感動，說可以送他五莖，還剩二莖，就托善慧代她一起供養燃燈佛，以積功德。婢女也提出在善慧未得聖道之前，願與他生生世世結為夫妻，求花心切的善慧答應了。拿到花之後，他趕到城門迎接燃燈佛，並獻上此花，燃燈佛為他授記，告訴他在無量劫後必可成佛，聖號釋迦牟尼。善慧就是釋迦牟尼的前身，而婢女後來就是釋迦牟尼佛出家求道前的妻子耶輸陀羅。這就是「借花獻佛」的由來，更是說明了佛陀最後成佛也包含他前世有以花供佛的功德。在佛教裡，寺院叫做「蓮境」，而《法華經》又叫《蓮經》，僧衣叫做「蓮華服」，佛國國土叫做「蓮華世界」，蓮幾乎就是佛教的名詞了。據說魏明帝（曹魏第二任皇帝，曹丕長子）時想禁佛教，有個印度和尚拿了一個盛滿了水的金盤放置在殿前，然後投了一個舍利子於水中，金盤的水中忽然湧起了一朵五色的蓮花，魏明帝看了大吃一驚說：「如果不是真的有靈氣，怎麼能出現如此的奇蹟？」於是就不禁佛教了。

「三寸金蓮」和蓮花有關係嗎？舊時婦女纏足的小脚（裹脚）雅稱「三寸金蓮」，女孩自小五、六歲時要用布纏裹雙脚，成年後便成一雙細小的纖足，裹纏的脚稱為「蓮」，「三寸」被認為是女人最美的小脚。那又和「金」有什麼關係呢？根據《南史・齊本紀下・廢帝東昏侯》記載：南齊廢帝東昏侯（蕭寶卷）寵愛潘妃，命人鑿金子製成蓮花貼在地上（鑿金為蓮花以貼地），又令愛妃在金蓮上面行走，他在旁觀看潘妃在金蓮上走動搖曳步態美妙的樣子，稱道此為「步步生蓮花」，後來「步步生蓮」被用來形容女孩子步履輕盈曼妙。順道一提，蕭寶卷是個驕橫狂妄、喪盡天良又荒唐的皇帝，他時常出宮遊蕩，行前下令凡準備經過的地方，所有人家要全部趕走（出巡要清道），有一次路過沈公城，遇到一位即將臨盆的產婦而無法避開，問她為什麼在這裡，產婦回答即將臨盆，蕭寶卷當即下令剖開產婦的肚子，看是男是女，一屍兩命，真是人間慘劇，荒唐之至！

纏足的起源說法不一，有說始於隋朝，有說始於五代，有說更早。相傳隋煬帝東遊江都時選美，有一位名叫吳月娘的女子被選中，她很痛恨煬帝的暴行，便要做鐵匠的父親打造了一把長三寸、寬一寸的蓮瓣小刀（原來三寸是一把刀？），並用布緊緊裹在腳底下，然後在腳底刻了一朵蓮花，走路時印出一朵朵漂亮的蓮花。煬帝看了非常高興，就召她近身，吳月娘慢慢地解開裹腳布，突然抽出蓮瓣小刀行刺煬帝，但行刺沒成功，她自盡而亡。煬帝於是下旨，日後選美，纏足女子一律不選，但民間女子紛紛仿效起來，因此女孩子的裹腳風氣日益盛行。另有一說，五代時南唐亡國之君李後主（李煜）非常寵愛能歌善舞的窅娘，李煜命人製作了一個高六尺純金打造的金蓮台，而且金蓮上飾以寶物，用瓔珞纏繞，並讓窅娘以帛層層纏繞足部，使脚纖小成新月形，然後在金蓮台上迴旋起舞，如淩雲而飄，姿態曼妙。從此以後，纏足裹脚的風氣從宮廷傳到民間，女孩子爭相仿效，風氣遂漸漸風行。一直到清末有多個皇帝明令禁止纏足，這個封建舊時代所謂美的標準的纏足風氣，才開始緩慢消失。

台灣最大的蓮花產地在台南市白河區，近年來更積極推動經濟農業成為文化產業，也因此得到「蓮鄉」的美名，每年舉辦蓮花季的活動。讀者可在鳳凰花開的炎夏，來一趟蓮鄉之旅，去體會一下荷葉田搖曳生風、荷風送香的風韻，也順道品味一下蓮花茶、蓮藕茶、蓮花大餐。荷因為葉片很大，所以是包

裹食物的最佳材料，無論是烹調雞、鴨、排骨、肉塊、甚至鮮魚，荷葉香氣的滲透，可以調和風味，聞一下清香，保證讓人垂涎三尺。特別一提，荷葉飯曾經是南北朝時期南朝陳國的建國功臣，你相信嗎？陳朝是南朝（宋、齊、梁、陳）最後一個朝代，由陳霸先所建立，陳霸先鎮守京口時，抵抗叛兵的攻城，但軍民缺糧，京口城內吃緊，幸靠域外居民的擁護，以荷葉包飯接濟陳霸先的軍隊，陳霸先才有餘力可以繼續抗敵，後來陳霸先取代梁朝當了陳朝的皇帝。荷葉飯看起來是陳朝的建國功臣之一呢！

於二〇二四年十二月三十一日

畫「蛇」添足

二〇二五年是乙巳年，生肖屬蛇，立春節氣前出生屬前一年的生肖，立春後則屬今年的生肖，今年的立春是國曆二月三日，因此二〇二五年二月三日以後出生的生肖屬蛇，之前出生的仍屬龍。提到蛇，我們的腦海中，馬上浮現一條長長像繩索、看來濕滑的傢伙，一邊吐著舌頭，一邊爬過草地。看到蛇，我們馬上驚恐地想到牠是有毒的，提醒自己要小心。其實也不是每種蛇都有毒，但蛇始終給人們帶來恐懼、邪惡的印象。蛇的一些殘忍行為，有時只是牠為了獲得食物所採取的不得已手段，和其它動物是一樣的。

蛇是變溫的動物，體溫會隨著氣溫變化而改變，無法像鳥類抱卵那樣利用自己的恆定體溫來孵卵，因此牠們通常難以在溫度變化大或氣溫較低的地方生活。熱帶地區的蛇較易生存，是因為拜高溫之賜，孵卵比較容易。母蛇在抱卵期間，會定期離開卵塊，爬到有陽光的地方作日光浴，就是要利用升高的體溫來抱卵。

蛇的腳已退化，是一種無足的爬蟲類動物，牠以爬行的方式推進身體，除了結冰、積雪的地方外，無論是泥土地、砂地、岩礫地或草原，都可以在上面爬行，而在爬行的過程中，尾巴扮演著重要的角色。

有些人做事，開始時總是聲勢很大、轟轟烈烈、認真進行，最後卻馬馬虎虎、草率了事、無聲無息，有始無終。這種做事態度人們稱為「虎頭蛇尾」，這種做事態度不但害己，也會害苦共事的人。虎頭和蛇尾不但長相相差很多，大小也相差很多，頭大如虎，尾細如蛇，用它們來形容做事初期充滿鬥志，後來卻鬆懈下來，有始無終，倒也相當生動。本文是本書的最後一篇，筆者做事向來都是有始有終，結尾篇與初始篇的內容一樣用心耕耘，絕對不會有「虎頭蛇尾」的情事發生。

蛇爬行時靠腹鱗及全身肌肉往後推，靠著逐次收縮波動的身體，將整個蛇體推向前方。因此不能小看細細長長的尾巴，如果沒有尾巴，蛇的活動力會大為降低。所以如果人們砍掉蛇的尾巴，牠會怨你一輩子，《伊索寓言》有一則〈工人與蛇〉的故事：有一條蛇潛進屋子，咬死了工人的小孩，工人很傷心，發誓要替孩子報仇。他躲在蛇出沒的路上，等待機會。一天蛇爬出洞來尋找食物，經過工人所躲藏的地方時，工人拿起斧頭跳出來朝牠砍去，卻只砍斷了一截尾巴。工人夫婦活在陰影之中，深怕蛇來報復。於是他準備了蛇愛吃的食物，放在蛇洞口，希望與蛇化解衝突。蛇瞧見了，用充滿恨意的聲音說：「我倆不可能有和平的一天。你看我就會想起死去的孩子；而我看見你，也會想起我失去的那截尾巴啊！」這個故事給我們的智慧是：以怨報怨，不一定能化解深仇大恨。

蛇又有「虺」的別稱，《詩經・小雅・斯干》有云：「下莞上簟，乃安斯寢。乃寢乃興，乃占我夢。吉夢為何？維熊維羆，維虺維蛇。大人占之，維熊維羆，男子之祥。維虺維蛇，女子之祥。」詩意是說：下鋪薄席上鋪竹席，安穩的沉睡。入睡醒來，好占我的夢境。好夢是夢見什麼呢？是熊是羆，是虺是蛇。請占夢之官來解夢，夢見熊與羆，是生男孩的先兆，夢見虺與蛇是生女孩的先兆。這詩本來是用來恭賀新居落成之詩，描寫新屋臥房的舒適，以及請占夢官來解夢，熊羆為雄壯之象徵，若在夢中出現，表示新房之主人有生男之預兆；虺蛇為柔順的象徵，若在夢中出現就是生女的預兆。古時候設有占夢之官，可知古時對占夢的重視。一般而言，夢是心裡渴盼的願望，或是擔憂的事情，所謂「日有所思，夜有所夢」，實有它的道理。但也有時，夢境並不是心裡所想的事物，醒來時只覺得這個夢做得莫名其妙，於是只好請教能夠替人解釋夢境（占夢）的人了。舉個夢例：清康熙皇帝時吏部員外郎顧琮，有一回因抗顏直諫皇帝，被關到大牢中等待處死。顧琮在大牢中，睡夢中夢見了母親的下體，顧琮醒來後，驚恐萬分，以為是個不祥之兆。一同關在牢中的一個囚犯卻跟他解釋說：「恭喜顧公，這可是大吉之兆，顧公必可倖免於死。」顧琮問何以見得？囚犯回答說：太夫人的下體乃是顧公當年的生路，現在你夢見太夫人的下體，就是重見生路，豈不是大吉之兆嗎？第二天，顧琮果然被朝廷赦免無罪，後來他還做到宰相呢！占夢看來也是一門高深的學問呢！

唐朝詩人劉禹錫在〈蘇州白舍人贈新詩，有嘆早白無兒之句，因以贈之〉的詩最後二句寫道：「幸免如新分非淺，祝君長詠夢熊詩。」這是劉禹錫藉友人蘇州白舍人頭髮早白又無子的遭遇，表明他將友人視為嶄新的新戀人一樣的珍惜，並祝福友人白舍人及早生子（夢熊），了結膝下無兒的人生憾事。劉禹錫有一首與柳宗元唱和的詩〈答前篇〉的最末兩句：「聞彼夢熊猶未兆，女中誰是衛夫人。」詩意前句是指柳宗元尚未得子（夢男沒有徵兆），末句是劉禹錫讚美柳宗元調教女兒練習書法，將來長大後必會像東晉女書法家衛鑠（即衛夫人，她是王羲之的書法老師）一樣的傑出，希望藉此稍減柳宗元無子傳承的遺憾。

孫叔敖「埋兩頭蛇」的故事，讀者還記得嗎？故事出自西漢劉向的《新序・雜事》，故事大意是孫叔敖小時候出外遊玩，看見一條兩頭蛇，他把那蛇打死並埋掉了，回家對其母哭泣，母親問其原因，叔敖哭著說：聽說看見兩頭蛇的人會死，剛才我見那蛇，恐怕我要離開母親死去了。母親又問：那兩頭蛇現在在哪裡？叔敖回答說：我怕別的人再看到牠，已把牠殺了並埋掉了。他的母親說：行善有德的人，上天會降福給他，你不會死的。孫叔敖長大後成為楚國的令尹，還沒上任，楚國百姓就信服他的仁德了。這個故事是在讚揚孫叔敖的從小就有的崇高品格：關心他人，自己遇到了災難，希望別人不要遇到，他的宅心仁厚，令人崇敬。

孫叔敖是一人之下，萬人之上的楚國名相（令尹）。他的人生哲學與智慧，也值得我們學習。《列子・說符》記載了這個故事：有一天孫叔敖和狐丘地方的有道的高人老前輩談話，老前輩對孫叔敖說：人生有三種事情可以招致社會上對你的討厭與怨恨，你知道嗎？（人生有三怨，子知之乎）。孫叔敖就請教老前輩什麼叫三怨。老前輩說：第一，一個人地位一高，任何人都妒嫉你；第二，官做大了要非常小心，因為可能功高震主，主子會討厭你；第三，待遇高了，只要有一點錯誤，大家都怪領導的錯，不會怪自己，「爵高者，人妒之；官大者，主惡之；祿厚者，怨逮之」。孫叔敖聽了以後回答說：我的爵位越高了，我越謙虛。我的官位越來越大，我也越來越小心。我的待遇越拿越多，我拿薪水來幫助社會弱勢及親戚朋友的也越多，「吾爵益高，吾志益下。吾官越大，吾心越小。吾祿益厚，吾施益博」。所以爵位高、地位高、待遇高，對我都沒有關係，我還是我，是個平民老百姓，所以這三怨都不會到我身上。這就是為什麼孫叔敖能成為歷史上名相的道理，了不起！

孫叔敖還有一件更了不起的事。他將死的時候，家裡沒什麼財產，但是他吩咐兒子說：楚國的皇帝對我非常感激，每次都想封我，但我始終都沒有接受。等我死了以後，楚王曉得我生前不肯接受，一定會封給你，你可以接受，不過我吩咐你，好的黃金地段，千萬不能要，「汝必無受利地」，你只問他討一個邊區荒涼的地方（註：那地方叫寢丘），那地方誰都看不起，也沒人要，而且地名也不好（寢丘就是墳墓之地），「此地不利，而名甚惡」，楚國、越國的人都迷信的很，認為那塊地風水不好，所以楚國不要，越國也不要，你就要那個地方就好了。你要了這個地方，後代子孫才可以永遠保留。孫叔敖死後，楚王果然要以最好的地方封給孫叔敖的兒子，他的兒子也推辭不受，並照爸爸的意思，要那個最壞的地方，楚王當然答應了，孫叔敖的子孫後來永遠保有這個壞地方。人之所棄我取之，別人要的，趕快讓，有時候吃虧就是佔便宜，不是嗎？

人們到野外郊遊，遇有雜草叢生的地方，要橫過時通常會拿根棍子打地上的草，以驚嚇躲在草堆裡的蛇，以免不小心被蛇咬，這叫「打草驚蛇」。這個故事出自宋代鄭文寶的《南唐近事》：南唐的時候有個縣官名叫王魯，他經常接受賄賂，搜括百姓錢財，衙門裡的大大小小官員有樣學樣，也都暗地裡受賄、敲詐勒索，百姓怨聲載道。一天，王魯批閱案卷，發現他的部屬被人聯名控告營私舞弊、違法事情被揭發而且有證有據，這些事情，幾乎和王魯平日的行為一模一樣。王魯看了案卷，渾身發抖，可能是過於緊張，他居然批了八個字：「汝雖打草，吾已驚蛇。」意思是說你們雖然打的是草，可是我這條藏在草裡的蛇，卻已經有所警惕了。這個成語後來用來比喻行動太早或不謹慎，反使對方有了戒備的機會。

有些人很會虛情假意獻慇懃，裝模作樣來應付敷衍別人，人們常用「虛與委蛇」來形容，「虛」就是虛偽的意思，「與」就是跟別人怎麼樣，那「委蛇」是什麼蛇呢？「委蛇」二字最早出現在《詩經・召南・羔羊》：「羔羊之皮，素絲五紽，退食自公，委蛇委蛇。」詩意是：官吏身穿羔羊做的皮衣，皮衣是用白絲線縫製的，退朝之後，悠閒自得的回家把肚子填飽。真是悠哉游哉！根據《山海經》的記載，「委蛇」是人首蛇身，並且有兩個頭，傳說見過「委蛇」而能活命的人就能稱霸天下。委蛇的身體可以像蛇一樣蜿蜒曲折，繞來繞去、拐來拐去，非常靈活，所以古人形容山脈河流時，會用「委蛇」來形容。「委蛇」也會隨意變換自己的樣貌，讓人很難看透牠的真實模樣。

「虛與委蛇」的故事則出自《莊子・應帝王篇》：戰國時期，列子與他的老師壺子學習老莊之道，後來列子碰到一個神巫名叫季咸，他能知道人的存亡、成功、失敗，甚至活到多大，他通通知道，列子對季咸非常折服，回去就跟他的老師講，說季咸有神通，於是要列子請季咸來給他看一看，季咸連續來了三次，都能精確地說出壺子的命運，壺子對列子說：那是因為我故意把某一面顯示給季咸看。季咸來第四次時，只看了一眼就驚慌地逃走了，壺子對列子說：剛才我給他看的是宇宙無始以前的形而上道，是一種至高無上道，我給他看的是如夢如幻、如真如實、也不真也不實的影子，都是虛而委蛇的影子，道是看不見的，季咸看到一切境界都是影子了，都是如夢如幻的境界，一個人看到如夢如幻，看到脫離現實太遠，讓他完全摸不著邊際，害怕了，嚇死了，就逃掉了，「鄉吾示之以未始出吾宗，吾與之虛而委蛇，不知其誰何，因以為弟靡，因以為波流，故逃也」。後來「虛而委蛇」演變為「虛與委蛇」。我們平日與人相處時，要保持真誠與坦率，切不可虛與委蛇，才能贏得他人的信任與尊重，否則最後身邊的朋友也會一個一個離開。

「虛與委蛇」這個成語，人們都聽過但是大多數的人讀錯了，這裡的「蛇」字不念「舌」音而是要念「姨」音。明朝浮白齋主人的《雅謔》有個小故事笑話呢。宋朝時，薛家有三個女兒，大女兒嫁給了歐陽修，二女兒嫁給了王拱辰，後來歐陽修喪妻，又續娶了薛家的三女兒。歐陽修有位朋友劉原父暮年再娶，歐陽修曾作詩開玩笑揶揄他。有一天，歐陽修、王拱辰、劉原父三人在一起喝酒，劉原父說個故事：有個私熟的老先生在教小孩讀書的時候，強調委蛇的「蛇」字一定要念「姨」音，切記。次日有位學生遲到，老學究問明原委，學生說：剛才在路上有人弄蛇，我便駐足觀看，見他弄了個大姨（蛇），又弄了個小姨（蛇），我看了老半天，所以遲到了，故事說完，歐陽修聞之大笑。這個故事倒不失為委「蛇」讀音的一個幽默易記的方法。

做任何事情都得有個法度，走過了頭，節外生枝，對事情不但無益，反而有害，就像蛇本來沒有脚，為蛇畫了脚，蛇就變得不像蛇了，這叫做「畫蛇添足」。故事出自《戰國策・齊策》：戰國時代，楚國有兩個人，說好在地上比賽畫蛇，誰先畫好就有酒可以喝。其中一個人動作很快，沒多久就畫好了，他拿起準備喝了，卻左手拿壺，但他一時興起，右手繼續畫，要幫蛇畫上四隻脚。脚還沒畫完，另一個人的蛇畫完了，把酒壺奪了過去，說：「蛇本來就沒有脚，你怎麼可以幫牠添上脚呢！」於是就把酒喝了，那個給蛇畫脚的人，反而失去贏的機會，失掉了那壺酒。「畫蛇添足」是多此一舉，凡事走過了頭，和沒有達到都是不妥當的，孔子說：「過猶不及」是很有道理的。

蛇和龍相提並論時，在中國文化基本上蛇是貶多於褒，從「龍蛇雜處」、「牛鬼蛇神」、「地頭蛇」、「毒蛇猛獸」等用語即可看出。「龍蛇雜處」是指各種人物混雜在一起，用來形容分子複雜（通常是指黑道人物）。「地頭蛇」則是指地方上蠻橫無理又凶惡的人，俗稱是當地的地痞、無賴，《西遊記・第四十五回》：「也罷，這正是強龍不壓地頭蛇。」「牛鬼蛇神」這一句話原來是佛教用語，「牛鬼」是指陰間的牛頭鬼卒，「蛇神」是人面蛇身之神，「牛鬼蛇神」泛指奇形怪狀的鬼神。最早將「牛鬼」和「蛇神」組合在一起使用的是唐朝詩人杜牧，杜牧在《李賀詩集・序》這樣來評價李賀的詩：「鯨呿鼇擲，牛鬼蛇神，不足為其虛荒幻誕也。」詩意是：張著大嘴的鯨魚，猛跳翻騰的鼇魚，長著牛頭的鬼，具有蛇身的神，這等奇怪的動物和鬼神的形象，也比不上李賀詩作的怪誕，驚人而出眾，簡直不像人間所有。「牛鬼蛇神」原來是讚美李賀的詩意境虛幻怪誕，後來才被引用指小人和壞人及形形色色的壞人，特別是一些本無實力，只依附權貴而藉機興風作浪的人；有時也用來形容荒誕不經的作品，《紅樓夢・第二十八回》：「更有一種可笑的，肚子裡原沒有什麼，東拉西扯，弄得牛鬼蛇神，還自以為博奧。」

附帶一提，李賀是誰呢？他最有名的詩句是那一句？李賀是唐朝詩人，七歲時即能吟詩，聲名鵲起。李賀十九歲時，報名參加考進士，臨考前，接到通知，說他不能參加考試，否則就是犯「諱」，原因是李賀的父親名叫李晉肅，「晉」與進士的「進」同音，所以李賀不能考進士，否則就是犯父諱不孝。這無非是與李賀爭名的人，看他才華過人，略施小計以清除他們仕途上的勁敵罷了。李賀無可奈何，只好懷著滿腔怨憤退出考試。韓愈非常惜才，很同情李賀的遭遇，特別寫了一篇議論文〈諱辯〉，為李賀仗義直言，駁斥不合理的看法，韓退之說：父名「晉肅」，子不得舉「進士」，若父名「仁」，子不得為「人」乎？意思是說父親的名字有個「晉」字，兒子就不能參加進士的考試；如果父親的名字有個「仁」字，兒子是不是就不能做人了呢？韓愈的論述鏗鏘有力，但是也無法改變李賀無法參加科舉考試的命運。

李賀的詩常用鬼、夢、泣、血、死等字，造成奇特陰暗的氣氛，頗有「鬼才」，人們稱他為「詩鬼」。他最有名的一句詩〈金銅仙人辭漢歌〉：「衰蘭送客咸陽道，天若有情天亦老。」詩意是長安古道上，沿途只有一些衰敗的蘭草相送，假若上天有感情，此情此景也會有感於人世的滄桑，因哀傷而衰老。「天若有情天亦老」這一句深受許多人們的喜愛。許多文人雅士就以此為上聯，以求下聯，一直到了二百年後的宋朝，出現了一個才子才對出了下聯「月如無恨月長圓」，那個才子就是石曼卿，真讓人佩服得五體投地，再也沒人敢再對下聯。李賀一生實在太短暫，他二十七歲時就去世，大概是古代著名詩人壽命最短的一位，他的英年早逝，留給後人無限的嘆息、嘘唏！

一般人不喜歡蛇，其實蛇能屈能伸，曲直自如。星雲大師曾在《迷悟之間》一書談過生肖的意義，大師送給蛇生肖的吉祥話是曲折向前福慧雙修：不要害怕人生的曲折，因為「向前才有路」，猶如蛇的身體要彎曲才可以向目標前進；給人我一點空間，福慧雙修，人與人之間就會圓滿自在。

蛇要成長，必須經歷過無數次的舊皮脫落；人要提升，也要像蛇脫舊皮一樣，要讓自己不斷的更新，不斷的昇華。「從前總總，譬如昨日死。以後總總，譬如今日生。」往者已矣，既往不咎，來者可追，要珍惜把握每個當下，面對生命的起伏，要抱持坦然豁達的心態。最後祝福讀者蛇年能像蛇脫掉舊皮，帶給你新的成長、新的目標、新的靈感、新的期待、新的成就，蛇（時）來運轉，幸福滿載。

於二〇二五年一月六日

MEMO

國家圖書館出版品預行編目（CIP）資料
俊毓隨筆 / 楊俊毓著. -- 初版. -- 高雄市：巨流圖書股份有限公司, 2025.04
面； 公分
ISBN 978-957-732-736-9(第1冊：平裝)

863.55 114003297

俊毓隨筆（一）

作　　者 楊俊毓
發 行 人 楊曉華
編　　輯 李麗娟
封面設計 黃士豪

出 版 者 巨流圖書股份有限公司
802019 高雄市苓雅區五福一路 57 號 2 樓之 2
電話：07-2265267
傳真：07-2233073
購書專線：07-2265267 轉 236
E-mail：order1@liwen.com.tw
LINE ID：@sxs1780d
線上購書：https://www.chuliu.com.tw/
臺北分公司 100003 臺北市中正區重慶南路一段 57 號 10 樓之 12
電話：02-29222396
傳真：02-29220464
法律顧問 林廷隆律師
電話：02-29658212

刷　　次 初版一刷・2025 年 4 月
定　　價 300 元
I S B N 978-957-732-736-9（平裝）

CHULIU
PUBLISHER